사색기행

사하라 사막 가는 길

사색기행

– 사하라에서 산티아고까지

김인자 지음

눈빛

김인자(金仁子)는 강원도 삼척에서 출생하였고,
경인일보 신춘문예와 『현대시학』으로 등단했다.
저서로는 시집 『겨울 판화』 『나는 열고 싶다』
『상어 떼와 놀던 어린 시절』 『슬픈 농담』이 있고,
산문집으로 『그대, 마르지 않는 사랑』 『세상에서 가장 아름다운 선물』과
여행서로 『마음의 고향을 찾아가는 여행, 포구』 『걸어서 히말라야』
『풍경 속을 걷는 즐거움, 명상산책』 『아프리카 트럭여행』 『남해기행』이 있다.
1990년 초 배낭을 시작으로 오늘에 이르렀으며,
여전히 여행을 즐기며 그 경험을 바탕으로 쓴 여행 에세이를
라디오·잡지·일간지 등에 연재해 오고 있다.

▌사하라에서 산티아고까지

사색기행

김인자 지음

초판 1쇄 발행일 —— 2007년 7월 16일
발행인 —— 이규상
발행처 —— 눈빛출판사
　　　　　　서울시 마포구 성산동 628-4호
　　　　　　전화 336-2167 팩스 324-8273
등록번호 —— 제1-839호
등록일 —— 1988년 11월 16일
편집 —— 정계화·고성희·박보경
출력 —— DTP 하우스
인쇄 —— 예림인쇄
제책 —— 일광문화사
값 15,000원

ISBN 978-89-7409-961-9
Copyright ⓒ 2007 by Kim In-Ja

여행, 그 아름다운 로망

우리는 일생 여행을 생각하며 산다.
심지어 여행중에도 여행을 생각한다.
여행이 자신 안으로 드는 길이 아니라면
이렇게까지 여행의 갈망에서
벗어나지 못할 까닭이 없다.

이 글을 쓰는 지금도
여전히 수많은 암호들로 가득한 길 위에서
닿을 수 없는 그대를 그리워한다.

SOUK.TANNERIE
PORTE.PRINCIPAL
PASSAGE DE LA TERRASSE

문 앞에서

이 문 앞에서 내 존재를 말할 수는 없는 것이다
이 문 앞에서 내 존재를 논할 수는 차마 없는 것이다
이 문 앞에서 내 존재를 가늠할 수는 더더욱 없는 것이다.

사하라 사막에서 만난 베두인 소녀.

사랑한다

아이야

사랑한다

이유는 묻지 마

이상한 소리로 웃고
이상한 소리로 재잘대는.

生

확 뽑아 버리고 싶더라도
엎어 버리고 싶더라도
참아야 한다

생에 대해
함부로 말하지 말고
야유하지 말고
침 뱉지 말고
견뎌내고 참아내야 한다

둘러보면
모두 근근이 피는
생이거니.

호텔 창밖으로 내다본 지중해와 해안가에서 축구하는 소년들.

탕헤르로부터

휴우, 안도의 한숨이 터진다. 신선한 두려움이 살을 파고들었지만 호흡은 평화롭다. 드디어 밀항선을 타고 아무도 나를 알아볼 수 없는 어느 낙원에 안전하게 당도한 기분, 세상에 나 혼자만이 느끼는 자유, 유혹, 여기가 모로코, 여기가 탕헤르!

은폐된 내면을 해방시키는 작업이 글을 쓰는 일이라면, 여행은 모든 욕망과 결핍으로부터 쉬어 갈 수 있는 은신처, 제재와 억압을 풀 수 있는 출구다. 그리고 뭐니 뭐니 해도 여행은 지금 이 순간처럼 낯설어야 제 맛이고, 이 낯설음을 통해 획득되는 반전이야말로 짜릿함을 맛볼 수 있는 핵심적인 요소다. 이 밀항이 매번 설레고 매번 두려운 것은 이것이야말로 과거나 미래가 아니고 진행하는 순간의 쾌감이기 때문일 터다.

"헤이 마담, 마르하바비크!('환영'의 뜻을 가진 아랍어)"

탕헤르 페리 선착장에 도착했을 때, 누군가 큰소리로 내 뒷덜미를 낚아챘다. 놀라서 돌아보니 폐차장에나 있어야 할 것 같은 벤츠 택시를 닦고 있는 기사다. 나는 의아해서 그 차가 굴러 가기나 하느냐고 물었다. 으쓱하며 환하게 웃던 그가 반문한다.

"무슨 문제?"

해변도시 탕헤르는 모로코 여행이 시작된 첫 도시다. 스페인령 알게시라스에서 지중해를 건너 모로코 탕헤르까지는 페리로 약 1시간 남짓, 남유럽에서 북아프리카로 건너뛰는 것은 마음의 코드를 바꿀 여유조차 없이 출입국신고서가 마무리될 즈음 모두 끝난다. 이 가뿐한 절차에 사람들은 불공평하게도 일관되게 국경이라는 용어를 적용시킨다. 출국신고가 시간을 요하는 반면 입국신고는 무사통과다. 여기서부터 유럽과 아프리카가 다르다는 것을 보여준다.

페리에서 내리자 이미그레이션 창구를 지키던 뚱보 남자는 서너 명의 여권을 건성으로 훑어보고 스탬프를 찍더니 귀찮다는 듯 그냥 다 나가라고 손짓을 한다. 줄을 서 있던 사람들은 '그러면 그렇지!' 하는 표정으로 우르르 택시 승강장으로 달려가 하나 둘 어딘가로 사라졌다. 이럴 때 혼란한 정신을 가다듬는 절차가 필요한데, 담배를 즐기는 사람이라면 아무 말 없이 담배 한 대를 피워야 할 시간이다. 나는 엉망이 되어 버린 배낭을 수습하고 천천히 페리 선착장을 둘러본 다음 숙소로 갈 참이었는데 그만 뒤에서 큰소리로 낚아채는 바람에 하는 수 없이 그 택시를 배신하지 못하고 호텔을 찾아갔다. 곧 해가 질 시간이라 마음이 급해졌지만 왼편으로 지중해를 끼고 달리는 도로 양편에는 무슨 사람들이 그리 많이 나와 있는지, 기사에게 축제기간인지를 물으니 이 도시는 늘 그렇단다.

지중해, 해변에서 일몰을 보았다

왜 나는 누군가를 사랑할 수밖에 없는 걸까? 그때 내 안에서 어떤 분위기가 무르익으면서 바깥세상은 무지개 빛으로 변했다. 빛들은 흐려지면서 반짝이는 불길로 타오르다 소용돌이치는 구름이 되었다. 보랏빛을 경계로 수평선은 노란색과 녹색으로 번지다 잿빛 구름으로 하나가 되었다. 서쪽 하늘의 이마에 톱니 모양의 상처가 퍼졌다. 내 안에 광인의 집 한 채가 보였다. 핏빛 하늘과 저주의 노란색을 배경으로 미친 듯한 색조가 비명을 질렀다. 소용돌이치는 줄무늬 속에 드러나는 실내의 그림자는 마치 흔들리는 거적때기처럼 보였다. 떨고 있는 대지, 등불이 흔들리고, 사람들은 그저 의미 없는 그림자로 변해 해변을 서성이고 있었다. 그들은 끝없는 두려움 속에 혼자만 존재하는 듯하다. 어둠이 짙어질수록 그들 눈에 비치는 삶과 사람은 벌레 같은 형체로 남아 있을 뿐이다. 쓰레기도 인간도, 경악하는 나의 입, 비명과 놀란 눈, 그리고 속이 뒤틀리는 나의 내면 풍경, 느낌이란 그렇게 의식을 점령하는 상륙병이었다. 절망과 광기에 남겨진 것이라곤 어둠뿐이었다. 가라타니 고진의 『언어와 비극』, 그리고 뭉크의 〈절규〉를 생각하다.

다시 사이드와 대화하다. 성장기 독서 경험은 화인(火印) 같다. 의식에서 지워지지 않는다는 점에서, 사고 전체를 지배

천일야화에나 등장할 법한 탕헤르의 물장수.

할 수도 있다는 점에서 그렇다. 사랑도 낙인(烙印)이다. 금침처럼 뇌리에 박혀 있는 그것은 세상사 무엇이라도 치유하고 재생케 하는 절대성을 가진 만병통치의 명의이기도 하지만, 정염의 덩어리는 삶의 행로에서 늘 어른거리며, 세계를 인식하는 감수성으로 작동한다. 여행도 마찬가지다. 여행은 시간과 공간으로 낯선 환경에 놓인다는 것이다. 그것은 이왕의 체계를 무화(無化)시키는 경험이다. 시간을 고려할 때 이 점은 보다 명료해진다. 구조화해 있던 물리적·심리적 시간이 일거에 탈 구축되는 동안 나는 또 당혹감으로 노심초사한다. 그런 분열증적 증세를 경험하는 동안 학습된 경험이 생소한 시간과 만나는 지점에 여행의 공간은 자리한다. 그것은 긴장감이기도 하고 새로운 지각이기도 한 것이지만, 일상적 사고와 행동을 일거에 소멸시킨다는 점에서 혁명적이기도 하다.

지중해를 건너며 시적 현대성을 생각하다. 시에서 현대적이라는 것은, 지배계층에게 피지배자가 행하는 체재 문화에 대한 정치적·사상적 공격이자, 고대의

이상적인 규범에 대한 거부이거나 일탈적 언술행위다. 따라서 이슬람 세계에서 시란 것은 언제나 정치적이고 정치적인 것과 혼합된 무엇이라는 생각을 한다. 그러나 이쯤에서 나는 나를 경계해야겠다. 묵직한 화두로부터, 세계관으로부터, 원론적이고 문학적인 것으로부터.

마드리드 270킬로미터. 밤이 깊었으나 의식에서 맴도는 것은 '마드리드 270킬로미터'라는 도로 표지판이다. 그것은 내면으로 더욱 침잠하는 시간이 되었다는 것과 등가이겠으나, 사람이 사는 곳 어디든 상식은 상식으로 존재하지 않는다는 말과 겹을 이루었다. 인간은 언제나 정치적이라는 것, 따라서 모든 시적인 것은 정치적이라는 명제와 만나는 지점이었다. 마드리드 270킬로미터. 빌라프랑카를 향하던 고속도로 표지판이 그렇게 선명하게 기억된 이유가 무엇 때문인지 모르겠다. 공감. 대화. 발화자는 절대로 소유할 수 없는 청자만의 닫힌 체계를 향해 끊임없이 발화를 요청하는 것이지만 화자의 입장은 언제나 공고하다. 성채는 발화자에게만 소유되는 무엇이다. 조셉 콘라드의 『어둠 속으로』를 기억하다. 『제국의 징후』를 읽다. 절망의 끝이 죽음이라 하더라도 절망을 맛본 자와 절망을 지닌 자와 절망으로 삶을 이끄는 자는 다르다. 조작할 수 없는 절대성, 그리고 마드리드 270킬로미터. 그라나다 알람브라, 탕헤르. 이제 가볍게 시작해야겠다.

탕헤르의 소감은 혼란스러움이다. 바다를 향해 일렬로 서 있는 현대적인 건물들과 백사장으로 연결되어 있는 도로는 사람들로 넘쳐났다. 그 중에서 가장 화려한 복장으로 눈길을 끄는 것은 차도르를 입은 여자 무슬림들이다. 인도 여자들이 입는 사리보다 조금 더 환상적이고 아름답게 보이는 것은 순전히 머리에 쓴 각양각색의 베일 같은 '히잡'이라는 스카프 때문일 것이다. 거리의 대형 스크린 앞에 모여 있는 사람들의 시선은 한결같이 그 속으로 빨려들어 가는 듯하다.

온통 붉은색 모로코 국기가 바람에 펄럭이는 바다를 볼 수 있는 호텔에 짐을 풀고 거리로 나갔다. 캄캄해지기 전 어서 바닷가로 달려가 발이라도 담가야 할 것 같았다. 모래밭에 삼삼오오 앉아 있는 처녀들의 뒷모습이 노을에 물들어 아랍의 분위기를 물씬 풍긴다. 물장수, 과자 장사, 아이스크림 장사, 군옥수수 장사가 행인을 부르고 아이들은 몇 마디 서툰 영어로 말을 걸어 온다. 악의라곤 찾아볼 수 없는 사랑스러운 친구들이다.

연인들은 지중해를 바라보며 모래밭에서 소곤소곤 이야기를 나누고 시민들은 거리에 설치된 대형 스크린 앞에서 늦도록 연속극을 보느라 넋이 빠진 듯하다. 조금은 정신이 없었지만 그만큼 활기찬 모습에 나도 걸음이 빨라지고 왠지 흥이 나는 것 같았다.

다음 날, 저 멀리 햇살을 받아 깨어나는 언덕 위의 하얀 집들, 탕헤르의 아침엔 유난히 많은 소년들이 나와 백사장을 온통 축구장으로 만든다. 그들은 물과 모래를 가리지 않고 뛰고 또 뛰었다. 전날 저녁과 달리 지중해에서 아침 햇살을 역광으로 안고 뛰는 소년들의 몸짓이 싱그럽다. 우리나라 대표팀과 아프리카의 토고가 첫 대결을 펼친 독일 월드컵이 끝난 지 불과 얼마 지나지 않아서인지 축구의 열기가 그대로 느껴졌다.

역 뒤편 산동네에 갔다가 아이들과 놀면서 사진을 찍어 주었다. 카메라를 들고 있어서인지 남자들의 표정이 몹시 살벌하고 무거워 보였다. 전날 마라케시로 가는 기차표를 예약해 두었기에 한결 여유 있는 아침나절을 보냈다. 탕헤르는 하룻밤으로 만족해야 했기에 모로코에 대한 환상만 부풀렸을 뿐 지중해의 별다른 감흥 없이 다른 도시로 이동하게 되었다.

이제 나는 새콤하거나 달콤하거나, 맵거나, 싱겁거나 혹은 쓰디쓰거나 짜디짠 맛을 보게 되리라. 무거운 배낭을 보면 한숨이 절로 나지만 본격적으로 모로코 여행이 시작되었다는 것만으로도 맥박이 빨라지고 있다.

매혹의 도시, 드제마 엘 프나 광장

만약 당신이 낮이 아닌 밤에 마라케시에 도착했다면, 이곳은 충분히 이상한 나라가 되고도 남는다. 화려한 색채와 신비로운 분위기로 가득하며 21세기에서 이렇게 오랜 세월 동안 고유의 것을 지키며, 앞으로도 그다지 변할 것 같지 않은 나라가 모로코 말고 또 있을까. 당신이 어디에서 왔건 마라케시에 도착하는 순간 그냥 조금 어리둥절한 것이 아니라, 제자리에서 백 바퀴쯤 돌린 뒤 안간힘으로 버티고 서서 보는 듯한 희한한 세계에 빠지게 될 것이다

나는 마라케시를 상상할 때 이상한 나라 그 이상도 이하도 아닐 거라는 고정관념에 사로잡혀 있었다. 탕헤르를 출발 라바트를 경유해 마라케시 역에 내리자 밤 11시가 넘어 있었다. 콩나물시루 같은 기차에서 보낸 시간이 길어서 피로감과 더위가 극도로 나를 지치게 만들었다.

호텔 이름을 말하고 택시비를 장난삼아 반이나 깎았는데 오케이다. 시내에서 택시비를 반이나 깎아 주는 그것부터가 심상치 않았는데 한참 도심을 가로질러 달리더니 역시나 그는 적당한 곳에 차를 세우고 내가 찾는 호텔이 저쪽에 있으니 걸어가란다. 그 말에 순순히 내릴 내가 아니지. 그는 지친 내가 불쌍해 보였는지 아니면, 고집을 쉬이 꺾을 것 같지 않아 일찍 두 손을 들었는지 순순히 호텔 앞까지 데려다 주었다. 처음 모로코를 방문하는 이방인에게 얼렁뚱땅 넘어가려는 태도가 마땅찮아 고맙다는 말은 못하겠고, 대신 한 마디 하지 않을 수 없다.

"당신 정말 이런 식으로 할 거야? 앞으로 똑똑히 해!" (왜 이럴 땐 꼭 우리말

메디나 어디서나 가죽과 놋쇠로 만든
장식품을 볼 수 있다.

이 튀어나오는지 모르겠다.)

누가 나를 이곳에 던졌지.

대체 이 활력은 어디서 오는 것일까.

택시가 저만큼 사라진 뒤 정신을 차려 보니 메디나의 드제마 엘 프나(Djemaa el-Fna) 광장이다. 나는 잠을 자다가 꿈속에서 그냥 이상한 나라에 던져져 있었다. 찾아간 호텔에는 빈방이 없다. 대신 요상한 소리, 말발굽 소리, 노새에게 채찍질 하는 소리, 사람들의 낮은 아우성이 뒤범벅이 되어 아무리 정신을 차려 보려고 해도 자꾸만 허방에 발이 빠지는 느낌을 어찌할 수가 없다. 뭔가에 홀려 있는 게 분명했다. 묵으려던 호텔의 지배인 소개로 뒷골목의 다른 호텔로 안내되었을 때, 사실 나는 너무 지쳐 있어서 좋은 방을 고를 만한 여유가 없었다. 키를 받고 방문을 여는 순간 나는 모로코에 온 게 아니었다. 온통 벌레로 우글거리던 인도 바라나시 가트 근처 어느 낡은 게스트하우스에 와 있는 듯했다. 침대와 커튼은 칙칙하다 못해 음습했고, 세면기와 변기는 고장이 나 바닥에 물이 흘러 넘쳤으며, 천장에 매달려 있는 등은 녹슬어 백 년 전의 요술램프를 연상하게 했고, 탁자 나무접시에 담아 둔 견과류가 죽은 바퀴벌레처럼 보였다. 오, 이런, 천년을 살아도 침대에 햇살이 한 번 닿을 수 없을 것 같은 방이라니!

나는 내가 뭘 잘못 생각하고 있거나 엉뚱한 곳으로 흘러왔다는 느낌을 떨칠 수 없었다. 그 모든 것들을 바르게 인식하고 받아들이기 위해 할 수 있는 일은 시계바늘이 휙 돌아가 아침이 되길 바라는 수밖에. 밤중에도 날씨는 환장하게 더웠지만 나는 씻지도 않고 침대시트를 열지도 못한 채 그대로 뻗어 버렸다. 모든 창이 두꺼운 커튼으로 가려져 있어 문을 열거나 불을 켜지 않으면 날이 밝아도 눈치 챌 방법이 없는 그런 방이었다.

지난밤 그 소란 속에서 나는 끝내 올바른 정신을 찾지 못했다. 다만 분명한 기억은 방문을 잠그는 일만은 철저히 했다는 것, 그러나 잠결에도 눈을 뜨면 내가 왜 인도 바라나시에 와 있지 하는 망상이 불쑥 끼어들었다.

어떤 상황에서도 공평하게 흘러가는 것은 시간이라 눈을 떠 보니 아침이다. 어제 갔던 호텔에 다시 가 예약을 확인하자 내가 예약한 날짜 하루 앞당겨 오는 바람에 방이 없었다고 그제야 이유를 말한다. 어휴, 다행이다. 그 끔찍한 소굴에서 하룻밤으로 끝낼 수 있게 되었으니. 그러나 짐을 옮기고 보니 지난밤 묵었던 그 방과 크게 다를 게 없다. 남은 방이라곤 작은 골방 하나가 전부라고 했다. 나는 더 이상 불평 없이 현실을 받아들이기로 한다. 그러나 하나를 얻으면 하나를 잃는 법, 그나마 이 호텔은 그 유명한 드제마 엘 프나 광장 입구에 있어서 야외 식당이 있는 옥상에 올라가기만 하면 그 현란한 알리바바의 세계를 접하는 데는 최적의 장소가 틀림없었다. 눈이 시큰하고 매울 만큼 매혹적이었다.

고동치는 심장, 대체 없는 것이 뭘까

영영 깨어나지 못할 것처럼 자고 일어나 밖으로 나갔다. 달콤하고 알록달록한 소란들이 저마다 다른 피에로 분장을 하고 넓은 광장에 앉아 있었다. 깔깔깔 아이들의 웃음소리가 악기소리 같기도 했다. 갸륵함, 슬픔, 진지함 따위는 어디에도 없고 가볍고 마술 같은 신기함만 있었다. 나는 너무 어리둥절해져서 살갗을 꼬집어 보았다. 아팠다.

붉고 푸른 온갖 색, 신화, 아주 오래 산 마법사를 신화라 했고, 그 신화 속에는 지나가 버린 미래, 다가올 과거가 뒤섞여 있다고 했다. 내가 본 드제마 엘 프나 광장은 뱀장수(살아 있는 온갖 종류의 뱀을 들고 사진을 찍게 하고 돈을 받는 사람들)를 만나지 않고는 안으로 들어갈 수가 없다. 통과해야 하는 것은 뱀장수만이 아니다. 약장수, 꽃장수, 저글링, 서커스, 문신 새겨 주는 여자, 머리 땋아 주는 여자, 손톱 손질해 주는 여자, 걸인들, 난쟁이, 키다리 춤꾼, 이보다 더 화려할 수는 없을 듯 온통 붉은 옷과 현란의 극치를 달리는 모자 장식과 양

드제마 엘 프나 광장의 야시장.

의 통가죽에 물을 담아 파는 거리의 물장수, 사진사, 주술사, 도박꾼, 마술사, 바람잡이, 야바위꾼, 고등 사기꾼, 담배 장사, 원숭이 쇼, 돈 놓고 돈 먹기, 카드놀이, 좀도둑, 거리의 악사, 소리꾼, 직접 오렌지를 짜서 만든 주스를 파는 수많은 오렌지 스탠드, 어딘가에 숨어 있다가 해질 무렵이면 하나 둘 슬그머니 광장으로 모여들어 불야성을 이루는 거리의 이동식당, 온갖 요리, 가스등과 하늘을 가득 메우는 음식 연기, 알아들을 수 없는 그들만의 언어, 웃음, 몸짓, 발짓, 그 틈새로 중세의 귀족이라도 된 듯 말을 타고 시내관광을 즐기는 세계의 여행자들, 쉬지 않고 짐을 나르는 사람과 노새들, 폐차장에나 있어야 할 벤츠 택시들이 빵빵거리며 거리를 질주하고, 경찰서로 끌려가는 수갑 찬 젊은이들, 오물 냄새, 온갖 향신료 냄새, 고기 썩는 냄새, 생선 냄새, 과일향기, 머리끝에서 발끝까지 검은 천으로 뒤집어쓴 여자들의 희한한 미소, 신기하게 생긴 손수레들, 외국인만을 쫓아다니는 건달들, 사막에서 도시 빈민가로 흘러든 베두인 족 거리 악사, 아틀라스 산악지대를 벗어나 도시를 떠돌고 있는 베르베르 족 전통악기와 노래, 왜 있는지도 모르게 작은 의자에 엉덩이를 놓고 앉아 있는 사람, 짐꾼들, 우르르 몰려왔다 우르르 몰려가는 사람들, 그걸 즐기러 오는 사람들, 그리고 하루에 다섯 번 모스크에서 기도시간을 알려 주는 그 야릇한 소리, 그러나 이 혼란한 골목을 어슬렁거리며 지나는 노새들을 보고 있으면 삶이 빨라야 될 이유가 하나도 없다. 그러니 누가 저 많은 사람들의 이상한 행위를 저급한 상업주의라 손가락질할 수 있을까. 그것도 재미난 존재의 한 방식이랄 수밖에.

바자르 혹은 수크라

바자르는 '시장'을 일컫는 말로 페르시아어에서 유래되어 이슬람권 전역에서 광범위하게 쓰이는 말이며, 자선행사의 바자회도 이 말에서 유래되었다. 터키에서는 파자르, 차르시, 아랍에서는 수크라는 말도 널리 쓰인다.

또 골목의 마력은 어떤가. 드제마 엘 프나 광장과 연결되어 있는 마라케시 시장에는 정말 없는 것이 없다. 워낙 규모도 크지만 복잡하게 엉켜 있고 골목은 차의 진입이 불가능하여 물건 운반은 예전과 같이 힘 좋은 노새를 이용한다. 오전과 더운 한낮을 피해 주로 오후에 사람이 몰리는데 말 그대로 발 디딜 틈이 없

드제마 엘 프나 광장에 모여든 사람들.

다. 이 복잡한 시간을 제외하면 골목 어디서나 노새가 짐을 나르는 광경을 쉽게 볼 수 있다. 아랍 인들은 기호품으로 물담배를 즐기는데, 도자기나 유리로 만든 호리병 모양의 기구 안에 물이 담겨 있어 연결 호스에 빨대를 끼우고 연기를 빨아들이면 여러가지 다양한 향을 즐길 수 있다. 여성 여행자들에게 인기가 높은 것은 헤나 타투(tatoo). 천연염색 원료인 헤나를 이용해 원하는 신체 부위에 다양한 디자인의 문신을 새기는데 영구적인 문신과 달리 약 2주 정도 지속된다.

모로코의 특산물은 아직도 대부분 수작업으로 이루어지는 모든 가죽제품, 주물과 놋쇠제품, 도자기, 양탄자를 꼽을 수 있다. 그 밖에 돼지고기를 제외한 양, 소, 낙타 고기를 많이 소비하고 건과류, 과일, 야채가 사철 풍부하며, 대서양에서 건져 올린 해산물도 넉넉하다.

드제마 엘 프나 광장은 모로코를 축소해 놓은 곳이라 생각하면 된다. 이 광장은 모로코에서 가장 크며 사시사철 언제나 많은 사람들이 모이는 곳으로도 유명하다. 특히 우리가 생각하는 모로코에서 생산되는 모든 상품들이 이 광장과 연결되는 시장에서 거래될 만큼 규모가 크다.

이곳의 특이점이라면 누구라도 한두 번 길을 잃지 않고 목적지에 닿을 수 없다는 것. 그것은 설명으로는 불가한 어떤 주술적인 힘이라고밖에 할 수 없을 것 같다. 아무리 정신을 다듬고 다듬어도 돌아서면 방향이 헝클어져 있는 것을 나는 어떤 말로도 설명할 길이 없다.

마라케시는 오랜 세월 동안 변함없는 문화를 지켜 온 고집스런 도시로서 온통 흥미와 모험이 기다린다. 이곳은 여행자들이 먹여 살리는 도시나 다름없다. 돈을 내지 않으면 사진 한 컷 찍을 수 없는 그들의 상술은 도가 지나쳐 눈살을 찌푸리게 하지만 그렇다고 미워할 수만은 없다. 그들은 너무나 많은 각기 다른 재주들로 관광객의 눈을 즐겁게 하기 때문이다.

저녁이 되면 드제마 엘 프나 광장은 대축제의 하이라이트처럼 화려하다. 광장

은 온갖 음식 재료를 숯불에 굽는 연기로 가득하고, 여기저기 먹고 마시고 구경하는 사람들로 인산인해를 이룬다. 이곳에서 유명한 것은 음식 포장마차와 그 곁으로 길게 줄을 서 있는 오렌지 스탠드들이다. 처음 이곳에 도착할 때는 한밤중까지 너무나 많은 사람들이 광장을 메우고 있어서 무슨 일인가 싶었는데, 놀라운 일은 이 같은 광경이 1년 내내 하루도 빠짐없이 이어진다는 것이다.

만약 누군가 늦은 밤 마라케시에 도착하여 숙소가 마땅치 않거든 광장 근처 지붕 없는 호텔 옥상에 잠자리를 정하는 것도 흥미로울 것이다(방이 모자라면 매트만 깔린 옥상을 저렴하게 빌려 준다). 이곳에 잠자리를 정하면 늦도록 광장의 축제를 즐기는 것은 물론이고, 밤이 늦으면 별을 헤거나 곁에 있는 친구들과 두런두런 이야기를 나누다 잠이 드는 새다른 여행의 재미를 맛볼 수 있을 것이다.

마라케시는 페스와 더불어 가장 모로코적인 곳으로서 주인과 손님이 따로 없는 중세도시다. 모두 다 주인이고 모두 다 손님이며, 모두 다 거짓이고 하나도 거짓이 없는 곳.

신화의 나라, 모로코

어제 옳았던 것이 오늘은 옳지 않을 수도 있다.
어디에서도 없는 것을 모로코에선 만난다.
이것이 모로코이고 이것이 내가 모로코를 사랑하는 이유다.

마라케시 광장에서 했던 메모를 확인하며 웃는다. 내가 모로코를 이렇게 받아들였다는 사실이 새삼스럽다.

어떤 친구에게 물었다.

"모로코 어때?"

"한마디로 이상한 나라지!"

나는 내 예상이 빗나가지 않았다는 안도감에 웃음을 터뜨렸다. 이상한 나라, 신화, 마법 등의 단어를 쓰지 않고 모로코를 설명할 방법은 없어 보인다. 지역적으로 보면 북으로는 지중해를 끼고, 다른 한 쪽으로 대서양을, 동쪽으로는 거대한 아틀라스 산맥과 그 끝으로 사하라 사막에 둘러싸여 있는 이곳은 북아프리카에 속하지만 오래전부터 프랑스와 스페인 등 유럽의 식민지로, 오리엔탈리즘의 영향에서 벗어날 수 없었던 아랍권에 속하는 나라로 인식되어 왔다. 서로 다른 이미지, 드넓은 사막, 높은 산맥, 망망대해는 모로코를 가장 잘 나타내고 있다. 다른 북아프리카의 나라들과 달리 한 민족이 계속 이 땅을 차지하여 역사를 기록할 수 있었던 것도 지형적인 영향 때문이다. 원주민 베르베르 족은 기원전부터 이 지역을 지키고 있으며, 현재 모로코 인구의 반 정도를 차지하고 있다. 그 외 종족으로는 아랍 인과 그 밖의 소수민족이 있다.

가게 앞 풍경. 무슬림들은 언제나
이런 모습으로 가게를 지킨다.

도시를 잠시 비껴 보면 황토로 지은 소박한 집들과 이슬람 문양의 건축물과 어디나 그 속에서 얼굴을 가리고 밭에서 일하는 여성들을 볼 수 있다. 유럽 인들이 '타락하고 지저분한 도시'로 표현했던 탕헤르, 전 세계인의 가슴을 적신 영화의 제목이 된 도시 카사블랑카, 모로코의 수도 라바트 등은 과거의 유산들을 포기하고 있는 듯 보이기도 한다. 그러나 그것이 전부는 아니다.

장 그르니에는 '파멸'이란 단어로 탕헤르를 지칭했고, 카사블랑카는 수십 년간 비틀즈의 노래 'As times goes by', 험프리 보가트와 잉그리드 버그만이 주연한 사랑과 전쟁을 그린 영화로 세계의 여행자들을 끌어 모으며 급속도로 변하고 있다.

모로코 각 도시의 매력은 구시가지인 메디나로부터 시작된다. 이슬람 규율이 변하지 않듯, 오랫동안 변화를 거부해 온 메디나는 좁은 미로와 노란색이나 붉은색을 칠한 집단 주거 지역을 일컫는다. 메디나의 밤은 혼란스럽고 화려하며 『코란』 읽는 소리, 기도 소리, 여자들의 웃음소리가 창을 타고 넘어와 여행자들을 유혹한다.

모로코 음식은 더운 기후임에도 대체적으로 무난하다. 바다에서 나는 생선은 무엇이든지 먹으며, 양고기·낙타고기를 즐긴다. 대표적인 음식으로 쿠스쿠스가 있는데, 거칠게 빻은 조에 푹 익힌 야채와 양고기를 얹고 스프를 곁들여 먹는 음식이다. 식사가 끝나면 다양한 과일과 민트차가 나오는데, 과일은 당도가 높고 민트차는 입안을 개운하게 씻어 준다.

모로코의 문화는 여러모로 독특하다. 음악은 정통 아라비아 음악과 서구의 음악이 섞여 있으며, 그 속에서 모로코만의 음악이 생겨났다. 춤과 음악을 즐기는 낙천적인 모로코 인들에게 다양한 문화의 유입은 너무나 자연스러운 현상이라 하겠다.

마라케시, 눈 뜨고 꾸는 꿈

세계의 국기를 관찰하다 보면 두드러지게 많이 발견하게 되는 하나의 문양이 있는데 그건 별이다. 나라를 상징하기 위한 국기들이 왜 그토록 별을 선호하는지는 미루어 짐작할 뿐이지만 그 중 모로코 국기는 붉은 바탕에 금빛 라인으로 처리한 하나의 별이 가운데 그려져 있는, 흔한 것 같으면서도 조금은 이색적인 디자인이다.

"신비감(mystique), 호기심(curiosity), 모든 것이 가짜인 듯하면서도 알고 보면 어느 것도 가짜가 없다."

어느 자료집에서 읽은 이 한 줄이 모로코를 대변해 주리라는 것을 나는 믿지 않았다. 애초 모로코는 내게 분명한 하나의 이미지만을 가진 나라가 아니라 아라비안나이트, 천일야화(千一夜話)가 여전히 존재하는 아프리카 서북에 위치하지만 중동의 분위기를 가진 나라였다. 그러니 호기심과 두려움을 빼고 모로코를 이야기할 수는 없는 법, 한 마디로 이상한 나라이고 두 마디로 희한한 나라이다. 그러나 조금만 익숙해지면 흥미로운 나라, 마법의 나라로 바뀐다는 걸 나는 일찍이 알지 못했다. 그것은 모로코에서도 특히 화려한 도시 마라케시에서만 느낄 수 있는 별난 재미다.

바가지요금, 사기꾼에 거짓이 난무하지만 그때그때 그것이 곧 사실이고 진실이라고 믿는 이들의 사고는 쉽게 이해되지 않는다. 하지만 시간이 갈수록 여행자들은 그들의 사고에 동화하기 시작하고, 나중에는 그들처럼 웃으며 아무렇지 않게 눈앞에 닥친 일들을 해결할 수 있게 된다. 그러므로 모로코 사람에게 화를

내거나 부당하다고 노발대발 항의하는 일은 어리석다. 그들은 웬만한 일로는 자신의 잘못을 인정하지 않는다. 잘못했다는 생각 자체를 하지 않기 때문이다. 그들에게 말려들지 않으려면 세심한 주의가 우선이지만, 이미 당한 일에 대해서는 빨리 잊는 것이 남은 여행을 잘할 수 있는 비결이다.

붉은 도시

마라케시는 무라비트 왕조와 무와히드 왕조 때의 수도였으며, 모로코 중부에 있는 근대 상업 도시의 중심이다. 모로코의 국기 색깔이 그렇듯 몇 안 되는 큰 도시 중 하나인 마라케시는 도시 전체가 붉다. 그래서 레드 존으로 불린다. 그 색깔은 연분홍에서 짙은 빨강까지 실로 천차만별이다. 전설에 따르면 쿠투비아가 도시의 가운데에 세워질 때, 심장에서 피가 흘러 거리를 적시고 집과 담을 물들였다고 한다. 믿거나 말거나지만 그것은 공공건물을 비롯해 가정집 담장, 골목 구석구석도 마찬가지다.

기온이 높기 때문이겠지만 이곳 사람들은 낮에는 가만히 있다가 석양 무렵 우르르 거리로 쏟아져 나온다. 도시가 석양에 물들 때면 메디나의 낡은 건물들은 짙은 분홍색으로 그윽하기까지 하다. 이곳의 색깔은 역시 해질 무렵이 가장 아름답다. 노을이 도시 전체를 물들이고 야자나무들이 긴 그림자를 남길 때면 건물들의 음영은 더 강해지고, 낡은 벽의 질감 또한 두드러져 눈 닿는 곳마다 그림이고, 카메라 초점이 맞춰지는 곳마다 그럴듯한 작품이다. 연분홍에서 주황, 빨강, 진한 자주색까지 말로 다 표현할 수 없는 것들이 붉은색으로 변하면, 과연 아랍 인들이 모로코를 '해가 지는 머나먼 땅'으로 불렀던 이유를 알 것 같기도 하다. 그러니까 동방의 해뜨는 나라 대한민국과 이곳은 얼마나 멀고 아득한 극을 가지고 있으며, 나는 또 얼마나 먼 곳에 와 있는지 생각만으로도 멀미가 날 지경이다.

마라케시의 메디나는 올드 타운으로 성벽의 벽돌조차도 붉은 흙으로 구워서 이 도시 특유의 색감을 화려하게 해준다. 도시를 적으로부터 보호하고 방어하기 위해 세운 것으로 길이가 14킬로미터, 문이 2백 개나 된다는 마라케시의 성벽은 옛 술탄의 힘과 부와 명예의 상징물로 여전히 존재하고 있다. 밤이 되면 조명을 받아 하늘로 솟아오를 듯한 성벽은 고풍스럽고 아름답다. 마라케시의 메디나는 규모를 가늠하기 어려울 만큼 복잡하고 크지만 어디를 가나 쉽게 눈에 들어오는 것은 크고 작은 모스크의 탑들이다.

도심의 공원에는 하늘을 찌를 듯 야자나무들이 자라고 그 주변으로 마차들이 쉬지 않고 경쾌한 발굽소리를 내며 달리는데 이때 마차를 끄는 말은 언제나 한 마리가 아닌 두 마리다. 마차를 타고 성벽으로 둘러싸인 도시를 돌아보는 것은 마라케시를 찾는 여행자들의 빼 놓을 수 없는 재미며 거리 곳곳에 말채찍을 휘두르는 마부의 그럴듯한 그림이 보태져 아랍의 정취를 더한다.

마라케시에서는 모스크, 궁전, 메데라스(코란 학교), 박물관 등 아랍 건축물의 진수를 볼 수 있다. 도시를 둘러볼 때 굳이 비싼 가이드를 고용할 필요가 없다. 시내버스를 이용해도 좋고 메디나의 참 맛을 느끼고 싶다면 아침·저녁 시간을 이용해 천천히 걷는 것이 좋다. 이곳 마라케시는 대부분의 도시를 열차로 이동할 수 있고, 이틀 정도면 접근할 수 있는 사하라 사막 투어도 가능하다. 드제마 엘 프나 광장 주변으로 숙소를 잡으면 밤낮 그곳에서 벌어지는 환상적인 축제를 백배 즐길 수 있나.

모순되지만 유럽의 도시 건물들이 개성적이고 완벽해 부담이 되었다면, 모로코의 오래된 건물들은 허술해 보여서 순박하고 여유가 넘친다. 그것은 상가의 허술한 문이나 그 문 위에 매달려 있는 낙서와 간판도 마찬가지다. 삶의 흔적들이 고스란히 배어 있는 이곳 골목을 걷노라면 붉은 빛과 핑크 빛이 적당히 어우러져 여유를 느끼기에 충분하다.

닫힌 가게 앞의 손수레들.

내 상상 속의 모로코는 『아라비안 나이트』에 나오는 이야기처럼 동화적이고 주술적이며 외설적인 것들이 두루 섞여 있었고, 그 뒤에 마음씨 착한 무두장이가 늘 따라다녔다. 그러다 보니 모로코를 출발하기까지 사실 내겐 베르베르인이 신는 화려한 전통 신발사진이 표지에 붙은 『론리 플래닛』 외 구체적인 사전자료가 전무후무한 상태였다. 가끔 현실과 상상세계를 드나들어 보는 재미도 여행에서 뺄 수 없는 묘미가 아니던가. 모로코에서 마라케시는 페스와 더불어 중세로 회귀할 수 있는 유일한 꿈의 도시인 셈이다.

마라케시 _ Marrakesh

모로코 마라케시 주의 주도로서 카사블랑카에서 약 250km 떨어진 아틀라스 산맥 북쪽 기슭 하우즈 평야에 위치하며, 카사블랑카와는 국도·철도·항공로로 연결되어 있다. 또 남부 모로코와 알제리에 이르는 대상로의 기점이다. 1062년 알모라비드 왕국의 수도로 건설되어 알모아데 왕국의 수도가 되었다. 그후에도 북서 아프리카의 이슬람교 중심지로서 모로코의 학술·문화면에서 중요한 구실을 담당하였으나, 1912년 9월 프랑스에 점령당하였다. 하우즈 평야에서 밀·보리·올리브·감귤류 등을 재배하며, 양·염소·소 등을 사육한다. 옛 왕궁과 수많은 이슬람 사원 외에도 프랑스가 건설한 근대적인 시가, 마라케시 벤 유세프 대학 등이 있다. 대 아틀라스 산맥은 스키·등산지로, 관광개이 모여들고 있으며, 유네스코의 세계유산 복복에 등재되어 있다.

마라케시는 더할 나위 없이 생기발랄한 도시이다. 가장 번화한 중심지는 드제마 엘 프나(Djemaa el-Fna)라는 큰 광장이다. 야외음식점이 줄지어 있어 군침을 돌게 하는 향기가 공기를 가득 채우고 있고, 저글러, 이야기꾼, 뱀장수, 마술사, 서커스, 광인 등이 광장을 가득 채우고 있다. 유서지구의 볼거리는 알모라비드 스타일의 쿱바 바아딘(Koubba Ba' diyn) 서원 별채, 웅장한 쿠투비아(Koutoubia) 서원, 그리고 모로코 예술박물관인 빨레 다르 시 사이드(Palais Dar Si Said) 등이다.

유럽의 많은 도시에서 이 도시로 오는 국제선 항공이 거의 매일 운행된다. 또 스페인 남쪽 해변도시 알게시라스에서 모로코의 북쪽 항구 도시 탕헤르까지는 페리로 약 1시간이면 건너갈 수 있다. 물론 그 반대로 여행할 수도 있다. 그러나 탕헤르에서 마라케시까지는 기차로 약 11시간 소요되며 버스도 있다.

008

고양이들의 식사

메디나를 주름잡는 녀석들

모로코 고양이들의 주거지는 단연 메디나에 있는 좁은 골목들이다. 골목 안의 작은 대문들은 그들의 놀이터쯤 되는지 문마다 녀석들이 주렁주렁 매달려 장난을 치는데, 더러는 만져달라는 듯 사람이 가까이 가도 미동도 않는다. 밤새 골목을 어슬렁거리다가 아침이 되어 사람들이 발 빠르게 움직일 때까지는 가게의 내려진 셔터 앞이나 골목 구석에 쭈그리고 앉아 꾸벅꾸벅 졸기 일쑤다. 그러나 녀석들의 감지 기능은 특별하여 세상 모르게 졸다가도 사람의 손이 털에 닿기 바로 직전의 본능적인 행동은 놀랍다.

암고양이가 액세서리 가게 앞에 얌전히 앉아 있는 걸 보면 액세서리를 홍보하러 나온 미녀가 연상된다. '이건 어때요? 내게 참 잘 어울리죠? 당신이 하면 분명 더 멋질 걸요?'라고 말하고 있는 것 같다. 그러면 고양이에게 호감을 보이던 여성들이 슬그머니 다가가 고양이와 목걸이를 번갈아 보다가 "그래, 이게 예쁘군" 하면서 지갑을 열 것 같지 않은가. 실제로 그래서 지갑을 여는 아랍 여성을 나는 본 적이 있다. 모로코 메디나 골목에는 알라와 무슬림과 고양이가 그렇게 한 가족으로 살고 있다.

장난꾸러기

어떤 고양이들은 온몸에 실이나 보푸라기를 감고 있는가 하면, 어떤 고양이들은 붉은 물감을, 어떤 고양이들은 엉덩이에 진흙을 바르고 아무 일도 아닌 듯 새

침을 떨고 있다. 깔끔하기로 소문난 녀석들의 이런 모습은 그들의 근거지가 어느 골목, 어느 집인지를 가늠하는 데 도움을 준다. 수사가 필요할 때에는 결정적인 단서가 될 수도 있다. 장난을 즐기는 고양이들은 주인이 가게를 비우는 밤 동안 짜다 만 카펫 위를 뒹굴거나 가죽에 색을 입히려고 풀어놓은 물감통에 꼬리를 살짝 스치기도 하고, 진흙에 온몸을 문지르기도 하여 단서들을 남기지만 어디까지나 그것은 실수거나 장난일 뿐이다. 그러나 카펫을 짜는 기계에 경솔하게 손을 넣거나, 염색 피트에 온몸을 빠뜨리는 일은 없다. 가끔은 단서가 되는 실수를 할 때가 있긴 하지만 그들은 지상의 몇 안 되는 영리한 족속이다. 모로코의 고양이들은 한 번 본 사람들을 모두 기억한다고 한다. 나는 그 말을 부정하지 않는다. 모로코는 중세의 마법이 여전히 풀리지 않는 나라다.

다른 소리

다섯 살쯤 되는 계집아이가 안고 있던 새끼 고양이를 안아 보라고 내게 주었다. 내 품에서 끙끙대던 고양이의 울음소리를 나는 '야옹야옹'이라고 했고, 아이는 '이에이에'라 했다. 사막에서 닭이 울 때 나는 '꼬꼬'라고 했고, 유목민들은 '끼끼'라고 했다. 같은 소리를 듣고 다르게 표현하는 것은 어디서 비롯된 것일까? 내가 야옹야옹 할 때마다 재미있다고 키들거리던 아이,

그 후 나는 고양이를 볼 때마다 '이에이에' 했지만 어느 한 녀석도 아는 체하지 않았다. 서툰 발음이 문제였을까.

009

아임 로스트

마라케시에서 처음 맞은 새벽, 나는 완전히 방향을 잃어 버렸다. 가도 가도 그 자리였고 가도 가도 같은 사람들만 눈에 들어 왔다. 나는 지나가는 사람을 붙잡고 앵무새처럼 아임 로스트(I'm lost)를 외쳤다. 그렇게 말하고 나서 생각해 보니 길을 잃었다는 사실만 명확할 뿐 내가 돌아가야 할 호텔이나 거리 혹은 근처의 모스크까지도 분명히 알고 있는 이름은 하나도 없었다. 나는 순간 기억상실증에 걸린 사람처럼 무엇이라도 건져 볼 량으로 망연히 골목에 앉아 지나가는 사람들을 물끄러미 쳐다보았다. 내 입은 아임 로스트를 자동 리플레이 하고 있었다. 길바닥에 앉아 처음의 순간을 떠올렸다. 한참 후 드디어 내가 모로코에 와 있다는 자각이 들었다.

참 많이도 길을 잃어 이곳까지 왔지만 결국 이곳에서도 나는 길을 잃고 말았다. 마라케시에서도 페스에서도 메디나에선 잃은 길에서 모든 시간을 다 보냈다고 해도 틀린 말은 아니다. 동행이 있었다면 내 여행은 잃은 길에서 초조함으로 불행만을 떠올렸을지도 모른다. 숙소에서 혹은 약속 장소에서 나를 기다리는 사람이 있었다면, 길을 잃었다는 사실은 극도로 나를 괴롭혔을 것이다. 그러나 나는 묘하게도 잃은 길에서 자유를 넘어선 안도와 약간의 흥분까지 가세해 포기와 뜻하지 못한 도전에 놓였다는 작은 사실을 감사히 받아들였다.

나는 잃은 길에서 가망 없는 것들에 대해 단호하게 조치하는 법을 알았다. 그것은 과거에 묶이지 않고 새로운 곳으로 나아가는 보다 진보적인 변화를 자신도 모르게 갖게 됨을 뜻한다. 이 도시에 오면 지난 일들은 모두 잊게 된다. 그것이

야말로 모로코의 힘이고 마라카시의 매력이다.

나는 입버릇처럼 외우고 다녔다. 아임 로스트.

마라케시 메디나에서 두번째 길을 잃었을 때였다. 한 꼬마가 다가와 불쌍한 듯이 나를 쳐다보았다. 그는 아무 말도 하지 않았지만 난 알아요. 당신 길 잃었지요?라고 말하는 것 같았다. 나는 아이에게 태연한 척하며 두 팔을 들어 어깨를 으쓱해 보였다. 그랬더니 자기를 따라오라며 앞장서는 것이 아닌가.

나 역시 특별한 설명을 붙이지 않았지만 녀석은 정확히 광장 한가운데에 나는 데려다 놓았다. 숙소를 찾아가려면 이 광장에서부터 시작하라는 것이었다. 물론 내 숙소는 근처에 있어서 호텔 간판을 가르치며 나는 녀석에게 저기가 내 숙소라고 말해 주었다. 뭔가 인사를 해야 하는데 녀석은 내가 호텔을 쳐다보며 넋을 놓고 쉬는 사이 쏜살같이 시야에서 사라져 버렸다.

다음 날 나는 녀석을 만나기 위해 또 한 번 길을 잃어야 했다. 녀석은 약속이라도 한 듯 그 골목에 나와 있었다. 나는 녀석의 껌을 팔아 준 대신 다시 한 번 길을 찾아 줄 수 있느냐고 물었다. 전날과 같은 장소에 왔을 때 나는 껌을 집었고 값을 계산하라며 손바닥에다 잔돈 약 10다르함 정도를 올려놓았다. 내 생각엔 혹 조금 모자랄 수도 있겠다 싶은 돈이었다. 그러나 녀석은 그 돈 중에서 3다르함만을 챙겼다. 그래도 자기가 조금 이익이라며 웃었다. 길을 찾아 주었으니 "가이드 비는?"이라고 하자 자기는 가이드 자격증이 없어서 돈을 받으면 안 된다며 익살을 부렸다. 10살 된 녀석치고는 너무나 어른스러운 대답이었다.

모두 마법을 걸 줄 아는 드제마 엘 프나 광장에서 이런 아이를 만나기란 쉽지 않다. 그리고 보면 녀석은 어른들의 속임수 마법을 아직 배우지 못한 것 같다. 나는 또 길을 잃고 싶었다. 길을 잃어서라도 다시 녀석을 만나고 싶었다.

010

물장수

모로코를 두고 사람들은 흔히 가장 많은 색을 가졌다고 한다. 가죽제품은 물론이고, 여성들의 의상, 장신구, 심지어는 음식까지 모두 화려한 색을 바탕에 두고 있다. 이러한 현상은 사막이 가깝고 아열대성 기후에 따른 환경적인 것이지만 아프리카와 아랍의 특유한 분위기가 합세한 결과라 할 수 있겠다.

모로코 방문이 처음인 여행자에게 마라케시 광장에 첫발을 내딛는 순간 가장 강렬하게 시선을 끄는 것은 물장수다. 모로코의 물장수는 대개 나이가 지긋한 노인들이 많아 여행자들에게 재미는 물론 연민의 대상이 되기도 한다. 이들은 모로코의 대도시라면 어디서든 볼 수 있지만 사람이 가장 많이 모이는 마라케시의 물장수가 가장 현란하다. 그들은 골목골목을 누비고 다니며 더위에 지친 사람들에게 물을 판다. 한 컵에 보통 0.5-1다르함 정도 받지만 여행자들에겐 늘 예외의 금액이 적용된다. 거기다가 사진을 찍으면 물값에 모델료를 적용시켜 몇십 다르함을 요구하게 되는데 적정 금액에 타협을 보는 것은 필수다.

나 같은 경우 돈을 주면서까지 사진을 찍고 싶지 않아서 처음부터 포기했었다. 돈을 주면 맘 놓고 사진에 담을 수는 있지만 증명사진이 될 확률이 높으니 그런 사진은 얻어도 별 재미가 없어서다. 헌데 어디서든 자칭 모델이 되어 주겠다는 그들의 공세는 집요하다. 심지어는 얼굴을 기억하고 며칠을 따라다니는 사람도 있어서 나중에는 숨바꼭질하는 꼴이 되고 만다.

드제마 엘 프나 광장에서 카메라를 열고 초점을 맞추고 있을 때 대여섯 명의 물장수들이 몰려와 나를 에워쌌다. 자신들을 찍었으니 돈을 내라는 것이었다.

화려한 의상이 눈길을 끄는 물장수

50

나는 짐짓 여유를 부리며 사진을 찍은 일이 없다고 했지만, 그들은 내가 나 홀로 여행자라는 걸 알고 인상을 구기며 달려들었다. 찍었다 안 찍었다 실랑이를 벌이는 사이 청년 한 사람이 나타나 그들과 나 사이를 중재해 주겠다고 했다.

"어떻게?"

"간단하잖아, 카메라를 보여주면 되잖아."

"그럼 혹?"

나는 위기가 닥친 것을 직감적으로 알았다. 뜻밖의 제안에 당황했지만 구경꾼까지 합세하여 나를 에워싼 많은 사람 틈에서 자존심을 꺾고 순순히 돈을 주던가, 아니면 카메라를 보여주던가, 다른 방법은 없어 보였다. 생각 끝에 나는 카메라마저 빼앗기기 전에 순순히 그들의 제안을 받아들이기로 했다.

"자, 어디 한 번 볼까?"

전날부터 새 메모리 카드에 그곳 광장의 풍경을 담아 두었는데 설마 수백 장이 담긴 사진을 다 보려는 심산은 아니겠지?

나는 사진의 순서를 뒤집어 전날 아침에 찍은 사진부터 한 장 한 장 넘기기 시작했다. 사진 속에는 바로 그 광장 앞 건물에 걸려 있는 붉은 깃발이 연속으로 펄럭거리고 있었다. '그래, 볼 테면 봐.' 나는 더욱 의기가 양양해져서 계속 사진을 넘겼다. 그때 중재를 나섰던 청년 왈,

"보다시피 이 여자 말이 맞네요. 당신들을 찍은 사진은 한 장도 없는데요, 뭐—"

머쓱해 하는 표정들이 어쩌면 하나 같이 그토록 느끼하던지. 하나 둘 그들이 자리로 돌아가자 나는 속으로 안도와 쾌재를 부르며 카메라를 거두었다.

'사실은 말이야, 멀리서 몇 컷 찍었거든, 미안하다고 사과하고 돈을 좀 주었어야 했는데…' 그토록 집요하게 돈을 요구하지만 않았어도 얼마를 주고 당당히 찍었을 텐데, 목구멍까지 차오르는 진실을 누르는 일이 얼마나 고통스러웠는

컵이 주렁주렁 달린 물장수들의 옷과
양가죽 껍질로 만든 물병.

지, 그리고 그들과 아무 상관없는 청년에게 고맙다고 인사해야 하는 내가 얼마나 싫던지. 그 시간 이후 물장사들은 내 카메라가 무엇을 찍든 아무런 동요를 보이지 않았다. 물론 순진한 사람들에게나 어필할 수 있는 방법이지만, 가끔은 이런 속임수가 필요할 때도 있긴 하다. 지난번 아프리카 여행 이후 두번째로 같은 방법을 써 먹었다. '아, 무지 나쁜 사람이다, 나는.' 그날 저녁, 길모퉁이에 앉아 있던 눈먼 걸인에게 죄인의 마음으로 주머니의 잔돈을 모두 털어 주었다.

카사블랑카의 아침도 물장수를 만나는 일부터 시작된다. 시장에서 가장 붉은색의 옷으로 치장하고, 가슴에는 주렁주렁 놋쇠로 만든 금빛 컵을 달고, 요란한 레이스 장식이 달린 챙이 넓은 모자를 쓰고, 검은색 털의 외피를 그대로 살려 만든 양가죽 물통에 물을 담아 파는 물장수들이 여럿 있는데, 모두 비둘기 광장에 잠시 내렸다 가는 단체관광객을 기다리는 물장수들이다. 그들은 물만 팔아서는 생활이 어렵다며 진짜 목적인 보다 화려하게 치장을 하고 여행자들이 오면 함께 사진을 찍어 주고 사례비를 받는 일을 한다. 사람이 모이는 광장이나 시장 골목에서 흔하게 볼 수 있는 모로코만의 풍경이다. 워낙 의상이 화려하고 붉은색으로 통일을 하고 있어 어디서든 금방 눈에 띌 수밖에 없다.

011

아이드 벤하두 카스바

사하라의 시작점인 마라케시, 마법의 도시를 벗어나자 곧 전원 풍경이 이어졌다. 나는 가슴이 두근거리기 시작했다. 메디나의 붉은 도시를 벗어나는 것은 아쉬웠지만 무한정 펼쳐지는 벌판과 나무와 붉은 흙집 때문이었다. 집들은 계곡을 사이에 두고 마을을 이루고 있었으며, 협곡과 풀 한 포기 없는 고산지역을 한나절 달리는 동안 내가 본 것은 아주 오래된 자연이라는 이름의 낡아도 낡지 않은 풍경들이었다.

크고 작은 산맥을 거쳐 다시 얼마쯤 달려갔을 때. 사하라의 모래사막이 있는 '메르조가'와 '자고라' 가는 길에 있는 사막 지역에 제법 큰 마을이 형성되어 있는데, 아이드 벤하두 카스바는 그 마을 뒤편에 융기한 작은 산을 중심으로 자리 잡고 있었다.

물이 마른 개울 바닥을 가로지르며 한낮 더위 아래 노새가 짐을 나른다. 마을 주민들은 손님도 없는 가게 문을 열어 놓고 낯선 여행자에게 실실 게으른 웃음을 흘리며 햇빛 아래 서 있다. '저 카스바는 태양신이 지은 건축물일거야.' 나는 중얼거리며 성채를 향해 걸어갔다. 얼기가 훅 하고 날려들 때 나도 태양의 일부라는 걸 인정할 수밖에 없었던 대지.

모로코 어디서나 볼 수 있는 '카스바'라 불리는 이 성채가 신비로움으로 가득한 이유는 붉은 흙과 건축술의 비밀에 있는 듯하다. 그들의 말을 빌리자면 이곳 아이스 벤하두 카스바는 500년이 지난 성채라고 했지만 일부를 제외하면 아직도 견고하기만 해 여행자들을 상대로 가게를 운영하거나 양을 방목하는 주민

작은 창을 통해 내려다본 카스바 풍경.

들이 거주하고 있기도 하다.

지금 이곳은 유네스코가 세계문화 유산으로 지정하여 많은 여행자들이 찾고 있다. 특히 「스타워즈」 「아라비아 로렌스」 「나사렛 예수」 최근에는 「글레디에이터」 등 약 20편의 할리우드 영화를 촬영한 곳이기도 하다.

누가 방문해도 이들은 차를 앞에 놓고 대화를 나눈다.

카스바는 북부 아프리카에서 흔히 발견할 수 있는 전통 이슬람 건축양식으로 바깥으로는 벽을 높이 세우고 그 안쪽에는 작은 집들이 오밀조밀 모여 있는 형태로 요새 혹은 성채에 해당한다. 원래는 외적의 침입을 막기 위한 목적으로 건축되었기에 그 마을에서 가장 높은 곳에 위치하게 했고, 창문은 없거나 있어도 아주 작은 것이 특징이다. 빛이 너무 강하여 사람들이 창문에 매달려 살 일이 없다는 말이기도 하다.

카스바는 거대한 성으로 지역 통치자 혹은 부유한 개인의 주거지로 사용되는 경우와 한 마을 주민들의 집단 거주지로 나눌 수 있다. 집단 거주지인 경우 집들은 좁고 미로처럼 생긴 골목을 사이에 두고 있어서 방문자들은 출입구를 찾기가 쉽지 않다. 그래서 길을 안내해 주는 사람이 없다면 제대로 보는 일이 불가능할 정도다.

이곳 아이드 벤하두 카스바는 규모도 그렇지만 아직도 사람들이 거주하고 있는 것으로 유명하다. 출입문은 이곳 카스바의 명성과 위용을 상징하듯 카스바 정면에 우뚝 솟아 있지만 지금은 사용하지 않고 입장권을 끊어 주는 사람은 작은 아치형 문 앞 의자에 앉아서 손짓으로 자기가 있는 쪽으로 들어가야 한다고 안내해 주었다.

일이 생겼을 때 사람들이 모여 회의를 하거나 일을 치르는 곳으로 보이는 그리 크지 않은 공간 한구석에는 사무실이 있고, 높고 큰 벽 밑에는 예전에 그곳 사람들이 사용한 집기(농기구, 동물가죽으로 만든 물주머니, 야자나무로 엮은 바구니들, 풍로와 흙으로 빚은 항아리)가 아무렇게나 놓여 있었다.

안내를 맡은 무함마드는 순진하고 조용한 청년으로 대학에서 영어를 전공한다고 했다. 많은 경쟁자를 뿌리치고 그를 선택한 것은 한글이 새겨진 티셔츠를 입고 있어서 반갑기도 했지만 그보다는 순진무구한 눈빛을 외면할 수가 없어서였다. 모로코에 와서 어느새 무함마드라는 이름에 익숙해진 것도 한몫했다. 그도 그럴 것이 모로코에 도착한 후 이제 겨우 네 사람에게 이름을 물었는데, 네 사람 중 세 사람이 무함마드였으니. 마라케시 숙소의 지배인 이름이 무함마드였고, 지금 나를 사하라 사막까지 데려가 줄 듯직한 기사도 무함마드이다. 지난 번 몽골의 어느 마을에 가서 아이들의 이름을 물었을 때 반 이상이 데무친(징기스칸)이라 했던 기억이 떠올랐다.

세번째 무함마드를 앞세워 좁은 계단을 올라가 사람들이 살았던 흔적들을 살펴보았다. 가축이 사는 곳과 곡식을 저장해 두는 창고, 맷돌이 있는 주방은 아래에 있고, 가족들이 잠자는 주거공간은 위층에 배치되어 있었다. 주방의 그릇들은 집의 질감과 다르지 않게 토기로 되어 있었고, 불을 지피는 아궁이와 허드렛일을 하는 공간은 공중으로부터 자연채광이 실내로 들어와 예전에는 이 태양빛에 의지해 살았다는 것을 알 수 있다. 역시 창은 아주 작아서 밖을 살피는 일은 용이하지 않았다. 그러나 그다지 어둡게 느껴지지 않는 건 모두 태양빛을 받고 있기 때문이다. 집집마다 좁은 계단이 연결되어 있었는데 계속 오르다 보면 시야가 트인 옥상으로 올라가도록 설계되어 있다는 걸 알 수 있다.

성채마을 중턱쯤 오르자 그림과 작은 기념품을 파는 가게들이 드문드문 문을 열고 있는 등 일상의 풍경으로 사람이 사는 흔적들을 도처에서 만날 수 있었다. 좁은 마을길을 따라 산 위 정상에 서면 건너편 마을 사람들의 동정을 살필 수도

있고, 사막 끝에서 카스바를 향해 누가 오고 있는지 한눈에 간파할 수 있다.

단지 흙과 짚으로 지은 저토록 큰 성채가 수백 년이 지나도록 원형 그대로 지켜지는 것은 기이한 일이 아닐 수 없다. 나는 뒤처지는 걸음을 주체 못하고 거친 흙벽에 등을 대 보기도 하고 뺨을 부비면서 오랜 시간의 숨결을 느껴 보려고 애썼다. 옥상에 올라가 한참 서 있는데 빛이 너무 강렬해 태양이 사람과 흙을 굽고 있다는 생각이 들었다.

마을 아이들이 졸졸 따라와 이상한 소리로 말을 건다. 빛처럼 맑아 보이는 아이들의 웃음에서 악기 소리가 들리는 것 같다. 이곳 카스바에는 이상하게 기분이 좋은 것들로 가득하다. 순도 높은 태양 때문이리라.

012

우연히, 우연히, 우연히

태양은 활화산처럼 타올랐다

지프에서 내려 불과 몇 십 미터 정도 걸었을 뿐인데 후끈 달아오른 열기로 내 몸에 기생했던 균들이 죽어 버리는 느낌이 들 정도다. 건기가 되어 말라 버린 개울을 건너 아이드 벤하두 카스바 입구에 도착하자 몇 명의 소년들이 달려와 장난을 걸며 가이드가 필요하냐고 묻는다. 그들은 아랍어로 이야기했고 나는 영어가 가능한 소년을 원했다. 내가 쓰고 있던 주황색 나이키 마크가 있는 모자를 팔라는 둥 달라는 둥 쫓아다니는 녀석들을 떼어 내고 카스바 입구로 들어서니 전통복장을 한 아저씨가 티켓을 끊어 주며 10다르함을 요구한다. 표를 들고 입장하자 거기 내 시선을 사로잡는 소년이 수줍은 듯 웃고 서 있다. 17살 무함마드였다. 나는 반가움에 무함마드에게 다가가 인사도 생략한 채 물었다.

"지금 네가 입고 있는 티셔츠에 적힌 글이 한국어라는 걸 알고 있니? 너 한국이라는 나라 알아?"

"미안해요. 한글이라는 것은 알고 있지만 무슨 뜻인지는 몰라요."

나는 그의 검은색 셔츠 앞뒤로 인쇄된 흰색의 한글을 한 글자 한 글자 손가락으로 짚어 가며 소리내 읽기 시작했다.

"우연히 우연히 우연히 그러나 반드시, 무함마드 따라해 봐."

"우 연 히 우 연 히 우 연 히 그 러 나 반 드 시"

"우 연 히 우 연 히 우 연 히 그 러 나 반 드 시"

나는 너무 신기하고 반가워 그의 티셔츠 목뒤에 붙은 상표까지 확인해 보았지만 메이드 인 코리아, 대신섬유, 소비자 신고 전화… 한국 제품이 틀림없었다.

"네가 이 옷을 어떻게?"

"멋지죠? 얼마 전 혼자 여행 온 한국인 친구가 떠나면서 선물로 주었어요."

나 같은 여행자가 있었던 모양이었다.

무함마드는 자신이 아껴 입는 셔츠 가슴에 씌어 있는 그림 같은 글씨의 뜻을 설명해 줄 수 있느냐고 물었다.

"암 물론이지."

무함마드에게 따라하게 하면서 저 난해한 그러나 여운이 깊은 단어를 어떻게 해석할까 고심하기 시작했다. 아니 솔직하게 말하자, 한글로도 잘 이해되지 않는 문장을 어떻게 내가 영어로 옮길 수 있단 말인가. 그때까지 나는 '우연히(by chance)'라는 단어를 모르고 있었지만 가지고 간 전자사전이 큰 배낭에 있어서 선뜻 열어 볼 수도 없었다. 어떻게

무함마드 마음에 드는 말로 뜻을 전달하지? 그러다가 결국 그를 설득시킬 간단한 단어를 찾아내고는 속으로 쾌재를 불렀다.

"네 뜻대로 네 뜻대로 네 뜻대로, 오직 네 뜻대로…"

알 듯 모를 듯한 표정을 지으며 무함마드가 되묻는다.

"뭐가요?"

"모르겠니? 인생의 꿈."

"그럼 한 마디로 인샬라(신의 뜻대로, 혹은 알라의 뜻대로)?"

가이드 무함마드.

"오, 그래 맞아 인샬라!"

뜻하지 않게 일어난 일을 우연이라고 하지. 내가 이 삭막하고 아름다운 사막 위 붉은 성채 카스바에서 무함마드를 가이드로 만난 것도, 무함마드가 한글이 프린트된 티셔츠를 입고 있는 것도, 서로 다른 이름을 갖고 있지만 우리가 신을 믿고 있는 것도, 모두 그분의 뜻 인샬라. 그리고 다만 우연히 우연히 우연히…….

나는 그곳을 벗어난 후 무함마드의 해맑은 표정을 떠올리며, 아주 오래 '우연히'라는 말을 입안에서 웅얼거렸다.

013

자고라에서 만난 소녀

마라케시에서 10시간을 달려 도착한 곳은 사하라 모래사막으로 가는 중간 기착지 자고라였다. 짐을 풀지도 못한 채 어둑해지는 마을로 나가자 아이들이 우르르 몰려들었다. 열 명쯤 되는 녀석들은 모두 사내아이들이다. 사진을 찍어 달라고 매달려 찍어서 보여주었다. 흔들려서 제대로 나오지 않는다는 걸 알았지만 그들을 즐겁게 해주기 위해 나는 기꺼이 맘 좋은 사진사가 되었다. 녀석들과 놀고 있는 사이 어쩌다 계집아이들이 담장 안에서 내다보거나 곁을 지나가곤 했지만 모두 얼굴을 가리고 숨기에 바쁘다. 산 위에 달이 환하게 떠올랐을 때 아이들이 달빛 속으로 하나 둘 흩어져 집으로 사라졌다.

다음 날 일찍 눈을 떴다. 몹시 지쳐 있었지만 전날과는 다른 에너지가 몸에 가득 차 자리를 박차고 일어날 수 있었다. 창밖으로 사람들이 노새를 타거나 맨손에 연장을 들고 숙소 건너편 야자나무 숲으로 들어가고 있었다. 저 속에 무엇이 있기에 하나 둘 사라지는 것일까.

나는 작은 개울을 건너 숙소에서 운영하는 낙타 농장을 지나 야자나무 숲으로 걸음을 옮겼다. 분명 내 눈으로 그곳으로 들어가는 사람들을 보았는데 어디선가 아련히 인기척이 느껴지기는 했지만 눈에 들어오는 사람은 없었다. 워낙 넓은 농장이기도 했지만 농장마다 높은 담에다 문까지 달고 있어서 농장 안으로 자유롭게 드나드는 일은 불가능했다. 키가 큰 야자나무 아래 부지런한 사람은 물을 끌어와 감자나 양배추 같은 야채농사를 짓는다. 그러나 주업은 야자나무를 재배하는 것이다.

비밀의 정원을 살금살금 걷고 있을 때 어디선가 계집아이들의 웃음소리가 들렸다. 그 소리를 따라 안쪽으로 들어가니 야자나무에 올라가 익은 야자대추를 따고 있는 두 소녀. 사람이 왔다는 걸 알리고 들어갈 수 없냐고 했더니 기꺼이 문을 열어 준다. 그리고 보자기에 잘 익은 대추야자를 골라 먹어 보라고 준다. 언니는 열다섯쯤, 동생은 열두 살쯤 되어 보였다. 히잡을 쓴 머리에 나비 한 마리가 날아와 나풀거렸다. 대추야자는 지금까지 내가 먹어 본 것 중에서 가장 잘 익어 맛있고 달콤했다. 사막지역이라 햇빛이 강해 당도가 높은 것이리라.

나는 양해를 구하고 두 자매의 얼굴을 카메라에 담고 싶었지만 자신들이 딴 열매를 낯선 여자에게 통째로 내 주면서도 사진만은 허락하지 않았다. 하는 수 없이 나는 보자기의 야자열매와 키 큰 나무만 찍고 돌아설 때 미안했던지 뒷모습은 찍어도 좋다고 했다. 짓궂게 물었다.

"왜 얼굴은 찍으면 안 돼?"

"아버지나 오빠가 알면 큰일 나거든요!"

나는 겨우 작은 아이의 뒷모습만 한 컷 찍고는 고맙다는 인사를 거듭했다. 그때 옆 농장에서 야자열매를 따던 할아버지가 손짓으로 나를 불렀다. 두 아이들을 앞세워 할아버지 농장 안으로 들어가니 자루에 가득 딴 대추야자를 한 주먹 주신다. 나무에서 완전히 익은 것들이라 매우 달콤했다. 눈이 모자라는 넓은 평원을 가득 채운 푸른 나무들이 모두 야자나무라는 걸 알고, 집집마다 높은 토담을 쌓고 대문을 닫아 걸 만큼 그 나무가 소중한 그들의 자산이라는 걸 알기까지는 많은 시간이 필요하지 않았다.

대추야자는 사람이 나무에 올라가 큰 자루를 열매에 씌운 뒤 가지를 흔들면 익어서 꼭지가 무른 것들만 떨어져 자루에 모이게 되고, 그때 조심스럽게 자루를 풀어 내리면 된다. 대추야자는 메마른 아프리카 전역에 분포되어 있으며, 이들에겐 없어서는 안 되는 열량이 풍부한 주요 식량이다. 씨가 있으나 당도가 높고

야자나무 숲길.

맛은 예전에 먹던 우리의 고욤열매와 비슷하다.

나는 대추야자를 얻어먹은 대신 약간의 사례비를 주었다. 뜻밖이라는 반응이었지만 만족한 듯 보였다. 나중에 준 사례여서 더욱 그랬던 것 같기도 하다. 그일로 인해 그들과 나는 친구가 되었다. 야자나무 숲을 돌며 이곳저곳을 구경시켜 주었고, 이웃집 가족들도 일일이 소개시켜 주고 소꿉놀이도 함께 하여 즐겁게 놀았다. 그들 뒤를 따라다니다 시계를 보니 지프 출발시간이 불과 20분밖에 남지 않았다. 숙소로 돌아가 배낭도 싸야 하고 아침식사도 해야 하는데 그들은 다시 자기 집으로 가자고 내 손을 끌었다. 지프 기사가 내가 야자나무 숲으로 사라진 걸 알면 무지 걱정할 텐데.

나는 전후 사정을 그들에게 설명할 수 없어서 안타까웠다. 마침 그들이 작은 집 앞에서 걸음을 멈추며 내 눈치를 살폈다. 좀 누추해서 마음에 걸려 하는 것 같았다.

"아 참, 나 말이야, 지금 숙소로 돌아가 봐야 해. 약속을 잊고 있었네. 너희 가족들은 다음에 만나도 되지?"

아쉬움 반 안도 반 그러라며 고개를 끄덕였다.

"그럼 나중에 봐!"

나도 모르게 내 입에선 나중에 보자는 말이 튀어나왔다. 그러나 나는 너무 먼 곳에 사는 여행자가 아닌가. 나도 모르게 또 뻔한 거짓말을 하는 일이 일상이 되어 버린 여행중의 인연들.

사막지역이긴 하지만 자고라의 흙은 왜 이리 메마르고 붉은가, 그 붉은 담장에 매달린 녹슨 함석 대문 앞에서 두 자매가 손을 흔들며 애틋한 미소를 지어 보였다. 표정에는 더할 수 없는 아쉬움이 묻어 있었다. 나는 그들에게 마음을 들키지 않으려고 인사를 하고는 돌아서 마구 달렸다.

숙소로 돌아오니 직원들과 기사가 새벽부터 사라지고 없는 나를 찾느라 정신이 없었다. 나는 또 뻔한 변명을 한다. '길을 잃어서'라고.

방으로 들어가 급히 짐을 꾸렸다. 그리고 이곳을 떠날 때 행여 길에서 아이들을 마주치는 일이 없었으면 했다. 그래야 내가 씩씩하게 떠날 수 있을 테니까.

시동을 걸고 막 출발을 하려는데 누군가 내가 앉아 있는 쪽의 창문을 두드렸다. 심장이 내려앉는 것 같았다. 놀라서 고개를 돌리니 전날 오후에 함께 놀았던 사내아이들 중 한 명이었다.

"안녕, 무슨 할 말이라도 있니?"

녀석이 흰 이를 드러내며 수줍게 웃고 있었다.

"이거요!"

소년이 뭔가 재빠르게 차 안으로 밀어 넣었다. 야자 잎을 엮어서 만든 작고 앙증맞은 기린이었다.

"고마워, 정말 고마워!"

차는 마지막이 될 내 인사조차 느긋하게 할 시간을 주지 않았다. 그 여행이 끝나고 넉 달이나 지난 지금까지 두 소녀와 우정을 나누었던 그 마을에서 녀석이 준 기린 한 마리가 내 책상을 지킨다는 것은 그리 놀라운 일이 아니다. 이제 나는 그 먼 나라 모로코 자고라에서 온 기린의 말을 조금씩 알아듣게 되었다.

자고라

자고라는 프랑스 식민지 시절에 행정 중심지로 지정되면서 본격적으로 조성된 도시이다. 그러나 사람들이 살기 시작한 것은 훨씬 전으로 11세기에 지어진 포트리스가 아직도 제벨 자고라 산의 정상 위에 서 있다. 수요일과 일요일에는 장이 서는데 과일과 수공예품은 물론 심지어 당나귀에 이르기까지 거래가 이루어진다. 자고라의 사막은 아름답지만 특히 늦은 오후 모래바람이 일면 환상적인 사막의 풍경이 연출되며 낙타를 타고 거닐 수도 있다.

014

소리는 어디서 왔을까

> 사람은 저녁 무렵이면 가정을 생각한다. 그런 사람은 이미
> 가정의 행복을 맛본 사람이며 인생의 햇볕을 쬔 사람이다.
> 그러므로 가정을 사랑하는 사람은 그 빛으로 꽃을 피운다
> ─베히시타인

늦은 오후, 과일봉지를 자전거에 싣고 집으로 돌아가는 한 사내의 굽은 등을 보며 행복한 미소를 머금었던 건 어제였다. 그리고 오늘은 아침부터 몇 개의 공원묘지를 지나왔다. 사하라를 가는 동안 마을을 지나면서 어김없이 만나게 되는 묘지들이다. 묘지라고 하기엔 너무나 허술한, 척박하고도 막막한 평지들, 그를 묘지라 이름 하는 것은 드문드문 돌멩이를 세워 두었다는 것, 아주 간혹 작은 비석이 있긴 하지만 그것은 묘지 안에서 빛나는 것이 아니라 오히려 생경한 느낌을 주었다. 세상에서 가장 소박한 사람들의 휴식처. 아무것도 없는 것 같은 푸석한 지하에 누워 풍장 되어 가는 이들, 초라하거나 너무 아닌 것도 저렇게 가슴이 뭉클해질 수 있구나 싶었던 수많은 길가의 무덤들, 그 끝에 나는 삶과 죽음이 돌멩이 하나였다는 걸, 돌멩이 하나도 못 된다는 길 생각하며 달리고 또 달렸다. 그러면서 태양을 볼 수 있다는 것만으로 살아 있는 건 역시 좋은 거구나 하는 위로가 들었다.

한적한 마을 입구에서 쉬어 가기 위해 차를 멈추었을 때 어디선가 악기소리가 들렸다. 꽤나 멀리 떨어져 있던 소년들이 가까이 왔을 땐 조금 전 나를 유혹하던 악기소리가 그들의 연주라는 걸 알고 무척 반가웠다. 마을 청년이 친절하게

사막지역을 달리다 보면 이런 성채를
자주 만나게 된다.

설명해 주었다. 사막에서 듣는 베두인 족의 민속음악이라고. 그런데 듣다 보니 어떻게 생긴 악기인지 이름이 무엇인지 궁금했는데 자세히 보니 그것은 악기점에서 돈으로 살 수 있는 악기가 아니었다. 빈 기름통 가운데를 오려내고 세 개의 가는 철사를 이어 붙인 현을 뜯어 울림통으로 소리를 내는 소위 그들만의 창작 악기였다. "악기 이름은?" 하고 내가 물었을 때, 청년은 그냥 수줍은 웃음으로 얼버무렸다. 그렇지 저들의 악기를 보고 굳이 이름을 알고 싶어한다는 건 좀 그랬다.

두 소년은 같은 곡을 연주했다. 리듬은 슬프거나 애잔하지도 않았고, 그렇다고 경쾌하거나 무질서한 흐트러짐도 없었다. 간혹 소리가 비틀려 새기도 했지만 빗나간 소리는 곧 제자리로 돌아왔다. 단조롭고 느린 리듬의 반복이 우리의 아

폐기름통으로 만든 악기로 연주를 해주던 두 소년.

리랑을 연상시켰다. 소년들의 반주에 맞춰 내가 노래를 부를 수만 있다면, 이 소년들이 우리의 아리랑을 연주해 줄 수만 있다면, 그럴 수만 있다면 아주 멋진 우리들만의 콘서트가 되었을 텐데…. 아쉬움은 있었지만 거기서 더 무언가를 바란다면 나는 여행자가 아닐 터다.

노새 등에 짐을 싣고 가던 아저씨도 잠시 멈추고 동네 꼬마녀석들도 무슨 일인가 싶어 우르르 모여들었다. 제법 많은 관중이 순식간에 모여든 것이다. 소년들은 신바람이 나서 새로운 곡을 연주했고, 내 입은 벌어져 다물어지지 않았다. 지나가던 여행자들도 차를 세우고 소년들의 연주에 관심을 보였다. 한 남자가 호기심으로 악기를 빌려 연주하는 시늉을 해 보였지만 소년들이 내는 소리를 따라하지는 못했다. 나는 멀리 아틀라스 산맥이 병풍처럼 펼쳐져 있고 끝없는 야자나무 벌판 끝에 한 시대를 풍미했을 아스라하게 서 있는 이름모를 붉은 카스바의 높은 탑을 쳐다보며 그들 연주의 답례로 열심히 손뼉을 쳤다. 내 환호에 아이들은 좋아했고 나도 기뻤다.

무함마드가 차에 시동을 걸어 출발신호를 보내 왔다. "한 곡만 더, 한 곡만 더!" 하면서 자리를 뜨지 못하자 그는 기꺼이 나를 기다려 주었다. 이 아이들에게 만도린이나 바이올린을 선물하면 어떨까? 아니면 기타라도? 그렇게 상상의 바다를 헤엄치는 사이 심술궂은 사바나의 바람이 먼지를 일으키며 돌무덤을 지나 마을의 작은 카스바 지붕을 타고 메마른 들판으로 내달았다. 지독한 먼지가 순식간에 마을을 뒤덮었다. 차에 오르자 두 베두인 소년은 한 손으로 악기를 연주하고 다른 한 손으론 손을 흔들어 주었다. 환풍기 앞을 지나는 듯 후끈하게 달려드는 사바나의 먼지바람을 탓하며 자꾸만 나는 눈을 비볐다. 여행은 이렇게 주체할 수 없는 감정과 상관없이 움직이고 또 움직이는 것이다.

015

느닷없이 눈물이

달리는 지프 안에서 무함마드가 음악을 들려주었다. 어디서 듣던 음악이라고 생각했는데 '하비비'라는 단어가 반복되는 음악 '하비비'다. 아랍어로 하비비는 내 사랑(my darling)이라고 했다. 싫지 않는 음악이었다.

얼마의 시간이 지났을까. 너무 외로웠고 아팠고 쓸쓸하기까지 했던 그곳에 닿기 전이었다. 태양이 불탔고 아무런 준비도 없이 날카로운 날에 베이듯 눈물이 나를 공격해 왔다. 느닷없었다. 생이 강물이라면 어차피 흘러가게 마련이다. 나는 참고 싶지도 않았고 참을 이유도 없었다. 그러노라면 언젠가 강물은 바다에 닿을 것이고, 바다에 닿는 순간 제 존재를 까마득히 잊은 채 자유를 누리게 될 것이다. 나는 차 안에서 온몸을 부르르 떨며 울고 있었다.

말이 몸의 소통이라면 눈물은 참을 수 없는 영혼의 소통이다. 그러므로 누구라도 내 눈물의 이유에 대해 해명을 요구할 수는 없다. 그래선 안 되는 일이다. 그것은 어떤 방법으로 설명하거나, 어떤 물리화학 실험으로도 원인을 규명할 묘책이 없다는 것. 그러나 나는 이 일로 한 가지 확신을 얻었다. 여행과 눈물과 생에 대한 정답을 찾았다면 사람이 아닌 거라고.

상생 속에서도 용납이나 용인을 묵과하지 않는 자연의 고집은 뭘까? 사막의 폭풍은 예측불허다. 그렇게 화창하던 날씨가 소용돌이 강풍으로 길을 막았다. 허공이 모래먼지로 온통 황금빛을 띠고 있었다. 작은 알갱이들이 쉬지 않고 차창을 때렸다. 그토록 많은 모래먼지가 한순간에 공중부양할 수 있다니! 그 예쁘고 찬란한 모래 궁륭들은 순식간에 무화하고, 모든 영혼이 반죽된 듯한 하늘은

늦은 저녁이 되었다가 이른 아침이 되기도 했다. 외롭고 허기진 것들이, 눈에 익은 까칠한 아프리카 아카시아나무가 공중에서 가시달린 가지를 사정없이 흔들었다. 어디서부터 그 먼 곳까지 날아왔는지 비닐봉지들이 나무에 걸려 찢어진 깃발처럼 펄럭이고, 아주 짧은 순간에 그 모든 것들이 이미지였다가 의미이기도 했다. 도처에 모래가 길을 막지 못하도록 낮은 나무울타리를 여러 겹 쳐 놓은 것이 보였다. 그러나 막강한 바람의 폭력 앞에서는 소용없어 보였다.

나는 더럭 겁이 나서 눈앞의 현실을 부정하고 싶었다. 달리던 지프가 공중으로 날아오를 것만 같았다. 수없이 이 길을 달렸을 기사 무함마드의 뒤통수와 놓칠새라 핸들을 꼭 잡은 두 손에서도 긴장감이 그대로 느껴졌다. 휘청거리며 달리는 차바퀴에서 공명음을 내는 얼굴 없는 바람의 정체가 섬뜩하게 느껴졌다. 불행이나 슬픔의 첫 단계가 부정이듯이 공포나 두려움의 첫 단계도 부정이 아닐까. 나는 곧 눈을 뜨면 끝날 악몽에 잠시 걸려든 것뿐이라 생각하고 싶었다. 사람 숲에만 살다가 자연 근처에 안기는 일은 예기치 않던 회초리를 감수해야 하는 것인지. 나는 환상을 쫓아 어딘가로 마냥 휩쓸려 가는 것만 같았다.

저 멀리에서 따라오던 사막의 벌판과, 어쩌다 하나씩 서 있던 나무와 돌집들도 모두 공중으로 날아오를 것만 같았다. 어린것들은 눈앞에서 뿌리째 흔들려 공중으로 떠오르기도 했다. 그때 내가 할 수 있는 일이란 자동차의 안전벨트를 끌어다 매는 것뿐이었다. 모든 창을 닫고 있어서 더위로 질식할 것만 같았다. 모래바람 때문에 차창을 여는 일은 상상조차 할 수 없었다.

얼마를 달려갔을까. 조금씩 바람이 잦아들면서 시야가 트이기 시작했다. 휴우, 안도의 한숨이 흘러나왔다. 지나고 나면 폭풍도 삶도 모두가 순간으로 간주되는 것, 나는 조금씩 평온을 찾아갔다. 허나 이게 무슨 신의 장난인지. 바람이 한순간에 힘을 모아 모래를 흩뿌리는 기술은 놀라웠다. 그리고 거친 모래가 시간을 기다렸다가 다시 한 방향으로 소용돌이치는 그때 보았다. 아무것도 아닌 것처럼 눈앞에서 사라지는 물체, 살아 있는 고양이었다. 그 막막한 땅에 고양이는 어디에 몸을 기대고 있었을까? 만약 사막 여우가 아니라 고양이가 분명하다면 그것은 불가사의한 일이 아닐 수 없었다. 나는 바람 속으로 사라진 고양이를 마음에서 떨쳐내지 못하고 있었다. 그 일 이후, 사막과 전혀 어울리지 않을 것 같은 단어 '갸륵함'이 나를 찾아온 것을 어떻게 설명할 수 있을지.

나는 우주를 통틀어 치우침이나 편듦이 없는 것을 자연으로 알고 살았다. 그런데 바로 눈앞에서 감쪽같이 사라지는 생명을 본 순간 두려움으로 온몸을 떨었다. 그 두려움은 단지 약자가 강자를 만났을 때 가질 수 있는 것은 아니었다.

나는 심호흡으로 패인 등짝에 스멀스멀 흘러내리는 땀을 의식하며 벌컥벌컥 물을 들이켰다. 그리고 적지 않은 화장지를 축내고서야 두려움에 떨리던 가슴이 조금씩 진정되기 시작했다.

오래 붙잡고 있는 것들을 잠시 내려놓던 그날, 사하라가 나를 부른 연유가 궁금했지만 나는 그의 뜻을 읽을 수 없었다. 돌아갈 곳이 있다는 것을 핑계 삼아 매번 마음 놓고 집을 나서지만, 이렇게 자주 길 위에 있다가는 언젠가는 돌아갈 곳이 아예 사라질지도 모른다는 두려움이 나를 엄습하기도 했다. 그러나 내게 진실과 거짓의 경계를 분별할 수 있는 현명함이 조금이라도 남아 있다면, 나는 생이 길 위에서 이토록 끝없이 시험에 들기를 바라는 광인이 되지는 않았을 터다. 나는 잠시 나를 부정의 저울에 올려놓고 회의에 빠져들었다.

일상이란, 메모가 빼곡히 적힌 책상 위의 달력을 매일매일 확인하고, 통장을 빠져나간 카드 대금을 확인하는 일 말고 또 무엇이 있을까.

'닿을 수 없는 별이란 없다.' 주문을 외워 보지만 나는 조금의 위로조차 얻지 못한다. 나는 언제나 몸과 정신을 투명하게 만들고 싶은 욕망에 시달린다. 비계 덩어리, 아주 단단한 것들이 마구 엉켜 있는 듯한 단어 욕망, 아프고 슬프다. 그러나 이 자각조차도 사랑하지 않으면 안 되는 생(生). 그리고 이제는 이미 시작한 일들을 포기하지 않는 것이 최선이라는 것쯤은 나도 알고 있다.

그렇게 원했던 모래땅에 당도하기 전부터 사막은 이렇게 나를 울렸다. 정화하지 않으면 통과할 수 없는 관문이었을까. 예고편치고는 좀 놀라운 예고였다.

어디로 갈까

울고 싶지 않아도 눈물 흐르는 날 있듯이
아무리 먹어도 허기질 때가 있다.
사랑이 곁에 있어도 견딜 수 없는 날이 있듯
모두 가져도 등이 시릴 때가 있다.

세상 어디라도 가던 길 잠시 멈추고 바라보아야 할 것은 반드시 있다는 말을 부적처럼 가슴에 달고 다니던 때가 있었다. 알 수 없는 것들 모두 '운명'이라는 상자에 몰아넣고 싶어하는 사람들, 그 속에 내가 서 있던, 나는 버려지지 않기 위해 버림을 선택한 사람이었는지도 모른다. 무관심과 냉대 속에서 아무 생각 없이 썩어 가는 것들, 냉장고 속에 방치된 남은 음식을 버리면서 나는 '이렇게 버려지거나 남겨지면 안 되는데'를 독백하던 일상을 떠올렸다. 그러나 사막에 남겨지는 일은 어떤가.

세상이 내게 던진 문항에는 실패와 성공의 적절치 못한 답변만 있었다. 그날 이후 책상 앞이나 부엌에서 하는 일도 없이 서성대는 것은 우스웠지만, 오늘도 아무 한 일도 없이 하루가 다 갔다는 자학을 줄이려는 속셈보다는, 불륜일지라도 전화 한 통을 받고 화장을 고치며 외출을 서두르는 여자가 더 낫다는 철학에는 변함이 없다.

만남은 그리운 것을 꿈꾸는 일부터 시작된다. 해질녘의 평화와 구름의 향연이 대지를 가득 채우는 곳, 내 아무리 메마른 사막을 서성댈지라도 영감의 샘이 마르지 않으면 했던 모래산 입구에서 기다리는 낙타의 등에 오르는 순간 나를 찾아온 노래가 있었다. 그것은 흔들리는 낙타의 등에서 카메라 셔터를 누를 때

나, 먼 곳에서 사라지는 다른 낙타 행렬을 볼 때도 예외가 아니었다. 지금 저들은 어디로 가는 걸까? 그리고 나는 지금 어디로 가는 거지? 그러면서 내 입에서 끊임없이 되풀이되었던 노래. 어디로 갈까(Donde Voy).

우리의 청춘은 지금 어디로 가는 걸까
우리는 어디로 가야 하는 걸까

들끓는 피로 세상 모두를 태우고 녹일 것 같은, 생이 어디로 흘러갈지 알 수 없는 상심 많은 이십대 초, 나는 키가 크고 말쑥한 대학생을 '오빠'라 불렀다. 그 시절, 시골에선 자신보다 나이가 한두 살이라도 많은 남자는 모두 오빠였지만, 아무도 내가 오빠라 부를 수 없었던 그때, 그는 내게 오빠였다. 내가 그를 좋아했던 이유는 순수하고 진실되어 어떤 과장도 느껴지지 않았다는 것인데 그래서일까, 우리는 서로 가슴만 뜨거웠지 길거리에 널 부러진 휴지만큼이나 흔한 '좋아한다' '사랑한다'는 말 같은 건 끝내 한 마디도 하지 못한 숙맥이었다. 그러니까 말하지 않았던 것은 모두 사랑이었던 시대에 살았던 우리는 늦은 저녁 음악다방에 숨어들어가 계절이 몇 번 바뀌도록 같은 노래를 신청하곤 했었다. 손바닥에 암호 같은 낱말을 주고받으며 가끔 서로의 젖은 눈빛만을 쳐다볼 뿐, 그도 나도 숨 막히게 좋아했던 나나 무스크리의 노래,

Donde Voy, Donde Voy

이제는 이름조차 잊었지만, 광활한 사하라에서 문득 지난 추억을 건드리며 나를 찾아온 노래 Donde Voy.

외국인 노동자, 이주노동자, 불법체류, 불법노동자라는 이름으로 노동착취를 당하는 있는 세계 민중의 설움을 노래한 곡이라 했던가. 그 속에 반복되는 노랫말 '난 어디로 가는 걸까요? 어디로 가야만 하나요? 내 바람은 희망을 찾는 것. 난 혼자가 되어 버린 거죠. 혼자가 되었어요, 사막을 떠도는 도망자처럼 난 가

Donde Voy | 어디로 갈까

새벽녘, 날이 밝아오자 난 달리고 있죠
태양빛으로 물들기 시작하는 하늘아래에서
태양이여, 내 모습이 드러나지 않게 해주세요
이민국에 드러나지 않도록

내 마음에 느끼는 이 고통은
사랑으로 상처 받은 거예요
난 당신과 당신의 품안을 생각하고 있어요
당신의 입맞춤과 애정을 기다리면서

나는 어디로 가야만 하는 건가요
희망을 찾는 것이 내 바램이에요
난 혼자가 되어 버린 거죠. 혼자가 되었어요
사막을 떠도는 도망자처럼 난 가고 있어요

며칠 몇 주 몇 달이지나
당신으로부터 멀어지고 있어요
곧 당신은 돈을 받을 거예요
당신이 내 곁에 가까이 둘 수 있으면 좋겠어요

많은 일 때문에 시간이 버겁지만
난 당신의 웃는 모습을 잊을 수 없어요
당신 사랑 없이 사는 건 의미 없는 삶이에요
도망자처럼 사는 것도 마찬가지에요

나는 어디로 가야만 하는 건가요
희망을 찾는 것이 내 바램이요
난 혼자가 되어 버린 거죠. 혼자가 되었어요
사막을 떠도는 도망자처럼 난 가고 있어요

나는 어디로 가야만 하는 건가요
희망을 찾는 것이 내 바램이에요
난 혼자가 되어 버린 거죠. 혼자가 되었어요
사막을 떠도는 도망자처럼 난 가고 있어요.

낙타를 타고 사막 투어를 하는 여행자들.

고 있어요". 나는 다시 한 번 가사를 음미하며 콧노래를 불렀다. 모래산이 다가

왔다가 멀어지고 멀어졌다가는 다시 다가왔다. 오면 가고 가면 다시 오는 것 그

속에 삶이 있었다.

017

사하라, 눈 멀어서라도 볼 수 있다면

내가 무엇을 얻었다면 그것은 처음부터 그곳에 있었을 것이고
내가 무엇을 잃었다면 그 또한 태초부터 그곳에 있었을 터
사막을 걸으면서 나는 운명론자가 되었다
내 의지로 이곳에 오긴 했지만
이것은 내 뜻과 아무 상관이 없는 일이기도 했다.

우리는 모두 하나의 사막이다

버리면 채워진다. 이 말은 여행 때마다 나를 따라다니는 화두와 같은 것이었다. 다가올 미지의 상황에 대해 우리는 과거의 경험을 참조하여 사고한다. 그것은 새로운 사건을 낡은 언어로 은폐하는 것이 아니라 오히려 그것을 통해 새로운 외견에 의해 숨겨진 반복적인 구조를 파악할 수 있게 되는 것이다.

가슴에 사막 하나쯤 품지 않고 사는 사람이 있겠는가. 생을 가로지르듯 사막을 건너며 그 황망함 뒤에 오는 허무를 꿈꾸지 않는 사람이 있겠는가. 어느 날 사막 한기운데 서서 간신히 견뎌 온 날들에 대한 연민으로 온몸을 떨며 풀썩 주저앉을 때 그것은 얼마나 눈부신 해방의 시작이며 끝이겠는가. 어떤 답을 바라고 여기까지 온 건 아니지만 내가 사막에 있어야 할 이유는 이미 오래전에 결정된 일이었다. 지금 이 자리, 기억을 지우기도 하고 되살리기도 하는 사하라는 내 꿈이었다.

바람이 착하게 불었다. 건너편에서 약속이라도 한 듯 한 방향으로 질주하는 지프들이 먼지를 일으키며 폭풍처럼 달려 나갔다. 지프가 메르조가를 지나 오아

시스가 있는 사막 입구에 닿은 것은 오후 5시, 해가 기울 무렵이었다. 저기쯤 무언가 있겠거니 했던 상상은 눈앞에서 현실로 펼쳐졌다. 사하라, 붉은 사구가 시야 가득 파노라마로 펼쳐져 있었다. 기사 무함마드가 내 표정을 살피더니 낮고 단단한 언덕 위에 차를 세우고 시동을 껐다. 그는 차에서 내려 차바퀴에 기대앉아 담배에 불을 붙였고 그리고 아무 말이 없었다. 그는 보통의 여행자들이 이쯤에서 조금 넉넉한 시간을 필요로 한다는 걸 알고 있었다.

나는 팔을 하늘로 들어올리고 입을 크게 벌려 공기를 입안 가득 씹어 맛보았다. 그리고 힘껏 소리쳐 환호하고 있었지만 그 소리는 밖으로 터져 나오지 못했다. 대신 메르조가에서 구입한 하늘색 스카프를 앞으로 끌어당겨 간신히 눈만 내놓고 얼굴을 가리지 않으면 안 되었다. 카메라 셔터를 누르는 동안 지프들은 물 만난 고기처럼 먼지를 일으키며 모래산을 향해 질주했다. 멀리 모래산 입구에 드문드문 성채 같은 건물과 텐트와 낙타들이 줄지어 걸어가는 것이 보였다. 낮에 비하면 바람은 잦아들었지만 그래도 마음을 놓을 정도는 아니었다.

캠프에 도착하자 반겨 주는 건 한 무리의 낙타였다. 내가 꿈꿔 오던 사막 캠프는 자동차로는 갈 수 없는 모래산 한가운데를 1시간 정도 낙타를 타고 이동해야 닿을 수 있는 곳이다. 낮에는 온도가 높아 사막에 사람이 머물 수 없으므로 해질 무렵에 캠프를 떠나 천막이 있는 사막으로 가는 일은 그래서 시간을 기다렸다가 가야만 했다.

낙타는 사막과 더불어 신이 내린 특별한 선물이다. 낙타 등에 앉아 붉은 사구를 바라보는 일은 말 그대로 벅차고 경이로웠다. 지금은 여행자들이 대부분이지만 예전에는 대상 행렬이 이 길로 다니기도 했다고 한다. 낙타 카라반의 행렬이 멀리서 나타났다가 사라지고 사라졌다가는 다시 나타나는 일이 도무지 현생의 일처럼 느껴지지 않았다. 선두에서 나이가 제법 들어 보이는 가이드라고 소개한 낙타몰이꾼이 앞장서긴 했지만 낙타가 가는 길은 정해져 있었다. 마냥 그렇게 걸어갔으면 싶은 사막의 길들이 나를 유혹해 왔다. 어디를 걸어야 발이 빠지지 않는다는 것을 낙타와 낙타몰이꾼은 본능적으로 알고 있는 듯했다.

숙소가 될 천막에 도착하자 곧 해가 질 기세다. 여행자들은 근처 가장 높은 모래산으로 다투어 올라가는데 나는 혼자 오를 수 있는 낮은 산 하나를 택했다. 어떤 곳을 밟아야 발이 덜 빠진다는 것을 조금은 알 것 같았다. 그런데 나는 반도 못 올라 숨이 하늘에 차면서 몸에 제동이 걸렸다. 허리의 예감이 좋지 않다. 지프를 장시간 탄 것이 화근이었던 모양인데 그것도 부족해 낙타를 타고 사막 한가운데로 갔으니….

막막하고 아득한 크고 작은 모래산들이 붉은 빛으로 저녁을 맞고 있었다. 저멀리 모래 언덕에 야자나무 한 그루가 외롭게 서 있고 바람은 어린애 장난처럼 여전히 착하게 살랑거렸다. 느릿느릿 걸어서 어딘가로 가는 낙타가 보이고 내가 묵어 갈 낡은 천막도 발 아래 조용히 엎드려 있었다.

사막의 나무 한 그루가 짝짓기를 마지막으로 생이 끝난 짐승처럼 쓸쓸해 보인다. 온통 백지 같은 생경한 것들이 내 피를 거르고 채우며 멀리 떠나온 만큼 멀리 있던 것들이 나를 가르치고 채워 갔다. 안락한 평화도 매번 같은 흐름으로 지속된다면 숨이 막히게 마련 아닌가.

여행은 수많은 가정법을 이렇게 현실로 만드는 마법을 지녔다. 해가 꼴깍 넘어 갈 찰나다. 누구에게나 균등하게 주어지는 시간의 법칙, 가슴이 터질 듯한 긴 아름다움이 있었던가, 언제나 짧아서 아름답고 짧아서 서럽고 눈물나게 하던 석양, 사하라의 석양이라고 예외겠는가. 순간순간 생애 최고가 되는 법을 가르쳐 준 여행, 그리고 사하라.

여기가 내가 그토록 꿈꾸던 사하라가 맞긴 맞는가? 왜 그토록 사하라를 그리워했는지, 왜 그토록 사하라에 목말라 했는지, 나는 수없이 겹쳐진 모래산만큼이나 많은 지난 시간들을 책장을 넘기듯 한 장 한 장 돌아보고 있었다. 숨이 턱 막힐 것만 같다가 온몸이 스르르 풀리며 아득해질 때 나는 눈을 감고 마냥 허공 속으로 흔들리며 걸어갔다. 잠시 성난 짐승처럼 맥박이 불규칙하게 뛰었지만 곧 가라앉았다. 그래, 여기였어, 내가 꿈꾸던 그 사하라, 황금빛 산과 끝없이 펼쳐진 구릉, 그리고 뒤죽박죽 순서도 없이 나를 스치는 단어들, 평화, 적막, 고요, 정지, 진공, 죽음, 자유, 신생, 경계 없음, 날개, 텅 빔, 가득 참, 무한대, 무균, 生, 無, 空, 界, 虛, 失, 愛…. 눈앞에 펼쳐진 사하라, 절망스럽게 아름다운, 그러나 나는 믿는다. 눈에 보이는 것만이 전부는 아닐 터.

지금까지 내가 시(詩)랍시고 쓴 글을 저 한 톨의 모래라고 치자.
지금까지 내가 퍼낸 사랑을 저 한 톨의 모래라고 치자.
지금까지 내가 감내한 고통을 저 한 톨의 모래라고 치자.

수수만 년이 지나갔다 해도 어느 유목의 땅이 저토록 균등한 알갱이로 평정의 계(界)를 이룰 수가 있을까. 그물에 걸리지 않는 바람처럼, 그물에 걸리지 않는 모래처럼, 그물에 걸리지 않는 바다처럼, 그 모든 것을 한 톨의 모래라고 치자. 드디어 미래의 고향에 나는 당도했나니,

아픈 것이 죄가 아니라 아프게 한 것이 죄다

삶은 감자와 닭고기스프를 곁들인
여행자들의 식사가 끝나면
낙타몰이꾼의 식사가 시작되고
낙타몰이꾼의 식사가 끝나면
유목민들의 식사가 시작되고
유목민들의 식사가 끝나면
고양이들의 식사가 기다리고
고양이들의 식사가 끝나면
염소의 식사가
염소의 식사가 끝나면

닭의 식사가
닭의 식사가 끝나면
쇠똥구리의 식사가
쇠똥구리의 식사가 끝나면
사막에 남는 것은 오직 모래

이 서열을 결정하는 이가 누군지는 모르지만
내가 아는 이는 아닐 거다.

거룩한 식사가 모래로 돌아가는 시간은 겨우 하루
나는 하루에 전생을 스쳐 지금 여기까지 왔다.

같은 캠프에 도착한 여행자들이 둥글게 모여 앉아 저녁식사를 기다리고 있을 때 곁에 앉은 이태리 친구가 다급하고 호들갑스럽게 괴성을 질렀다.

"으악, 전갈이다!"

그 말이 떨어지기 무섭게 내 앞으로 빠르게 뭔가가 기어오고 있었다. 반사적으로 벌떡 일어서는데 오, 이런, 염려했던 허리가 순간에 무너져 내렸다.

집을 나서기 전 이 같은 고통은 충분히 예상했던 일이지만 당황하지 않을 수 없었다. 나는 몸을 구기며 엎드려 "오 마이 갓!"을 연발했다. '어쩌지? 아, 어쩐담!' 눈앞이 캄캄했다. 식사를 하는 둥 마는 둥 나는 간신히 천막 안으로 기어들어가 몸을 뻗고 "사하라, 오직 사하라 뜻대로"를 미친 듯 중얼거렸다. 허나 그 와중에도 조금만 이성을 찾으면 고통만이 감사를 가르친다는 것을 나는 너무나 잘 알고 있었다. 그리고 그때 나를 스쳐간 한 줄, 아픈 것이 죄가 아니라 아프게 한 것이 죄라는 것.

육신이 극단적으로 힘들 때, 본래의 뜻을 그대로 받아들이기란 쉽지 않다. 나는 내 몸에 귀신처럼 따라다니는 통증을 털어 내려고 안간힘을 썼다. 한편 믿기지 않았고 믿을 수 없었지만 그것이 현실이고 그것이 나였다.

사하라 사막 투어 캠프.

한 차례 소동을 일으킨 전갈은 쇠똥구리로 판명이 났고, 함께 밤을 보내게 될 여행자들은 하나 둘 이야기를 거두고 텅 빔의 3차원 세계로 진입하고 있는 듯했다. 늦은 밤 천막 밖으로 나가자 전투가 끝나 여기저기 패잔병들이 쓰러져 있는 영화 같은 장면이 눈앞에 펼쳐져 있었다. 이리저리 머리를 두고 멋대로 팔다리를 뻗거나, 서로 부둥켜안고 고요해진 연인들, 그들은 한결같이 달빛과 은하수와 실크와 모래로 짠 바람의 이불을 덮고 있었다. 하지만 그들 모두 누구도 연출할 수 없는 퍼포먼스를 보여주었는데 혼자 보기가 너무나 아까운 명장면들이었다.

늘 다니던 길에서 읽었던 한 구절,

"왜, 무엇을 걱정하는가? 기도할 수 있는데…"

이 한 줄이 마음에 들어오는 데는 시간이 그리 오래 걸리지 않았다.

어둠과 밝음이 동시에 내 얼굴에 찰싹 달라붙는 것 같았다. 허리통증 때문이었지만 그 고요한 시간 사막 가운데서 홀로 눈을 뜨고 있다는 것이 특별한 은혜처럼 느껴졌다. 나는 엉덩이를 뭉그적거리며 시선을 사막 먼 곳으로 둘 수 있도록 천막 뒤쪽으로 몸을 움직이기 시작했다. 만약 이곳에 나 말고 깨어 있는 이가 있다면 가장 영민한 정신으로 내 소원을 들어줄 것만 같은 생각이 들었다. 나는 호흡을 다듬고 순한 어린아이처럼 사막에 엎드려 조용히 기도의 말을 찾기 시작했다.

이 하찮은 나를 사막 한가운데서 고통으로 숨쉴 수 있게 해주셔서 감사합니다. 바라기는 내일 하루만이라도 나의 무너진 허리를 감쪽같이 일으켜 세우지 마시고, 조금 더 이 상태를 지속하게 하여주십시오. 얼마나 그리워하고 꿈꾸던 사하라인데 나는 다른 여행자들처럼 아침 해가 떠오르면 배낭을 챙겨 낙타를 타고 사람 사는 마을로 돌아가고 싶지 않습니다. 단 하루만이라도 더 이곳에 머물도록 허락하여 주십시오.

"지난달에는 무슨 걱정을 했지? 지난해에는? 그것 봐라. 기억조차 못하잖니. 오늘 네가 걱정하고 있는 것도 별로 걱정할 일이 아닐 거야, 잊어 버려, 내일을 향해 사는 거야' 나는 아이아코카의 말을 떠올렸다.

'시작'이라는 말속에는 얼마나 살아 보고 싶은 냄새가 진동하는가. 나는 시작이라는 단어를 떠올리며 남은 여행에 대한 계획을 재정리했다.

가장 고통스럽고 가장 행복한 시간에 가장 중요한 것을 포기할 수 있는 용기, 나는 내 안에 숨어 있는 악랄한 근성을 끄집어내고 있었다. 눈앞의 사막을 똑똑히 보기 위해서. 그리고 말의 조제기술이 필요없는 적요를 잃은 적 없는 이곳에서 나는 오래도록 한없이 심심하거나 무겁거나 두려워 보고 싶어졌다.

내 입에서 아임 일(I'm ill)이 터졌지만 견딜 만했다. 이제 기도를 마쳤으니 내가 사하라에 남고 안 남고는 사하라가 정할 일이지 내가 결정할 일은 아니다. 아무리 오래되어도 낡거나 천박해지지 않는 풍경들, 나는 모래 위에다 살면서 내가 사랑해야 할 것들을 하나하나 적어 나가기 시작했다. 사랑해야 할 것들은 끝이 없었다. 모두 다였다.

어디선가 닭 울음소리가 들렸다. 닭 울음소리가 너무 신기해 천상의 소리지 싶었다. 시계가 없는 노마드에게 닭은 시간을 알려 주는 중요한 가족원이다. 그날 아침 간단한 식사를 마치고 지프가 기다리는 캠프로 돌아갈 준비로 모두들 바쁘게 움직일 때 꼼짝할 수 없는 나는 난감했다. 그렇게 하룻밤 사막 체험을 즐기고 돌아가는 일정이 대부분이다. 나의 경우 며칠 더 머물겠다는 약속이 있긴 했어도 연중 가장 온도가 높은 지금 8월, 섭씨 60도에 이른다는 혹심한 더위 때문에 물이 있는 캠프로 돌아가 낮 시간을 지내고 저녁 무렵 다시 낙타를 타고 들어와 밤을 보낸 뒤 다시 아침에 나가는 방법을 되풀이하는 수밖에 없다고 했다.

텐트에 함께 머문 낙타몰이꾼은 세 명의 베두인 남자였다. 내 몸 사정을 이야기한 뒤 캠프로 돌아가지 않고 낮 동안 그냥 머물겠다고 했더니 한 마디로 안 된단다. 하지만 그들은 일어서지도 앉지도 못하는 나를 자세히 관찰하더니 생각을 바꾸었다. 더는 지체할 수 없는 그들이 의견의 일치를 본 듯 나를 텐트에 남겨둔 채 손을 흔들며 낙타를 타고 모래산을 넘어 유유히 내 사야에서 멀어져 갔다.

드디어 혼자가 되었다. 몸을 자유롭게 움직이지 못한다는 걸 제외하면 다 좋았다. 감사하게도 그분은 내 허리를 무너뜨리면서까지 나를 이곳에 머물도록 붙잡아 주셨던 것이다. 하늘은 스스로 돕는 자를 돕는다'고 했던가. 나는 낡은 명구를 좋아한다. 충분한 검증을 거쳤으니 내 무슨 수로 그 뜻을 부정하랴.

돌아보면 죽음처럼 격렬하던 열정과 사랑은 식어 버리고, 순정한 마음도 세월을 따라 떠나가 버렸다. 그러나 지금 나는 새로운 순정과 사랑을 기다리는 사람처럼 달떠 있다. 이제 나는 여기서 나를 의지하고 신에 의지하는 일이 조금도 낯설지 않다.

그러나 나는 아뜩해졌다. 어지러워서 정신이 핑 돌았다. 그리고 얼마를 지나고 난 뒤 조금씩 맑은 기운이 나를 채워 갔다. 모든 생명이 물을 향해 간다면 그 생명의 끝과 시작점은 사막이다. 그리고 나는 삶이 아주 피폐해 갈 때 나는 바다로 가는 것이 아니라 사막으로 가야 한다고 배웠다. 사막에서 몸이 환하게 아픈 것은 복이다.

나는 모래 위를 걸었다. 처음엔 모데라토로 그리고 안단테로, 내 몸 어딘가에서 물소리가 들렸다. 사막에서도 음악의 강은 그렇게 흘렀다.

피안과 차안

내 사랑은 사막에 산다
우체부도 할부장사도 찾아오지 않는 사막에
맘 놓고 울 수 있도록 어깨를 빌려 줄 사람이 있다면
나는 여기까지 오지 않았을지도 모른다
사막의 공기는 가볍다
수만 마리의 나비 떼가 날개를 파닥이고

생명 가진 것들은 낮게 몸을 엎드린다.

새 아침이 밝아 기대감으로 눈을 뜨는 일은 축복이다. 나는 이 현실이 꼭 꿈만 같다. 그랬다. 완벽하게 혼자가 되고 싶다는 열망이 없었다면 나는 사하라에 오지 않았을 것이다. 수분이 바닥났을 때 그리하여 생이 온통 푸석한 결핍으로 가득할 때 활화산 같은 태양 아래에서 지독한 쾌감을 느껴 보고 싶었다. 매혹이 가진 두려움에 몸을 떨며 그 눈부심으로 마음에 푸른 물을 들도록 투명해서 우울해 보고 싶었다. 순간순간 맑은 호흡이 나를 채워 갔으므로 눈앞에서 일어나고 있는 변화를 나는 믿을 수밖에 없었다.

천막 곁에는 낙타가 무릎을 꿇은 자세로 하루 종일 그리고 밤새도록 사람의 명령을 기다렸다. 낙타의 선한 눈을 들여다보는 일은 즐겁다. 오마르와 무함마드가 지난밤에도 베두인 족 노래를 들려주었다. 타악기의 리듬이 귓가에 뱅뱅 맴을 돈다. 낙타에게도 이름이 있었다. 나를 태워 준 낙타는 '지미' 그 곁에 있는 한 녀석은 '해머'라 했다.

아침은 고요히 밝았다. 천막 뒤쪽으로 살금살금 걸어 올라가니 어제 저녁에 사라진 바람은 아직 돌아오지 않아 새들 발자국이 그대로 남아 있다. 직선과 사선, 포물선과 동그라미, 찌그러진 네모까지 새들의 발자국이 야릇한 연속무늬를 모래 도화지 위에 새겨 놓았다. 보기만 해도 발바닥이 간지러워지고 절로 미소가 번졌다. 새들의 그림에 '낙원'이라는 한글 제목을 붙여 놓고 나는 자리를 떠났다. 설명이 필요없는 낙원이 거기 있었다. 눈이 부셔 오싹 한기가 느껴졌다. 그 순간이 너무 아름다워서 내 머리는 백지 상태로 비워져 버렸다. 피안(彼岸)과 차안(此岸), 그 어떤 경계도 없었다.

사진을 찍기 위해 바닥에 엎드렸다. 그리고 모래산 위로 솟아오르는 해를 잡기 위해 얼마나 오래 숨을 참아야 했는지, 그래서 얻는 몇 컷의 사진들.

공기가 가볍게 허공을 떠다니고 햇살은 얇고 투명하다. 천막 앞에는 여전히 낙타들이 쉬고 있다. 사막의 대부분이 붉은 모래로 덮여 있지만 낙타들이 쉬는 이곳만 유독 검은 가루로 덮여 있다. 그 검은 것들의 정체는 낙타의 배설물이다. 나는 아침 나절 밖으로 나가 낙타 똥밭을 맨발의 순례자처럼 걸었다. 말라서 거의 가루가 된 이것들은 모래와 다른 성분이지만 조금도 더럽거나 거부감이 없다. 희어도 더러운 것이 있고 검어도 깨끗한 것이 있다는 한 줄 말의 위력을 실감하고 있었다.

크게 숨쉬는 법을 잊어 버렸다

저 멀리 천막집 한 채가 보였다. 천막에서 나온 어린 아이가 반대편 사막을 향해 개미처럼 꼼지락거리며 걸어가고 있었다. 걸으면서 뭐라고 손짓을 하고 소리를 지르는 것 같은데 알아들을 수 있는 거리가 아니었다. 한참 시간이 지난 뒤에야 건너편에서 누군가 아이를 향해 오고 있다는 걸 알았다. 모래산의 높고 낮은 굴곡을 따라 보였다가 사라졌다가를 반복하다 드디어 둘의 간격이 좁아졌을 때, 이른 새벽 노새를 타고 밖에 나가 볼일을 보고 돌아오는 엄마를 아이가 마중을 나왔다는 걸 알았다. 사막 가운데서 아이를 만난 여자는 아이를 번쩍 안아 노새 등에 태우고 자신은 걸었다. 웃고 이야기하며 천막집으로 돌아가는 그림이 서정적인 영화의 한 장면을 연상시킨다. 사막 한가운데 저보다 뭉클하고 따뜻한 풍경이 어디에 있으랴, 하여 누군가 말했던가, "어머니, 그 이름은 우리가 모든 상처와 염려를 맡겨 놓을 수 있는 은행이다"라고.

천막집에는 베두인 족 유목민이 산다고 했다. 급하면 천막을 향해 소리를 질러 그들에게 도움을 청하라고 했지만 그럴 정도는 아니었다. 아침에 그들 가족이 와서 텐트를 정리해 주고 여행자들이 어지럽혀 놓은 그릇이며 집기들을 모두 치워 줄 거라고 했으니 그들을 만나려면 그냥 기다리기만 하면 되는 것이었다. 그러나 한편으론 드디어 혼자가 되었다고 좋아했는데 이곳에서도 결코 혼자는 아니구나 싶어 나는 약간 실망스러웠다.

한참 후 여자가 세 딸과 막내아들을 앞세워 천막으로 달려와 나를 발견하고는 몹시 놀란다. 나는 허리를 부여잡은 채 아파서 캠프로 돌아갈 수 없었다고 온몸으로 설명하기 시작했다. 그때 꼬맹이가 물었다.

"그럼, 우리랑 같이 살아야 해요?"

나는 아이의 말이 너무 예뻐 고개를 끄덕이며 팔을 벌려 안아 주었다. 일곱 살 정도 되는 계집아이의 몸이 검불처럼 가벼워서 팔을 풀면 금방이라도 포르릉 날아갈 것만 같았다. 그렇게 해서 잠시지만 가족이 된 그들과 나. 그들은 천막 집기들을 정리해 주고 약간의 수고비를 받아 생활을 꾸려 가는 노마드들이었다.

그들은 여행자들이 남긴 음식을 모아 제일 먼저 그들이 먹고, 그 다음엔 가축들에게 주었다. 음식 찌꺼기들을 정리하고 그릇을 닦고 매트와 이불을 정리하는 일은 다섯 살 어린아이라고 예외가 아니었다. 시키지 않아도 익숙한 솜씨로 알아서 일을 돕고 주변을 말끔히 정리하는 것이 놀랍다. 일을 하면서 연신 콧노래를 부르고 싱글벙글하는 가족들, 노마드들의 즉석 파티는 매우 흥미로웠다.

일상에 얽매였던 시간을 버리고 나니 고통, 욕망, 불행, 혼란 등으로 가득했던 날들이 잊혀지고 신성으로 채워지기 시작했다. 그리고 나는 나를 보살펴준 아이의 천진함과 순수함을 사랑했다.

허리가 아프다는 말을 듣고는 아이가 집으로 달려가 검은 봉지 하나를 들고 왔다. 여자가 아이를 칭찬해 주었다. 미리를 쓰다듬어 주며 예뻐하는 것이 기특해하는 모습이 우리들 엄마의 그것과 다르지 않았다. 약은 무씨처럼 생긴 것이었는데 모래와 검불을 발라 내 손에 놓아 주었다. 그렇게 먹기 시작한 약, 몇 번이나 먹은 후에야 알았다. 그것이 허리가 아플 때 먹는 약이 아니라 베두인 족이 배 아플 때 먹는 약초라는 것을. 아이는 허리가 아프다는 말을 배가 아프다는 말로 이해했던 것이다.

세 잎 클로버의 꽃말은 행복이고, 네 잎 클로버의 꽃말은 행운이라고 했다. 사람들은 행운을 잡으려고 곁에 있는 수많은 행복을 놓친다고 했던가. 누구에게나 있고도 없는 행복은 문명과 돈과 가난과 상관없는 마음의 자산이라는 걸 사하라의 유목민들 웃음 속에서 배운다. 저렇게 맑고 행복한 미소가 어디에 또 있을까.

정오가 되자 정교하고 섬세하게 가공한 듯한 빛알갱이들이 모래 하나하나에 꽂혔다. 세상이 이런 빛으로 채워질 수 있다니! 나는 주체하기 힘든 빛의 오르가즘으로 정신을 잃을 지경이었다. 천막 밖은 맨발로는 한순간도 모래 위에 설 수 없는 온도가 되었다. 달구어진 프라이팬, 바람은 멎고 붉은 사구에 내려 꽂히는 태양은 무섭게 타올랐다. 대체 몇 도나 될까 궁금해 하자 오마르가 천장의 온도계를 눈으로 가르친다. 붉은 눈금은 섭씨 60도 눈금에 멈춰 있었다. 내 살아서 이렇게 지독한 모래 땅 사하라 한낮의 폭염 아래에서 숨을 쉬고 있다니, 나는 완벽한 순도를 가진 태양에게 누추한 존재를 말릴 절호의 기회를 놓치고 싶지 않았다. 햇살의 결을 오래 무심히 바라보았다. 지상에서 최상의 동작은 춤이고 최상의 소리는 노래다. 나는 빛의 춤을 본다. 노래를 듣는다. 그 순간이 너무 아름다워서 내 머리는 백지 상태로 비워져 버렸다. 그리고 크게 숨쉬는 법을 나는 자주 잊었다. 시체놀이를 하는 것처럼, 아니 시체가 되어 나는 모든 생각으로부터 움직임으로부터 정지상태가 되었다.

낙타 때문인지 하루살이가 천막 그늘에서 유유히 생을 즐기고 있다. 하루를 사는 저들이지만 조금의 조급함도 보이지 않는다. 누군들 이 생이 끝나기 전에 저 많은 모래를 셀 수 있을까. 내가 세다가 남겨 두면 다음 하루살이가 셀 테고, 그 다음엔 알에서 깨어난 다른 하루살이가 또 그렇게 생이 다하도록 세면 될 테고…. 나는 요시노 히로시가 노래한 'I was born'의 몇 구절을 떠올렸다.

그때 아버지는 어떤 놀라움으로 아들의 말을 받아들였을까. 나의 표정이 그저 순진한 것으로만 아버지의 눈에 비쳤을까. 그것을 정확하게 살피기에 나는 아직 어렸다. 나에

유목민 부모를 따라다니며 바쁜 일손을 돕는 소녀.

게 있어서 이 사실은 문법상의 단순한 발견에 지나지 않았기 때문에.

아버지는 아무 말 없이 걷고 있다가 불쑥 이렇게 말했다.

– 하루살이라는 벌레는 말이야 태어나서 2–3일 만에 죽는다는데 그럴 바에야 도대체 무엇 때문에 이 세상에 태어나는 것인지 하고 그런 것을 심각하게 생각해 본 시절이 있었단다.

나는 아버지를 쳐다보았다. 아버지는 계속했다.

– 친구에게 그 얘기를 했더니 어느 날 이것이 하루살이라는 것이라며 확대경으로 보여 주었다. 설명에 의하면, 입은 완전히 퇴화하여 먹이를 섭취하기에 적합하지 못하고 위 부분을 절개해 보아도 들어 있는 것은 공기뿐, 아무리 봐도 그런 것이었다. 그런데 알만은 뱃속에 소복이 충만하여 홀쭉한 가슴 부분까지 꽉 차 있었다. 그것은 흡사 현기증 나도록 반복되는 삶과 죽음이 슬픔이 목덜미까지 치밀어 올라온 것 같았다. 슬프고도 외로운 빛의 알이었다. 나는 친구 쪽을 돌아보며, "알이다"라고 했더니 그도 고개를 끄덕이며 대답했다. "애달픈 일이로군." 그런 일이 있고 나서 얼마 후의 일이었단다. 네 어미가 너를 낳자마자 그만 세상을 떠나간 것은.

아버지의 그 다음의 말은 기억나지 않는다. 다만 하나의 아픔처럼 애달프게 내 뇌리에 꽂히는 것이 있었다.

– 홀쭉한 어머님의 가슴팍까지 숨 막히게 가로 메우고 있는 하얀 나의 육체.

엎드려 무얼 했지

보름달이 떠올랐다. 나는 몸을 움직여 듬성듬성 가시풀이 돋아난 곳을 향해 천천히 걸어갔다. 한 뼘 정도 되는 풀 서너 포기가 몸을 조금은 가려 줄 것 같아서였다. 나는 천막에서 약 백 미터 정도 떨어진 곳까지 걸어가 발로 구덩이를 파고 자리를 잡았다. 그때까지 내 허리는 쭈그려 앉는 자세를 허용하지 않았으므로 간신히 바지를 내린 후 다리를 벌리고 서서히 무릎을 꿇어 가슴이 모래바닥에 닿을 만큼 낮게 엎드린 자세를 취했다. 여기까지 10분은 더 걸린 것 같았다. 나는 두 팔꿈치로 상체를 고이고 포복하는 자세를 계속 유지하며 기다렸다. 달빛 아래 요상한 포즈로 엎드린 내 모습은 영락없는 항복자거나 기도하는 사람 그 중 하나였다.

나는 두 손을 모으고 설명하기 난해한 자세로 사하라의 황망한 모래산들을 바라보았다. 사막의 정령들이 나를 에워싸고 있는 느낌이 들었다. 약간의 두려움과 공포가 엄습해 왔지만 짜릿한 쾌감이 좋았다. 바람 때문에 내 몸의 반이 모래로 채워진 듯했지만 그것조차도 불온하거나 불쾌한 느낌은 아니었다.

그 순간 나는 세상에서 가장 큰 화장실에 엎드려 세상에서 가장 크고 밝은 조명을 받으며 일을 보는 딱 한 사람이 틀림없었다. 얼마나 기다렸을까. 드디어 묵직한 것이 나를 찢고 구덩이 아래로 조용히 떨어져 내렸다. 몸의 절반이 밖으로 빠져나온 느낌이었다. 바람이 모래를 실어와 살갗에 닿을 때마다 온몸에 오소소 소름이 돋았다. 열흘이나 쌓여 있던 내 속의 그것들이 열 달이나 제 몸을 부풀려 나오는 아이처럼 아프고 힘이 들었다. 그 몸으로 그곳까지 온 내 자신과 나를 보살펴준 이에게 항복과 감사의 기도가 일을 보는 내내 나를 그렇게 붙잡았고, 그것만으로는 표현할 수 없는 감정의 소용돌이가 나를 휘몰아 갔다.

이제야 말이지만 나는 몇 가지 남들이 쉽게 하는 일을 잘하지 못하는 것이 있다. 이를 테면 어디서나 잠 잘 자는 것, 아무것이나 가리지 않고 잘 먹는 것, 화장실 가는 것 등등인데 특히 화장실 문제는 여행 내내 나를 무겁게 하는 숙제다.

드디어 볼일의 마지막 단계가 끝이 났다. 나는 사하라에 모든 걸 내려놓은 듯 홀가분한 몸으로 바지를 올리고 구덩이에 떨어져 있는 달빛을 받아 번드레한 검은 물체를 물끄러미 내려다보았다. 한때 내 몸이 안고 다녔던 그리하여 내 몸의 일부였던 그것, 나는 두 발로 조심스럽게 구덩이를 덮어 작은 모래무덤을 만들어 주고 자리를 떴다.

밝아 오는 사하라의 아침.

변비에 대한 한 편의 시는 그렇게 탄생되었다

아흐레 동안 볼일을 보지 못했다
그러고도 아무 일 없는 듯 살아진다
열흘째 되는 날
비로소 단단하고 묵직한 것이
나를 찢고 나왔다
아이를 낳아 봐서 알고
만성변비를 겪어 봐서 알지만
새 생명만 살을 찢는 것은 아니다
내겐 쓸모없는 그것조차도
늘 애간장을 태운 뒤 찾아온다

하찮은 것이 한없이 고마울 때다
낮보다 환한 보름밤
사하라 한가운데에
검은 분신을 쏟았다

짐 부려 놓은 몸에
빠르게 날개가 돋았다.

웃기 좋은 곳, 울며 몸부림치기 좋은 곳, 미친 듯 환호하기 좋은 곳, 기도하기 좋은 곳, 양질의 태양을 무한정 소유할 수 있는 곳, 바보가 되기 딱 좋은 곳, 그리고 누구든 그리워하기 좋은 곳…. 나는 사막이 이렇게 좋은 것을 많이 거느린 곳이라고는 생각하지 못했다.

그림자를 끌며 걷다

나는 많은 글과 누구도 해석하기 어려운 그림을 모래 위에 그렸다. 곧 지워질 그림이라는 걸 알기에 손끝은 자유로웠다. 초등학교 시절, 칠판에 좋아하던 남자아이의 이름을 몰래 적어 놓고 지우려는 순간 하필이면 그 남자 아이에게 들켜 버린 그 난감함이 이 사막엔 없을 테니까. 누군가 내 글과 그림을 판독하기 전 지우개로 감쪽같이 지워 준다는 것은 얼마나 고마운 일인지. 마음 들킬 염려가 없는 그림은 얼마나 나를 자유롭게 하는지.

성인이 되어 혼자 살면서 두 개의 일기장을 가질 필요가 없다는 것을 가장 큰 기쁨으로 여겼던 때를 생각해 내고 혼자 웃었다. 사막 위의 글과 그림은 아무리 길어도 몇 시간을 지속할 수 없는 시한부 작품에 지나지 않았다. 시한부, 그래서 나는 사막의 그림이 더욱 좋다.

기막히게 운이 좋은 거겠지. 특별히 시간표를 맞추려 하지 않았음에도 음력 보름 전후를 사하라 한가운데서 보냈으니, 내 생애 다시없는 밤이 분명했다. 해가 지면서 달이 떠오르고 밤이 깊어지면서 더욱 밝아지는 모래사막의 밤, 둘째 날은 전날과 달리 나 외에 한 가족밖에 없었으므로 더욱 조용했다. 그들은 일찍 잠자리에 들고 나는 내일 일을 예측하기 힘든 허리와 짜여진 일정으로 걱정이 되었지만 설령 일정대로 움직이지 못한다 해도 결코 이보다 나쁘거나 불행하지는 않을 테니 크게 걱정하지 않기로 한다. 아니, 어쩌면 문제가 생겨 계획을 수정하고 바꾸는 일이 계획보다 나을 수도 있다는 것을 나는 알고 있었다.

보면 벽이지만 밀면 문이다.

나는 문 앞에 서 있다. 평소엔 모두 벽이었으나 이곳에선 벽 같은 건 애초 없었다. 그러니 문을 열고 걸어 나가기만 하면 되는 것이다.

이곳에는 여행자를 위한 천막이 준비되어 있으나 아무도 천막 안에서 잠을 자는 사람은 없다. 담요 한 장을 들고 여기저기 자유롭게 흩어져 두런두런 이야기 꽃을 피우다가 스르르 잠이 들면 그만이었다. 아무것도 깔지 않은 맨 바닥, 이 맨 땅에 몸을 펴고 잠을 자 본 것이 언제였던가. 아주 어린 시절, 시골집 앞 바닷가 백사장에서 친구들과 별을 헤다가 잠이 들어 아침을 맞았던 그후론 없었던 것 같다. 나는 모래밭에 등을 펴고 누웠다. 낮은 모래의 굴곡 속으로 내 몸이 차곡차곡 들어차 앉는 것 같았다. 별들이 무섭게 쏟아졌다. 의자를 한 발 뒤로 돌려 놓기만 하면 얼마든지 해지는 모습을 볼 수 있는 생텍쥐페리의 어린왕자 별도 함께 떠올랐다. 그리고 대낮처럼 달이 밝았지만 달빛이 별빛을 감추지는 못했다. 나는 '우주와 화해'라는 단어를 생각했다. 어디서 끙끙대는 소리가 들렸다. 사막에 사는 여우라고 했다. 전갈이나 코브라는 이곳에 없다는 오마르의 설명을 믿어야 할지 말아야 할지 혼란스럽긴 했지만 믿지 않으면 어쩌랴.

나는 사막의 냄새를 맡아 보려고 자주 코를 흠흠거렸다. 그러나 모래에서는 식은 햇살의 향기 외엔 아무 냄새도 느낄 수가 없었다. 밤마다 사람들의 시선은 하늘로 향해 있었다. 시키지 않아도 이렇게 같은 시간에 함께 하늘을 볼 수 있는 기회도 이때가 아니면 없으리라. 누군가 마치 나를 호명하는 것 같은 바람이 수없이 살갗을 스쳐 가고 사막의 밤은 빠르게 깊어 갔다. "별들이 사다리를 타고 내려오고 있어"라고 누군가 그렇게 말했다. "모래가 발바닥을 간지럽혀" "은하수가 푸르네" "지금 나는 어루만지는 사막의 정령이 느껴져" 웅얼웅얼이 생의 소리 같지 않은 말들이 들려왔다. 사람들은 식은 모래 위에 반듯하게 등을 펴고 누워 낙타에 흔들리며 그곳에 올 때 보았던 석양에 대해 말하기도 했다. 그러고 나서 사막은 이런 거지, 모두들 그런 분위기로 나직나직 대화를 나누었다. 사람들의 목소리가 거의 줄어들었을 때 곁에 있던 연인들이 굿나잇 키스 소리가 아련히 내게도 전해졌다.

익숙해지면 어둠도 밝음이고 밝음도 어둠이라는 사실을 여기서 거듭 확인한다. 밤이 깊을수록 동공은 확장되고 정신은 투명해 왔다. 그리고 몸도 마음도 무사하고 편안해진다. 모두가 좋다. 쓸쓸함이나 고독이나 외로움 같은 것은 다 지나가 버리고 어느 사이 아무것도 끼어들 틈 없는 평화가 이어졌다.

대책 없이 아픈 날은 모든 유행가 가사들이 내 슬픔을 건드리고 매만지듯, 이 사막에선 지구의 자전이 멈춘 듯한 고요가 혼을 어루만진다. 그리고 적어도 이곳에선 천재의 불행이나 바보의 행복 같은 것은 없다. 고맙게도 사람과 인연과 그들에게 매이지 않는 법을 배우게 된다. 아무것도 할 수 없다고 포기했을 때 그때 서서히 고이는 삶, 에너지.

다시 바람이 분다. 모래는 바람의 힘을 빌려 솟구치지 않아도 하늘에 닿을 수 있고, 바다를 헤엄을 칠 수도 있다. 그러니 허망으로부터 굳이 탈출을 시도해야 할 까닭이 이곳에선 없다. 나는 신이 인간에게 왜 묵비권을 주었는지 지금까지 도무지 알 수 없었던 것들을 알고 느끼고 깨닫는다.

유감스럽게도 내가 느끼는 지상의 아름다움이란 도대체 이름 붙일 수 없는 것들뿐이라고 불평한 적이 있었다. 이제 그 가벼웠던 입을 부끄러워하며 참회한다. 신(神)이 너무 가까이 있어 두렵다. 그러나 신조차도 두려워지는 이때 멀리 있는 한 사람의 이름이 떠오르는 건 나도 어찌해 볼 수 없는 일이다.

> 그림자를 끌며 사막을 걷고 있을 때
> 모래의 행간을 읽어낼 수도 있을 것 같다는
> 망상이 끼어들었다 느닷없었다
> 굳이 설명하자면 느닷없는 것이란 없다
> 그때 누군지 꼬집어 말할 수는 없었지만
> 거룩한 이의 자취가 느껴졌다
> 돌아보니 주위엔 여전히 아무도 없었다
> 아무도 없어도 모두가 있는 듯한 기척과 기척 없음들
> 이미 나는 두고 온 저 편의 것들을 까마득히 잊고 있었다
> 상처가 깊은 만큼 치유되는 정신의 깊이를 바라보는 일은
> 감동을 넘어서 축복이다
> 나는 기도를 했고 드디어 기도마저 잊었다
> 낡아도 낡지 않는 것들
> 고독은 힘이 세다
> 이곳의 고독은 참 맑고 달다.

넓지 않아도 좋았다. 나무가 있는 소박한 정원이 달린 집 한 채를 갖고 싶을 때가 있었다. 그 무렵 정원을 갖는 것은 서재를 갖는 것만큼 중요한 일이었고, 희망이었다. 달빛 아래 그와 주전자의 찻물 끓는 소리를 들으며 완벽한 적막 속에서 함께 앉아 있고 싶었다. 일생에 단 한 번일지라도 그렇게 하고 싶었다.

그런데 지금 내 곁에는 베두인 청년 오마르가 있다. 가스 버너에 불을 붙이고 주전자에 찻물을 끓이느라 잠시 동작이 부산해지더니 그의 동작은 이내 멈췄다. 투박한 컵에서 연기가 모락모락 피어올랐다. 사하라에서 그것도 달밤에 내가 좋

아하는 커피향을 즐길 수 있다니, 사랑하는 사람은 아니지만 오마르가 친구의 이름으로 모든 연인의 이름으로 내 앞에 있다. 찻물을 끓이느라 오마르가 왔다 갔다 하는 동안 그의 발밑에서 사그락대는 모래의 노래가 내 귀에 소곤소곤 들렸다. 발을 움직일 때마다 사랑스럽게 안겨드는 발가락 사이의 모래들, 달빛만큼은 아니지만 그래도 고요한 모래가 내는 저음의 소리, 나는 가볍게 주변을 걸으면서 잠시 내일 일을 생각했다. 그러나 그토록 희망하던 한순간이 바로 지금 이구나라는 자각이 들 때 오마르가 내 컵에다 한 번 더 따뜻한 물을 채워 주고는 제자리로 돌아갔다.

감상의 날이 예민해지다가 어느 순간, 자신의 일기장에 아직도 내 이름을 쓰는 사람이 있긴 한 건지 하는 사소한 그리움 따윈 감히 끼어들지 않았다. 그리고 이미 나는 알고 있었다. 내가 아무리 원해도 그가 원하지 않으면 소용없다는 것을, 오마르가 자리로 돌아가고 나는 모래언덕에 홀로 남겨졌다. 완벽한 적막으로 온몸이 바늘 꽂힌 듯 소름이 돋았고 내 호흡은 천천히 자연으로 돌아갔다.

무한정 지속된다면 행복이라 해도 그건 결국은 참을 수 없는 일이 되고 말 것이다. 그것은 불행도 마찬가지, 물론 영원한 지속은 없지만 사는 동안, 불행을 완전히 차단하는 기능이나 행복을 잡아둘 수 있는 방법을 알지 못하는 우리는 그래서 더욱 신에게 매달리려 하는지도 모르겠다. 지금의 사하라는 다만 죽을 것 같은 적막이 두렵고 좋을 뿐이다.

깨어 봐야 꿈인 줄 안다

고통이 닥쳤을 때 받아들임과 포기, 그러나 절체절명의 상황에서 평화가 찾아오는 건 여전히 아이러니다. 그러나 모래바닥에 몸을 펴고 누워 하늘을 보고 있으면 그런 생각은 사라지고 없다. 다만 시야에 들어오는 겹겹이 쌓여 층을 이루는 모래세상인 산과 벌판과 구릉에 쏟아지는 고요와 달빛, 특별히 일정을 짠 것도 아닌데 때맞춰 허리가 무너지고 사막에서 만월을 보다니, 허리를 무너뜨려서 라도 만월을 보게 한 것은 분명 그분의 뜻이었을 것이다. 나는 그렇게 믿고 있다.

이 텅 빔과 멈춤은 그냥 비어 있거나 멈춤이 아니라 흘러감이라는 거,

가득 참과 비움 또한 정지가 아니라 흘러감이라는 거.

잠들지 못하는 밤도 짧을 수 있다는 걸 알았다. 감사하게도 한순간 의식의 단절도 없이 새벽이 왔다. 모래산 너머로 하늘이 다른 색깔로 밝아지고 새끼를 거느린 사막 고양이 가족들이 재롱을 피우며 주변에서 놀고 있다. 사람이 경계의 대상이 아니라는 것을 고양이들은 알고 있는 듯. 발뒤꿈치를 높이 들고 사막의 끝을 주시하고 있는 어미고양이가 제법 의젓해 보인다.

사하라에 사는 베두인 족은 친절하고 사려가 깊었다. 외지에서 온 사람을 경계하기는커녕 잘 따르고 무엇이든지 나누고 싶어한다. 나를 그림자처럼 따라다니며 보살펴준 오마르도 내게 음식과 약과 물을 갖다준 이들도 베두인이었다.

사막에서 보내는 밤, 이 특별한 체험을 어떻게 표현해야 할지 모르겠다. 대책 없이 막막하고 대책 없이 소름끼치던 순간순간들, 내 존재가 정말 아무것도 아니었다가 어쩌면 모래 한 알과 같은 분량이거나 질량일지도, 그러다가 하늘 아래 바람과 공기와 빛과 모래와 생명 있는 것들과 생명 없는 것처럼 같은 존재의 그 무엇이었다가 때론 아무것도 아니었다가,

세상의 시작이자 끝점인 이곳까지 나를 오게 한 어떤 이의 뜻, 사하라를 떠나도 사하라에 나를 머물게 할 그의 뜻, 어떻게 이곳에 당도했듯 당분간 나는 돌아갈 길이나 집은 생각하지 않기로 했다. 오직 눈앞에 펼쳐지는 것들을 만끽하리라.

며칠 사하라를 향해 달려오는 동안 사람들이 떠나고 없는 폐허가 된 집과 길을 잃고 쓰러진 소의 마른 뼈와 빈 뜰 가득 말라 쓰러진 야자나무를 보았다. 걸음이 무거웠다. 살던 곳을 떠나게 만든 것은 물이지만, 급격히 빠른 속도로 사

막화해 가는 아프리카를 보며 어찌할 수 없음, 불가(不可)에 대해 생각한다. 쉽게 생각하자, 있거나 없거나 그것은 애초 그렇게 정해진 일이라는 걸, 내가 이곳에 머무르지 않고 지나가는 것도, 그들 모두 이곳을 떠난 것도 처음부터 정해진 일이라고 생각하자. 그들이 어디에 있든 혹 이미 세상 사람이 아닐지라도 그것은 나와 다르지 않는 같은 공기 속의 같은 질료라는 걸, 존재와 비존재조차 경계를 짓는 일이 어리석다면 과연 이 사하라에서 내 존재를 찾거나 주장하는 일은 얼마나 허무맹랑한가, 세상은 표면적으로 어떤 모양새를 갖든 지극히 공평하다고 하지 않았는가.

나는 닿을 수 없는 곳에 발을 딛은 것처럼 평소 내가 아닌 다른 사람이 되어 있었다.

> 새벽 사막을 걷다 보았다
> 바람 없는 지난밤
> 또 그렇게 새들 다녀간 발자국
> 저 끝이 없는 모래주름들
> 이럴 땐 기도보다는
> 가만히 있는 것이 예의일 것 같다
>
> 사막 끝 정거장에서
> 그를 너무 오래 기다리게 한 것 같다

어느새 내가 새들의 편지를 읽을 수 있게 되었나 보다.

사막의 낮과 밤은 어떤 장막도 치지 않는다. 창을 열거나 닫는 일도 없다. 알몸으로 알몸을 보는 기분이다. 수많은 눈앞에서 옷을 벗고, 수많은 눈들 앞에서 수만 겹의 미농지를 하나하나 벗겨내는 느낌. 사막의 어둠과 빛은 폭군처럼 오지 않는다. 다만 조용히 살금살금 눈앞에서 부푸러기 같은 공기들이 떠다니고 급기야는 살갗에 안겨 든다. 눈앞에서 이루어지는 낮과 밤의 결을 확실히 체감

할 수 있는 곳이 이곳 말고 또 있을까 싶다.

나는 자유하다. 사하라 여기에 무슨 의무감이나 책임감이 있으며 현실적인 속도가 있겠는가. 잃어버릴 게 무엇이며 얻을 건 또 무엇인가. 여기서 나는 그냥 나 하나로 그만일 뿐이다.

묶이면 어떻고 묶이지 않으면 어떠랴. 나는 바라보는 일에 지치면 일어서 맨발로 걷기 시작했다. 발목이 빠지는 것만큼 걸음은 힘이 들었지만 차츰 익숙해져 갔다. 나는 묶이고도 자유로울 수 있는 사막의 시간들에 감사했다. 끊임없이 주름을 만들고 그 주름들이 음악처럼 리듬을 타고 어딘가로 흘러가는 듯한 느낌들, 노래를 흥얼대며 바람의 결을 어루만지며 걷는 기분이 상쾌했다. 겨드랑이에 날개가 솟아오르는 것 같았다. 꿈을 꾸고 있는 것 같은 시간이 지속되었다. 그러나 꿈이란 깨어 봐야 비로소 꿈인 줄 안다고 하지 않았는가.

울고 싶었다면, 눈물에 굶주렸다면, 사막보다 더 좋은 곳도 없으리라. 사하라 오는 도중에 울음보가 한 번 터지긴 했지만 여전히 나는 울 준비를 갖추지 못했다. 그러나 울지 않으려고 애쓰는 일은 부질없었다. 이곳에서 눈물은 눈을 통과한 순간 소금이 되었다. 나는 이 극단의 느낌을 오래 기억할 것이다. 시간은 쭉정이를 걸러내고 알갱이만 남길 것이다. 돌아가면 그리워할 이 아득함과 막막함, 절대로 잊어버리지 않을 색감, 정말 미쳐 버릴 것만 같은, 토할 것처럼 뜨거운 태양.

해가 진다, 그 많은 벽은 어디로 가고 방도 창도 길도 없는 곳, 적막이라고 말하기엔 터무니없는 적막, 고요라고 말하기엔 터무니없는 고요, 넓다로 표현하기엔 터무니없이 넓은, 그러니까 몸을 낮추고 고스란히 굴복할 수밖에.

외로움을 이기기 위해
모래로 남자를 만들고 꽃을 만들고 길을 만들었다

그러나 바람은 곧 그것들을 지웠다

신께서도 가끔은 아무것도 없는 빈 정원을
홀로 거닐고 싶어한다는 걸 나는 잊고 있었던 거다.

사막의 노마드들

대부분 무슬림인 베두인 족은 북아프리카 사막에 거주하며 유목생활을 하는 아랍 민족이다. 베두인들은 스스로 험난한 사막 기후에 맞는 생활방식을 찾아서 하며 직감적으로 오아시스를 알아내는 뛰어난 감각을 가지고 있다. 그들은 메부리코에 피부는 까무잡잡한 편이고 편견일 수 있겠으나 더러는 공격적이고 약탈을 즐기며 정착민들을 경멸한다고 알려져 있다. 고대의 그들 영역은 아라비아 사막에만 거주했으나 지금은 북아프리카 곳곳에서 살고 있다.

그러나 내가 만난 베두인 족은 타인의 영혼을 감지하는 기능이 발달한 것 같았다. 오마르는 내 기분을 기막히도록 정확히 읽는다. 어떨 때 걷고 싶은지, 어떨 때 물이 필요한지, 그는 귀신처럼 알아맞힌다. 늘 흥얼흥얼 노래를 부르면서, 몸을 움직이면서, 하늘을 살피면서, 바람의 결을 느끼면서, 낙타를 돌보면서.

사하라의 노마드들은 만나고 헤어지는 일이 익숙하다 못해 자유롭다. 아무리 좋은 사람도 그냥 함께 있다는 것을 즐길 뿐 집착하거나 욕심 부리지 않는다. 만나면 만나서 좋고 헤어지면 다른 인연이 기다릴 거라 믿는 그들에게 헤어지는 일은 슬픔이 아니라 또 하나의 기쁨일 뿐이다. 어쩌면 그들이야말로 소유하지 않는 자의 단순한 행복, 욕망으로부터 집착으로부터 자유로워지는 것을 실천하는 사람들이다. 아주 많은 것들이 바라볼 때는 행복인데 소유하려고 하면 그건 곧 불행이거나 아무 가치도 없는 것이 되고 마는 것을 그들은 모두 알고 있는 듯했다.

내가 쓰던 침낭과 담요 그리고 옷을 주었더니 매우 좋아했다. 아주 작은 것일지라도 누구에게 줄 수 있다는 것은 얼마나 복된 일인가. 나 떠난 뒤 아이가 내 침낭 속에 들어가 잠들 것을 상상하는 일이 그토록 행복할 수가 없다.

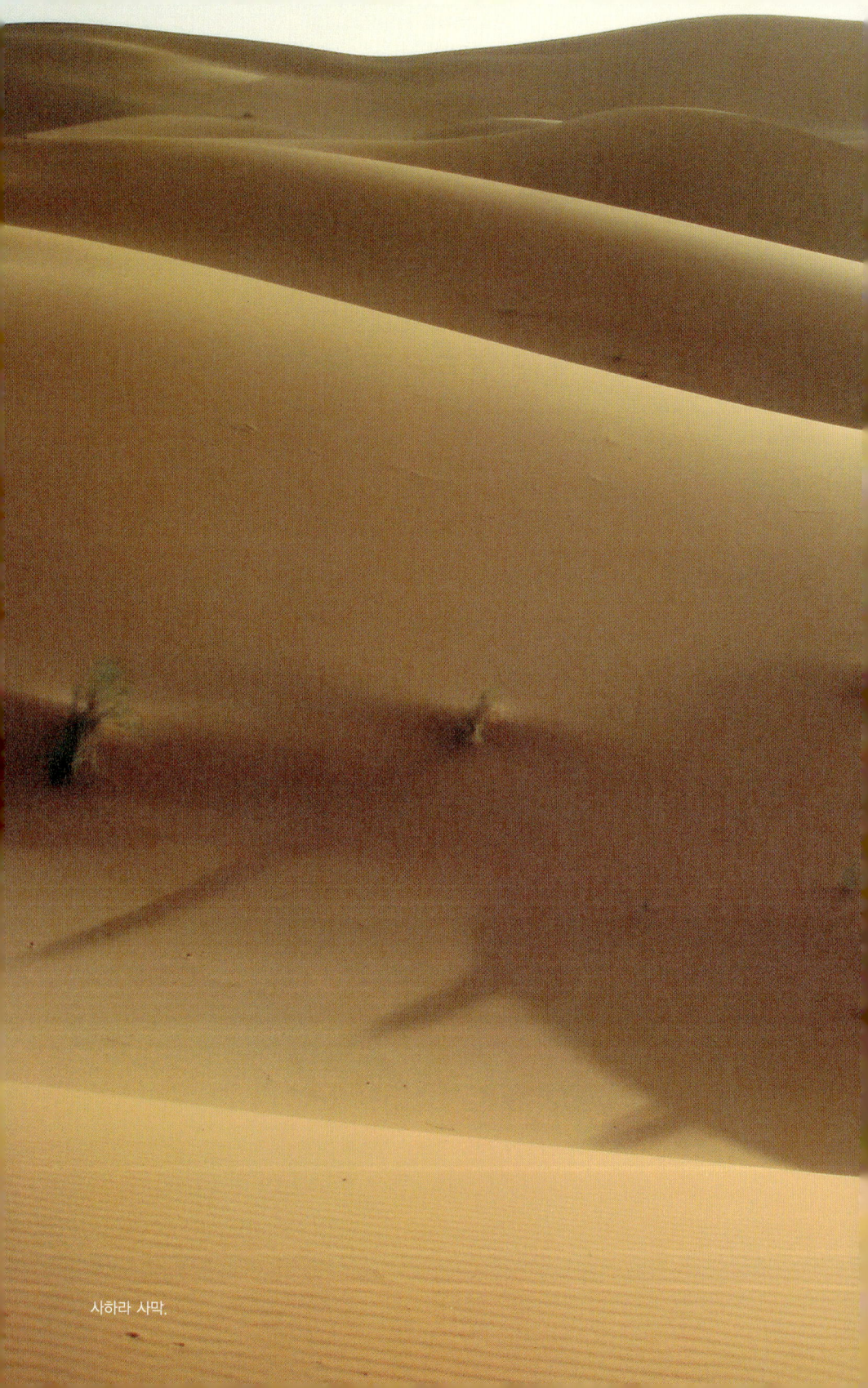

사하라 사막.

일부다처제인 베두인 족은 낙타몰이꾼 남편이 한 달에 두 번쯤 식량을 사가지고 사막의 가족이 있는 집으로 돌아온다고 한다. 돌아오더라도 하루 이틀 후에 떠나야 하기에 그들 또한 만나고 헤어지는 일에 익숙해 있었다.

지금은 지구온난화에 따른 자연현상으로 사막이 황폐화하거나 초원지대가 줄어들면서 도시로 모여드는 사람이 늘었지만, 북아프리카에는 베두인 족(bedouin 族) 외 함어계(Ham語系)의 종족으로 베르베르 족(Berber族)이 있다. 이들은 아틀라스 고원지대에 소나 양을 방목하며 풀을 찾아 유목하는 사람들이다. 그들은 사막의 노마드들과 달리 우유와 육식을 즐기며 베두인 족 못지않게 춤과 노래 악기를 즐기며 낙천적인 생활을 하고 있다.

사하라의 노마드들도 지금은 점차 도시로 몰려드는 추세다. 소위 도시빈민층을 이루는 이들로써 빈손으로 흘러들어 가 힘든 노동을 하거나 그나마 일거리가 없어 고단한 삶을 이어가는 실정이라고 한다.

자신의 몸으로 그늘을 만들고 우물을 파는 사람들

일상으로 돌아가 삶이 목마르고 힘들 때, 자신의 몸으로 그늘을 만들고 우물을 파 물을 긷던 사하라의 낙타와 유목민들을 생각하기로 했다. 여행은 소유의 개념을 버리되 날개를 달고 자유롭도록 도와준다. 아무리 많이 가져도 배낭 하나가 전부요, 아무리 없어도 배낭 하나로 넘치는 생활방랑자. 그러나 여행은 모두가 약해질 때 자신이 세운 의지를 밑천으로 강해질 수 있어서 견딜 만한 것인지도 모른다.

사하라의 힘은 고요와 없음이다. 아득하고도 막연한 기다림, 동경, 그 끝에 비로소 뭔가 알 것 같은 텅 빔과 가득 참. 왜 결단이 필요했을까? 그냥 흘러가게 내버려 두면 안 되었을까? 돌아보면 하루 이틀이면 닿을 수 있는 곳인데 우리는 영원히 닿지 못할 수도 있고 매일 닿을 수도 있다. 나는 실크 스카프가 목을 간질이는 듯한 사막의 바람을 맞고 서서 증언부언 아직도 깨어나지 못하고 있다.

누구를 해치기 위한 무기가 아니라 자신을 지키기 위해 존재한다는 가시 많은 식물 선인장지대를 지나 왔다. 마치 바람이 허망으로부터 탈출하고자 하는 몸부림처럼 사막에서의 사랑은 구속이 아니라 자유며 방면이라는 걸 가르친다. 그러나 그 모든 것 사막은 조용히 몸으로 보여줄 뿐, 설명하고 설득하려는 자연은 없었으니. 오늘따라 아득한 느낌을 주는 사하라의 하늘이 처연하게 맑다. 그것은 한 남자를 목숨처럼 사랑하는 일과 같이 눈부시기도 하다. 그러니 때로는 허공도 바람도 호흡도 짐이 될 때가 있다. 없음과 텅 빔조차도 짐이 될 때가 있는 것이다.

죽고 싶도록 아름다운 순간이라고 말하지만, 아름다움은 순간에 지나가 다시는 반복할 수 없다는 것을 알고 있다. 그러나 사막에서의 시간들은 행복한 충격의 연속이었노라 말해도 후회는 없으리라.

펠리컨은 제 내장을 파내어 새끼를 키운다고 했다. 지구온난화로 사막화하는 땅이 기하급수로 늘고 있다는 보도는 어제오늘 뉴스가 아니다. 결국 제 내장으로 어린 새끼를 키워야 할 날이 지구상에 닥칠지도 모른다는 위기감은 사하라를 돌아보는 동안 떨칠 수 없는 무거움이었다. 그 때문이었을까. 사하라에서 지낸 며칠 내 노트는 계속 백지상태였다. 그 공백 속의 한 줄,

"태초에 사하라가 여기 있었던 것이 아니라 내가 여기 있으므로 사하라가 있는 것이다."

입안의 가득 찬 모래를 뱉으며 짧은 독백이 시작되었다

"당신이라면 여기서 제대로 숨을 쉬겠는가?

모두 정지, 내겐 숨을 멈추지 않으면 안 될 때가 바로 이때다."

살면서 심장이 멎을 것 같은 감동은 몇 번쯤 만날까? 내 생애 몇 컷 안 되는 감동적인 풍경을 이곳에서 얻었음을 감사하고 싶다.

사막에 사는 유목민 아이들과 즐거운 한때.　　　베두인 처녀.

　한낮과 한밤중의 사하라는 데일 것 같은 열기로 부글거리던 심장을 터지기 직전까지 부풀렸다. 천지사방이 죽음처럼 고요해졌고, 내 입에서 연속으로 퍼져 나오던 단어, 피스풀(peaceful)만이 사막을 가득 채우고 있었다. 그래서 나는 다시 아무것도 더는 바랄 것이 없었다. 우주는 무한하다. 언제 가더라도 우리가 남겨두게 될 그것은 계산이 불가한 무한대의 공백일 것이다. 사하라 한가운데에 있는 지금은 남은 내 생의 첫날 첫 순간. 나 여기 사하라에 왔다 가노라!

사하라 사막 _ Sahara Des

　사하라는 아랍어 사흐라(Sahra:불모지의 뜻)에서 유래된 것이다. 세계에서 가장 광대하고 가장 건조도가 높은 이곳 사막지역은 홍해에 접하는 나일 강 동쪽의 누비아 사막과 나일 강 서쪽의 아하가르 산맥 부근까지의 리비아 사막을 합친 동사하라와 아하가르 산맥 서쪽의 서사하라로 크게 구별하여 부르기도 한다. 모로코 마라케시에서 접근하는 사막은 서사하라에 속한다. 면적은 약 860만㎢이다. 나일 강에서 대서양안에 이르는 동서길이 약 5,600km, 지중해와 아틀라스 산맥에서 나이저 강·차드 호에 이르는 남북길이 약 1,700km이다. 이 사막 남부의 경계는 명확하게 구분되어 있지 않고, 사막과 사바나 지대 사이에 넓고 건조한 스텝 지대가 동서로 펼쳐져 있다. 이 사막은 대부분 사구 혹은 암석으로 된 해발고도 약 300m의 대지로 이루어져 있으나, 아하가르 산맥과 같이 해발고도 1,000-3,000m가 넘는 암석사막 지대로 이루어진 곳도 있다. 또 이 사막의 북반은 북회귀선 북쪽에 있어 1,000m 이상의 산지에는 동계에 빙점하로 내려가는 경우도 있고, 특히 하계에도 주야의 기온차가 극심하다. 이와 같은 건조지대 기후의 특징의 하나인 기온의 변화는 암석의 붕괴를 빠르게 하여 모래의 공급원이 된다. 예상 이상으로 비가 내리기도 하지만 특색은 강우가 극히 불규칙하여 1일간 약 300mm의 강수량을 보이는가 하면, 4년간에 걸쳐 한 방울의 비도 내리지 않을 때도 있다. 강수량이 많아도 홍수가 되어 암반 위를 급류하여 모래와 자갈에 흡수되고, 또 급격한 증발로 습도를 유지하지 못하여 식물이 자랄 수 없다.

018

춤추는 사하라의 노마드들

드디어 혼자가 되었다는 안도감이 밀려 왔다.

모두 떠나고 없는 붉은 모래사막에 둥둥둥 북이 울렸다. 아픈 내가 우울해 보였는지 천막 청소를 하러 온 그녀가 하던 일을 멈추고 춤을 추기 시작했다. 즉석에서 벌어진 축제였다. 작은 계집아이가 엄마를 따라 몸을 움직이며 두 팔을 벌려 겅중겅중 뛰고, 둘째 딸아이는 어깨를 들썩이며 익숙한 손짓으로 북을 두드렸다. 입을 가리고 호호호 웃던 다 큰 처녀 큰딸은 설거지를 하다 말고 끼어

카메라 앞에서 마냥 즐거워하는 노마드들.

춤추는 그들을 보면 세상에 행복하지 않을 이유가 없다.

들고, 막내는 이리 뛰고 저리 뛰고 기분이 좋다. 찰찰찰 소리를 내는 캐스터네츠 같은 악기도 틈새를 비집고 들어 신명을 부추겼다.

둥둥둥 두둥두둥두둥 찰찰찰 둥둥둥 두둥두둥두둥
둥둥둥 두둥두둥두둥 찰찰찰 둥둥둥 두둥두둥두둥

너무나 천진해 보이는 저들에게 '불행' '우울' '슬픔' 따위의 단어가 있기나 할까 싶은 아침, 깔깔대는 노마드들의 웃음소리가 맑은 하늘에 퍼지고, 아이들은 사막의 바람을 몸에 두르고 팔짝팔짝 주위를 뛰며 굴렀다. 흩어져 있던 고양이 가족들이 모여들고 염소와 노새도 소리를 따라와 춤판을 기웃거렸다. 어디선가 새들의 노랫소리도 들렸다. 어느새 그들을 따라 나도 신바람이 나서 손뼉으로 추임새를 넣다가 아픈 허리를 부여안고 배꼽이 빠져라 웃고 있을 때 수줍어서 도무지 곁을 주지 않던 막내도 드디어 내 품에 안겨 왔다. 까만 볼이 홍당무가 된 녀석을 품고 살며시 뺨을 부벼 주었다.

행복했다.
여기서 더 무엇을 바라랴!

네 아이의 엄마인 그녀가 내게 베푼 것은 미소나 친절만은 아니었다. 그는 온몸으로 사막에서 살아남는 방법을 가르쳤고, 그것은 내 어머니의 사랑과 다르지 않았다. 그가 아픈 배를 만져 주었을 때 복통은 가라앉았고, 그가 허리를 문질러 주었을 때, 내 허리는 통증으로부터 자유로워졌다. 서른 중빈의 나이를 가진 그녀가 내 어머니가 될 수 있었던 것은 사하라에서 살아남을 수 있는 삶의 모든 지혜를 보여주었기 때문이다.

019

내 친구 오마르

늘 걷던 길이 닫혀 있다는 것은 다른 길이 있다는 예언으로 믿어도 좋다. 나는 길 위에서 이 같은 주문을 자주 읊조린다. 그런 내게 한 달은 너무 짧다. 여행이 몸에 잘 맞는 옷처럼, 적당히 닳은 신발처럼 익숙해질 때, 집으로 돌아가는 티켓을 확인하는 일은 괴롭다. 언제부턴가 목적지와 돌아갈 시간이 정해지지 않은 여행을 꿈꾸는 것도 매번 아쉬운 여행이 남긴 결과일 것이다.

사하라를 여행하는 동안 나의 메모 노트는 매번 공백으로 남겨져야 했다. 그러나 다음 날 그 다음 날도 자리에서 눈을 뜨면 어제와 다른 풍경을 볼 수 있다는 것이 새삼 얼마나 큰 지복으로 느껴지던지. 낯선 풍경, 내게 그것은 아무리 많은 시간이 주어진다 해도 아쉽고 부족한 시간일 뿐이었다.

그날 나는 긴 여행 끝에 오마르가 끄는 낙타를 타고 사막을 건너고 있었다. 그가 모래를 헤치며 앞으로 나아갈 때, 내 시선은 보다 멀리 보다 높은 곳에 닿으려고 안간힘을 썼다. 낙타의 등은 생각보다 높아서 고소공포증까지는 아니라도 때로는 뒷동산에 앉아 있는 느낌이 들기도 했다. 오마르가 노래를 부를 때 낙타는 대추알만한 검은 똥을 경사가 가파른 구릉으로 또르르 굴려 보냈다. 노을이 물든 모래 위로 굴러간 낙타 똥의 흔적들이 막대 추상화를 그렸지만 심술궂은 바람은 내가 보는 앞에서 그 추상화들을 곧 지워 버렸다. '사막은 저런 거야 모두 금세 무화(無化)하는 것, 나는 낙타의 음성을 들었는지 모래의 노랠 들었는지 기억이 없다.

그렇게 도착한 사막, 대낮 불볕 태양으로부터 나를 보살펴준 오마르는 나 같은 여행자의 기분을 알아맞히는 능력이 탁월했다.
별을 보고 길을 찾고 모래의 이동을 보며 앞길을 예
언하는 베두인. 그는 북두칠성을 가리키며 사막에서
길을 잃었을 때 어떻게 길을 찾아야 하는지를 설명
해 주었다. 그리고 내가 무슨 일로 고통을 겪을 것인
지도 예언하고 있는 듯했다.

집을 떠날 때 나는 내 몸에게 기본수칙을 철저히
지킬 것을 선서하지만 매번 그것은 부도수표에 그쳤

너무나 헌신적이었던 청년 오마르.

다. 나는 다시 허리가 무너진 후 극진히 내 몸을 보살펴야 할 책무에 소홀했음
을 또 한 번 시인하지 않을 수 없었다. 이런 몸으로 얼마나 오래 내가 좋아하는
여행을 지속할 수 있을까? 지난 여행 때도 그랬듯, 어쩌면 이 여행이야말로 내
생애 마지막 여행이 될지도 모르는 일. 그러나 그만한 자학으로 끝내기에 나는
이 같은 절망에 너무나 오래 학습되어 온 구제불능의 여행 환자였던 것이다.

눈물겨운 친절

챙겨온 약 덕분인지, 사막의 유목민들과 오마르가 베푼 정성 때문인지, 이틀
밤으로 허리는 한결 부드러워졌다. 나 혼자 두고 캠프로 돌아간 오마르가 뜨거
운 사막을 건너 내가 머무는 천막으로 되돌아온 것은 오전 11시쯤이었다. 사막
입구에 있는 캠프에서 나를 기다리고 있을 지프 기사에게 소식을 알리고 물과
약간의 먹을거리를 준비하여 되돌아온 것이다. 평소 스케줄대로라면 그는 서녁
무렵에 여행자를 인솔하고 와야 하는데 환자가 걱정이 되었는지 뜨거운 사막을
되돌아온 것이다.

낙타에서 내린 오마르가 품안에서 급히 뭔가를 꺼내 놓았다. 젖은 신문지를
둘둘 말아서 가지고 온 물병이었다. 아, 사막에서 그렇게 시원한 물을 마실 수

있다니! 그의 배려는 거기서 끝나지 않았다. 먼우물에서 물을 길러와 시시때때로 천막 지붕과 주변에 뿌려 주고, 해의 각도에 따라 천막덮개를 따라 매트를 옮겨 주는가 하면, 그늘을 쫓아 물병을 덮어 두고, 화장실까지 따라가 주는 등 한두 가지가 아니었다. 그가 끝까지 내게 깊이 각인된 된 것은 내 물병에 언제나 신선한 물을 가득 채워 놓는 것이었다. 그때서야 떠올랐다. 사막에서 살아남는 법, 그것은 사막에서 살아남는 법의 제1원칙에 해당하는 것이었음을.

베두인들이 머리에 쓰는 면으로 된 긴 스카프는 용도가 다양하다. 바람이 불면 눈만 내 놓고 머리에 쓸 수 있고, 외출 때 멋스럽게 장식하기도 하고, 태양을 가리기도 하며, 허리에 질끈 묶기도 하고, 잠잘 때는 얼굴에 뒤집어쓰고, 아이를 업어 줄 땐 띠로 쓰며, 펴면 이불이 되고, 옷 대용으로 몸에 두를 수도 있다고 오마르가 하나하나 동작을 보여주며 설명해 주었다.

지난밤에는 그의 친구 무함마드와 함께 북을 두드리며 베두인의 민속노래를 들려주었다. 북소리는 단조로웠고 그들의 노래 또한 단순하기 이를 데 없었지만 그 단순함이 지속될수록 그것이야말로 사하라에 가장 잘 어울리는 음악이라는 걸 알게 되었다. 그들의 노래에 취해 있는 동안 내 마음은 평소와는 다른 색깔의 파장이 물결쳐 갔다. 잠시 두려움 같은 것이 밀려왔지만 곧 평정을 되찾았다.

오마르는 낮이나 밤이나 잠을 잘 때 수건으로 완전히 얼굴을 가리고 잔다. 뜨거운 빛과 모래바람 속에서 얼굴을 지키는 최소한의 방법이라고 했다. 처음엔 그 모습이 이상하고 우스웠는데 나중엔 나도 그렇게 하지 않으면 눈을 붙일 수 없다는 걸 알았다. 사막에 사는 사람들의 지혜로움은 잠자는 방법 속에서 숨어 있었다.

엊그제까지만 해도 이 세상에 남자가 존재하지 않는다면 술과 치약과 비누가 절약되는 것 말고는 생각나는 것이 없었는데 오늘은 아니다. 이곳에 남자가 없다면 나는 술과 비누 따위로는 비교할 수 없는 친구가 없었을 것이다. 오마르는 결혼을 하지 않는 스물세 살 남자이고 유목민이며 학교는 근처에도 가 보지 않았지만 어깨너머로 배운 아랍어는 물론 영어와 불어를 할 줄 아는 명석한 청년이었다.

다음 날, 왼손잡이 오마르가 삐뚤빼뚤한 글씨로 내게 주소를 적어 준 것은 단지 자기를 잊지 말라는 메시지만은 아니었다. 주소를 적어 주지 않아도 그렇게 부탁하지 않아도 나는 그를 잊지 않을 것이다. 아니 영 못 잊을 것이다.

사하라를 떠나던 날 천막 앞에서 오마르가 주머니에서 뭔가를 몰래 꺼내 내 손에 쥐어 주었다. 작은 화석이었다. 나는 다시 한 번 뭉클해서 고맙다는 말도 못한 채 그 앞에서 화석을 뺨에 대고 저 먼 시간의 결을 느꼈다. 그는 사하라에서 기꺼이 오아시스가 되어 준 친구였다.

'오래 함께 있는 것이 사랑이라면 만난 지 며칠 만에 애틋한 마음으로 헤어지는 것도 사랑이지.' 갑자기 이별이 닥치더라도 갑자기 온 것은 아니며 서서히 닥치더라도 서서히 닥친 것은 결코 아니지.' 나는 그렇게 내게 주문을 걸고 있었다. 그렇지, 잊고 있었네, 이별의 시간은 짧을수록 좋다는 것을. 그때 오마르가 마지막으로 작별인사를 하기 위해 다가왔다.

"킴, 남은 여행 아프지 말고 건강하세요, 앗 살람 알라이쿰!(당신에게 평화가 가득하기를!)"

"굿바이, 인샬라! 굿바이, 인샬라!(안녕, 알라의 뜻으로!)"

지금 나는 책상에 앉아 오마르가 준 선물 동근 화석을 어제 일처럼 기억하며 더듬고 있지만 그와 작별하던 그때의 기분을 어떤 말이나 글로도 설명할 수가 없다. 그것은 말이나 글의 한계가 얼마나 뻔한 것인지를 거듭 인식시키는 잔인한 일일 뿐. 그러나 꼭 해야 한다면 한마디로 슬펐다. 모든 안녕이 작별을 의미하지는 않는다. 그러나 그날 사막 끝에서 가졌던 그와 나의 안녕은 0.0001퍼센트도 다시 볼 확률이 없는 마지막 안녕이어서 나를 더욱 목메게 했다.

020

낙타, 등신

낙타는 허공의 붉은 바다를 무장무장 헤엄쳐 갔다.

어디로 가는 것인지,

지붕도 문짝도 없는 길들이 돌아서면 지워지고 사라졌다.

우우 낙타가 울었다 울면서 노래하면서 '괜찮아 다 괜찮아'라고 했다.

현생에 노마드가 되는 길은 멀고도 험했다.

바람이 쉬어 가는 천막 아래 온도계는 62도를 가리켰다.

내 생애 비등점으로 기록될 살아 있는 저 시뻘건 눈금

눈금을 확인하는 순간 땡볕에 앉아

눈 한 번 돌리지 않는 낙타 저 놈은

어디가 아프거나 뭔가 단단히 잘못 되었구나 했다.

낙타는 달궈진 프라이팬 같은 모래 위에 제 몸을 구우며

무슨 죄 그리 많아 말도 안 되는 고초를

신음 한 번 내지르지 않고 부동으로 견디는 것인지.

나는 낙타를 향해 삿대질에다 야유까지 퍼부었다.

'저 등신, 등신 같으니라구!'

그 말끝에 한 남자가 씨익 웃고 있었다.

낙타의 원죄까지는 알고 싶지도 않지만 살아 있어도 살아 있지 않는 낙타가

종일 하체를 접고 불 속에서 선한 눈만 껌벅거렸다.

말도 안 되게 지독한 놈이거나 아주 완전히 맛이 간 놈,

나는 그렇게 단정 짓고 투항하는 자세로

무너진 허리에 약을 바르며 저녁이 오기를 기다렸다.

밤이 오기도 전 아침을 기다리는 일은 얼마나 무모한가.

그럴지라도 끝내 낙타를 미워하지 못한 건.

언젠가는 찰박찰박 걸어 나를 오아시스로 데려다 줄 그가 아닌가.

떠날 생각에 몸서리를 치기도 했지만

만월이 떠올랐을 때 나는 눈을 크게 뜨고

여기서 생이 정지되어도 좋으리라는 꿈을 꾸었다.

늦은 밤 미치지 않으면 목숨 부지할 수 없노라 누군가 속삭였다.

나 역시 제 정신을 놓쳐 예까지 왔노라 고백했다.

귀신처럼 바람의 말을 알아듣는 낙타

얼마나 많은 낙타의 눈물이 소금을 만들었을까.

그 밤 나는 낙타보다 열 배는 더 등신 같은 한 남자를 생각했다.

수만 개의 등이 내걸린 하늘은 죽음보다 환했다.

바람이 모래를 나르는 소리, 여우 우는 소리가 귀를 파고들었다.

그날 이후 내 몸에는 사하라의 검은 아이가 무럭무럭 자라고 있다.

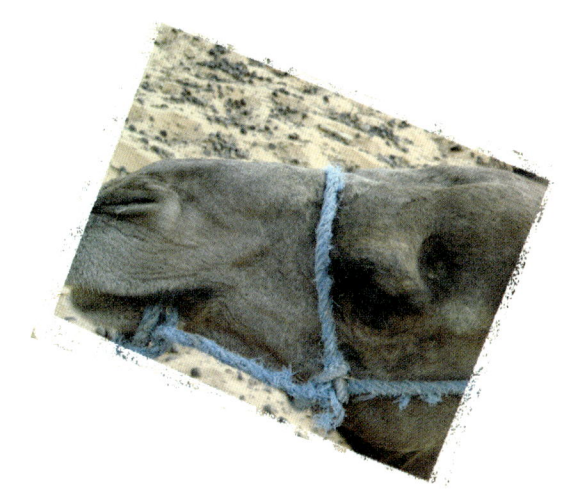

건물 위의 위성 안테나들, 페스 구시가지를 대표하는 풍경이다.

길을 잃어 중세로

열쇠를 건네 받았다. 새 열쇠를 받아 든 기분을 어떻게 표현할까. 낯선 나라 낯선 도시에서 잠시지만 내가 기거할 낯선 방의 문을 열고 들어서는 기분은 언제나 신선하다. 그것은 매번 다른 도시에서 느끼는 나만의 신고식 같다. 얼마나 많은 여행자들이 이 방을 스쳐 갔으며 욕조에 몸을 담그고 사랑을 나누고 더러는 쓸쓸히 헤어진 애인을 생각하며 밤을 보냈을까. 탁자에 놓인 컵의 얼룩과 벽의 낙서와 고리가 빠진 커튼 사이로 비치는 아주 오래되어도 전혀 낡지 않은 햇살 한 줌, 한 번도 연습해 보지 않는 아랍어들이 창밖에서 이상한 소리를 내며 굴러다녔다.

마라케시가 붉은색의 도시라면 페스는 노란색 도시다. 건물의 벽들은 연 노랑색 페인트로 단장되어 있어 구시가지의 낡은 건물도 전혀 낡지 않은 노란빛으로 물든다. 건너편으로 뜨고 지는 해를 볼 때도 이 빛깔은 우주와 절묘한 조화를 보인다. 위성 안테나가 하나의 풍경으로 자리를 하고 있는 도시, 첫번째 길을 잃었던 마라케시에서 두려움과 공포를 느꼈다면, 이 도시는 길에 연연하지 않고 길을 놓아야 제대로 볼 수 있는 도시다. 길을 잃어서 감사한 도시, 길을 잃을 수 있어서 자유를 만끽했던 도시.

대부분의 여행자들이 그렇듯이 나도 높은 성벽으로 둘러싸인 메디나를 찾아 들어갔다. 구 시가지를 감싸고 있는 성을 둘러보며 페스의 기운을 느끼고 담기 위해서였다. 아직도 성문을 통해 사람과 짐을 실은 노새들이 수시로 드나들고 높은 성곽 아래에는 배고픈 사람들이 자리를 깔고 앉아 여행자들에게 손을 내밀고 있다.

그곳에서 북쪽으로 눈을 돌리면 온통 흰 대리석으로 채워진 무슬림들의 마지막 안식처 공동묘지가 한눈에 들어온다. 이른 아침 터미널 근처에서 그 흰 산(공동묘지)를 보고 있으면 망연해지다가 편안해지다가 울고 싶다가 외로워지다가 마음의 갈피를 잡을 수가 없다. 동쪽 메카를 향해 누워 있는 사자(死者)들은 그렇게 하지 않으면 안 되는 것처럼 대부분 흰 대리석으로 장식되어 있었다.

검은 부르카를 입고 나타난 여인들이 길을 가로질러 묘지 입구에 들어설 때, 저 옷이야말로 장례식장에 갈 때나 입는 옷이라고 빈정대던 어느 외신기자의 말이 떠올랐다. 묘지 주변을 서성대는 부르카 입은 여인을 보자 그곳에 딱 어울리는 옷처럼 느껴졌다. 어떤 남자는 화분을 놓고 가고 어떤 가족들은 주전자에 물을 담아 와 무덤 곁 작은 나무에 뿌려 주고는 잡초를 뽑는다. 어디나 묘지는 살아 있는 가족에게 추억과 위안의 장소가 된다. 하나하나 묘지를 살펴보면 지금 남아 있는 가족들의 형편과 부지런함과 애정을 한눈에 짐작하게 하는 것도 우리네 묘지와 다르지 않다.

나는 페스를 생각하면서 제일 먼저 좁은 골목을 좋아할 예감으로 달떠 있었다. 메디나의 오래된 골목들은 길 잃기 좋은 곳으로 첫손에 꼽힌 곳이다. 나는 거대하면서도 이상한 나라에 불시착한 느낌을 주었던 도시 마라케시에서 새벽에 숙소를 나가 돌아오는 길을 찾지 못해 한나절 주저앉고 싶도록 헤맨 경험을 소중한 자산처럼 갖고 있었다. 왜 이렇게 빤한 곳에서 길을 잃지? 첫날 내 손에는 그 흔한 지도도 호텔의 명함 한 장도 없었다. 산책 삼아 바로 눈앞에 있는 아직 문을 열지 않은 빈 시장 골목길을 살펴보리라는 가벼운 생각으로 숙소를 나섰는데 왜 무엇 때문에 길을 잃지? 그 말은 이제 내가 나를 비웃는 최고의 야유와 동시에 위안이 되었다.

골목을 들어서면 장사꾼들은 여행자들에게 눈을 맞추며 말을 걸어 온다. 곤니

치와! 재패니스? 차이니스? 나는 고개를 저으며 지날 뿐 일일이 답하지 않는다. 이 질문이야말로 백번도 천번도 더 들어온 말이니, 아니 한국인이냐는 질문을 들은 기억이 얼마나 까마득한지, 아니 아예 없다고 해야 할 것 같다. 그럴 때 그들 표정은 잠시 자신의 빗나간 상상에 허를 찔린 듯하지만 그렇다고 쉽게 물러서진 않는다. 그것은 가이드를 자청하는 남자라도 크게 다르지 않다.

그날도 골목을 들어섰을 때 몇 번 만난 적 있던 청년이 따라와 말을 걸었다. 자신은 아랍어, 불어, 스페인어, 영어, 독어, 일어까지 구사할 수 있다며 가이드를 자청했다. 그뿐 아니라 혼자 여행중이라는 걸 알면 집요하게 따라다니는 남자들은 도처에 있다. 이럴 때 그들을 물러서게 하는 나의 묘책은 간단하다.

"넌 참 능력 있는 가이드구나. 그런데 난 한국 사람이고 내가 할 수 있는 말은 오직 한국어뿐이거든, 넌 유능하니까 물론 한국어도 가능하겠지? 그렇다면 내 가이드가 되어도 좋겠는데 어때?"

영어 응답은 여기서 끝난다. 그러면 대개 더 이상 어찌해 볼 수 없다는 듯 두 손바닥을 위로 펴 보이며 어깨를 한두 번 으쓱하고는 총총히 골목으로 사라진다. 그러면 다음에 다시 만나도 슬슬 피하거나 미소만 지을 뿐 더 이상 접근하지 않는다. 이 방법은 간단하지만 꽤나 효력이 있다. 자만한 자의 알량한 자존심을 건드리는 수법은 어디나 통하게 되어 있으니까.

'혼의 도시' '교육의 도시'라는 별칭을 갖고 있으며, 모로코 문화의 자존심을 지키는 페스 메디나를 들어서면 좀처럼 익숙해질 것 같지 않은 온갖 낯선 냄새들이 와락 달려든다. 공기에 반죽된 이것들은 느끼하면서 매콤하고 쌉씨름한 향신료, 달콤한 과일 향기, 각종 자연향료. 발효된 고기들, 고약한 가죽냄새. 치즈에 핀 곰팡이 냄새, 육고기 냄새, 생선 냄새, 또 뭐가 있더라. 나는 냄새의 정체를 알고 싶었지만 끝내 한 가지로 단정지을 수 없다는 결론을 얻고 있는 그대로를 즐기기로 한다. 그러나 세상 어느 구석을 가든 사람들은 서로 사랑과 온정을 나누며 오순도순 살고 있고 그것으로 행복을 확인하며 문화를 이어간다는 사실만은 분명하다.

시장 입구에 있는 가게에 낙타 목이 걸려 있었다. 낙타고기와 양고기를 다루는 정육점이라고 했다. 누군가 낙타를 알면 아랍이 보인다고 했는데 낙타는 사막의 유목민들에게 없어서는 안 되는 중요 수단이며 양식이다. 사막지역에서 낙타는 이동과 수송은 물론 400킬로그램 이상의 짐을 적재할 수 있고, 물이나 식량의 보급 없이 400킬로미터 이상을 이동하는 놀라운 적응력을 보인다고 한다. 낙타 한 마리에서 적어도 200킬로그램 이상의 고기가 나오며, 건조가 쉬워 보관하기가 용이하여 보통 한 가족이 3~4개월은 먹을 수 있다고 한다. 돼지고기를 먹지 않는 대신 이들은 양고기와 낙타 고기를 즐긴다고 한다.

중세의 향기

페스의 골목들은 마술상자 안에 복잡하게 그려 놓은 미로를 연상시킨다. 널어 놓은 빨래에선 짐승의 살 냄새가 나고 벽에는 수많은 얼룩들이 상처의 지문을 대신하고 있다. 골목마다 건물의 기둥들은 비스듬히 기대 서 있고 도처에 버팀목이 가까스로 건물을 지탱해 주고 있는 듯 위태롭기까지 한 곳,

사람을 만나면 간신히 비켜설 수 있는, 대개는 가로등 하나 없는 어둡고 좁은 골목에 뭔가 이끌리듯 들어가 보면 그 끝에는 처음처럼 다시 수많은 낡은 대문들이 흙 속의 개미집처럼 엮여 있는 걸 볼 수 있다. 그러나 이 확인은 대문 위에 번지를 표시하는 숫자가 적혀 있고 자물통이 걸려 있거나 쓰레기가 쌓여 있는 곳으로 보아 사람 살고 있다는 흔적이 역력하지만 마당 안을 엿볼 수 있게 열린 대문을 찾기는 힘들다. 아마 아이들이 학교에 가고 남자들이 일하러 밖으로 나가면 여자 혼자 집을 지키게 되고, 그 여자들은 외부인과 함부로 접촉을 허락하지 않는 무슬림의 규율 때문이 아닐까 싶다. 그래서 호기심 많은 나 같은 여행

낙타 고기를 파는 정육점에 낙타 머리가 걸려 있다.

자가 골목을 따라 들어가다 보면 은근히 신비스러워지기도 하고 무섭기도 하고 궁금해 선뜻 돌아설 수 없게 되는데 그러다 보면 자칫 돌아오는 길을 놓치기 일쑤다. 그럴 땐 빈 골목에서 사람이 나타나기를 기다리다가 가야 할 방향을 물어 도움을 청한다. 친절한 사람을 만나면 호텔 입구까지 바래다 주기도 하지만 대개 그냥 저쪽으로 가면 된다고 눈짓으로 일러준다. 그건 마음이 없거나 타인을 경계해서가 아니라 영어를 모른다는 뜻이기도 하다.

페스도 빠르게 달라지고 있다. 산동네에 촘촘히 위성 안테나가 붙어 있는 구도시가 있는가 하면 한쪽에는 높은 빌딩들이 즐비한 뉴 페스라 불리는 신도시가 세를 확장해 가고 있다. 이제 올드 페스는 돈 많은 사람들이 햇빛 귀한 좁은 골목의 낡은 대문을 닫아 걸고 뉴 페스로 이사를 가고, 남은 사람들은 각종 가죽제품을 파는 남자들과, 쪼그려 앉아 이슬람 여자들의 전통복장 히잡이나 차도르에 멋을 내기 위한 장식 구슬을 일일이 손으로 꿰매고 있는 소년들과, 어린 장사치들과 놋쇠를 두드려 알리바바에 나오는 쟁반이나 향로 그릇 같은 것을 만드는 솜씨 좋은 대장장이들과, 거짓말 잘하는 엉터리 가이드와, 수다쟁이 총각과, 자비를 기다리는 거지와, 장님과 힘없는 노인과 짐을 나르는 노새와, 가죽산업을 이어가는 무두장이들뿐, 그러나 페스는 세계 각지에서 찾아드는 여행자들이 넘쳐나 언제나 활기가 넘치는 도시다.

오후가 되면 사람에 떠밀려 서로의 어깨나 손을 스치지 않고 메디나를 걸어다니는 일은 불가능하다. 뒤에서 누군가 '바그락 바그락!' 하고 소리를 지르면 짐을 실은 노새가 가고 있다는 신호이니 이땐 재빨리 길을 비켜야 한다.

온갖 풍성한 과일과 야채로 채워진 시장과 눈을 시퍼렇게 뜨고 있는 낙타 머리가 걸려 있는 정육점 골목과 가죽제품을 파는 가게들을 하나하나 구경하다 보면 시간은 금세 달아나고 만다.

무슬림들은 대개 전통복장에다 모자를 갖춰 쓰고 수십 년 된 낡은 나무의자를 가게 앞에 내 놓고 앉아 손님을 기다리거나 호객한다. 가게를 지키는 사람 중에 돋보기를 코에 걸고 『코란』 읽은 노인들을 보는 것도 흥미롭고, 가끔 비어 있는 낮은 의자를 보고 있을 때 그 곁으로 짐을 실은 노새라도 지나가면 영락없이 여긴 여전히 중세구나 하는 걸 실감하게 된다.

130

페스의 골목은 한 마디로 신화 속을 걷는 도보여행이다. 워낙 다양한 물건을 다루는 작은 가게들이 다닥다닥 붙어 있고 특히 가죽제품을 다루는 신발, 가방, 전등, 액세서리 가게들의 현란한 색감이 아프리카지만 중세의 분위기를 그대로 느끼게 한다. 온몸을 가리고 살지만 그 속으로 할 수 있는 액세서리들은 다 하고 사는 아랍 여성들의 사치품들은 이곳 메디나에서 모두 구입할 수 있다.

이제는 지난 이야기가 되었지만 더러 외국인들의 시선에 가사노동만 하고 바깥일을 하지 않는 한국 여자들이 세상에서 가장 편한 여자들이라고 했던 때가 우리에게도 있었지만, 어떻게 보면 이슬람 여자들이야 말로 남자들로부터 가장 우대받고 있는 사람인지도 모른다. 그것은 이슬람 여자들이 전신을 가리고 다니는 부르카를 보고 외부 사람들은 당치 않는 억압이라 하지만 정작 그들은 이슬람 여자들이야말로 세상과 힘 있는 남자로부터 철저히 보호받는 것이라는 주장과 크게 다르지 않을 듯싶다. 그러나 집안에서는 어떨지 모르지만 눈 한 번 돌리지 않고 뜨거운 시장골목에서 평생 뜨개질로 나이든 한 노인을 관찰하고 만나는 일이 왜 그토록 마음을 무겁게 하는지.

오후 메디나 성 아래 천년 넘도록 그 자리에 있었을 것 같은 돌계단에 앉아 친구에게 엽서를 쓸 때 모로코가 아주 마음에 든다고 했다. 슬금슬금 가족과 친구가 그리워지기 시작한다. 이 증상은 여행이 얼마 남지 않았다는 뜻이기도 하다.

생존을 위해 악조건 속에서도 일하지 않으면 안 되는 무두장이.

무두장이를 만나다, 나를 토하다

가쁜 숨을 고르며 좁은 골목을 뛰다시피 올라와 묵고 있던 바타 호텔(Bata Hotel) 412호로 간신히 돌아와 놋쇠 키로 문을 따고 화장실로 뛰어들었다. 그리고 바닥에 주저앉아 변기에 얼굴을 박고 토하기 시작했다. 거무튀튀한 가래 같은 건더기들이 창자를 훑고 나와 변기 속의 맑은 물과 섞이기 시작했다. 눈물인지 콧물인지 내 몸의 구멍을 통해 다투어 빠져나온 것들의 정체가 무엇인지를 파악할 겨를이 내겐 없었다. 세번째 무두공장을 찾아간 후였다.

모로코에 가면 제일 먼저 페스로 가리라. 중세의 시간을 거슬러올라가 좁은 미로 속 골목을 걸으며 맘 놓고 길 속에서 길을 버리리라. 그리고는 걷고 걷다가 언젠가는 닿을 그 끝집의 창문을 두드리리라. 누군가 창밖으로 얼굴을 내밀어 한 번만이라도 미소를 지어 준다면, 그리하여 나를 안으로 초대해 준다면 선뜻 대문 안으로 들어서리라. 단 그 집의 남자주인이 무두장이라면 더 바랄 게 없으리라. 나는 그렇게 중세의 삶을 살고 있는 고단한 생에 찌든 눈빛이 피트(pit, 염료를 풀어놓은 물에 가죽을 담가두는 항아리 같은 구멍)보다 깊은 무두장이를 운명처럼 만나고 싶었다. 골목을 걷다가 누군가 길을 가르쳐 주지 않아도 서서히 골목을 흘러 다니는 냄새를 쫓아 무엇엔가 이끌려 취하듯 따라가다 보면 그곳이 바로 무두장이들이 일하는 곳이라고 했던가.

그날은 사하라 사막 여행을 끝낸 메르조가에서 지프로 9시간을 달려 페스에 도착했고, 신시가지보다는 성 안쪽 구시가지에 숙소를 정한 것도 중세의 분위기를 보다 확연히 느끼고 싶어서였다. 며칠 씻지 못한 여한을 달래기라도 하듯 짐을 풀자마자 나는 욕실로 들어가 한바탕 물과 씨름을 했다. 사막에서 따라온 황색 모래와 먼지들이 물에 씻겨 욕조 바닥에 쌓였다가 하수구로 빠져나가는 것을 보면서 통쾌했고, 무거운 머리와 고단했던 몸은 여행 첫날처럼 맑아져 새로운 힘이 서서히 몸속으로 스며드는 것을 느낄 수 있었다. 이 얼마나 고마운 회복인가. 여행이고 뭐고 때려치워야 할 것처럼 지쳐 있다가도 쾌적한 환경에서 하루 이틀 아니 한나절만 쉬고 나면 이 같은 에너지가 생긴다는 것이.

무두장이들의 하루는 6시부터 시작된다고 했다. 혹시나 하여 5시에 모닝콜을 부탁해 놓고 자리에 들었다. 첫날 오후 좁은 골목을 들어서 물어물어 무두질을 하는 곳을 찾아갔을 때, 일반 상가건물 옥상을 이용하지 않고 그 풍경을 볼 수 있는 장소가 없다는 것을 나는 몰랐다. 골목 입구에서 '프리'를 외치며 호객행위를 하는 그들의 친절을 무시하고 껌을 팔고 있는 소년에게 무두질하는 것을 볼 수 있는 장소를 물었을 때, 소년은 하던 장사를 친구에게 맡기고 아주 좋은 곳을 안내해 주겠다고 앞장섰다. 이렇게까지 하지 않아도 되는데 하다가 소년을 따라가자 골목 끝에서 한 남자가 기다리고 있었다.

"여기예요. 이 분을 따라가세요. 최고의 장소로 당신을 안내해 줄 거예요!"

이쯤 되니 물러설 방법이 없다. 한 사람이 겨우 오를 수 있는 어둡고 좁은 계단을 따라 미로 같은 5층 끝 옥상으로 안내되었을 때 나는 아! 하며 신음 같은 탄성을 질렀다.

그래, 여기구나 여기. 이걸 보고 싶었지, 이 냄새를 맡고 싶었지, 여기서 일하는 무두장이들을 보고 싶었지, 저 많은 피트에 담겨진 형형색색의 색감을 보고 싶었지, 살과 뼈를 분리한 소, 말, 낙타, 당나귀, 양의 피륙이 쌓여 있는 짐승의 무덤 같은 껍데기들을 보고 싶었지, 가공을 끝낸 노란색 붉은색 가죽들이 옥상 바닥에서 잘게 자른 지푸라기 위에 엎어져 마르고 있는 것을 보고 싶었지, 살아

뭉툭 거리던 것들이 평면을 이루었을 때의 모습이 항복이나 평화가 아니라면 그 무엇인지 내 눈으로 똑똑히 보고 싶었지.

5분 정도 넋을 놓고 있다가 나는 주머니에서 카메라를 꺼내 허겁지겁 셔터를 누르기 시작했다. 그렇게 한 5분쯤 다시 지났을 때 주인은 '피니쉬!'를 외쳤다. 그의 목소리는 명료했다.

"1층에서 5층까지 가방, 옷, 신발, 액세서리, 가죽으로 만든 제품은 다 있다. 네가 원하는 것을 골라봐라." 그제서야 나는 정신이 들었다.

"미안하다 사실 나는 아무것도 살 수가 없다. 왜냐하면 나는 가난한 여행자이고 여행이 끝나려면 앞으로도 한 달이나 남았으니 정말 미안하다."

"그렇다면 돈을 내라!"

"알았다. 돈도 중요하지만 난 이곳보다 좀더 가까운 곳에서 사진을 찍고 싶다. 그러니 아래층으로 내려가면 안 되겠니?"

층수가 낮아질 때마다 요구하는 돈의 액수는 반비례했다. 가게의 매니저와 이야기를 하다가 보니 장사를 맡기고 그곳까지 안내해 준 녀석도 아직 돌아갈 생각을 않고 내 지갑이 열리기를 기다리는 눈치다. 동전 몇 개를 주었으나 반응이 시원치 않자 주인이 눈을 부라려 소년을 돌려 보낸다. 나는 물건을 사지 않는 대신 그가 부르는 값을 반으로 깎아 2층 베란다까지 내려가는 것에 성공했다. 그러나 2층 베란다는 원하는 대상에는 가까워졌지만 앞 건물에 가려 좋은 사진을 얻기에는 아쉬움이 있었다. 다시 한 10분도 채 지나지 않아 그는 영화감독처럼 조금 전과 다름없는 대사를 조금 더 강경한 어조로 명령하듯 읊었다.

"피 니 쉬!"

무두 공장
다음 날 새벽 5시 반 또 호텔을 나섰다. 상가의 셔터들은 아직 굳게 닫혀 있고

무두 공장 염색 피트.

쓰레기가 치워지지 않은 골목마다 고양이들이 삼삼오오 짝을 지어 새벽잠에 취해 있었다. 이번 여행에서 골목 아니 시장거리, 성당, 상가 앞, 고성 아래, 낡은 처마 밑에서 내가 만난 고양이만도 수백 마리는 족히 될 듯싶었다. 이곳 고양이들은 사람을 피하지도 않고 동족처럼 무덤덤하게 제 할 일을 하거나 가던 길을 간다. 그런데 그 새벽에도 사람보다 고양이들이 훨씬 더 많은 페스의 골목들, 나는 이미 그들을 미워할 수 없는 친구들이라 단정짓고 있었다.

전날의 경험을 바탕으로 오늘은 좀더 가까운 길을 찾아보리라. 골목 입구에서 짐을 실은 노새 한 마리가 나타났다. 노새 등에는 털이 그대로 달려 있는 짐승의 가죽이 바닥에 끌리듯 늘어진 채로 실려 있었고, 짐을 나르는 남자는 형색으로 보아 무두장이가 틀림없었다. 나는 반사적으로 재빨리 카메라를 꺼내 그의 뒷모습을 찍고 있었다. 그때 "너 누구야!" 등 뒤에서 날카로운 남자의 목소리가 들렸다. 나는 너무 놀라 카메라를 떨어뜨릴 뻔했고 어깨를 펴지도 못한 채 느린 화면처럼 고개를 돌렸을 때 한 남자가 웃고 서 있었다.

"괜찮아, 들어와, 들어와서 맘대로 사진 찍어도 좋아, 정말이야. 안으로 들어와 사진을 찍으라구!"

어이없는 반전에 어찌할 바를 몰라 눈치를 살폈다. 삼십대 중반쯤으로 인상이 그다지 좋아 보이지 않는 남자였다. 나중에 알았지만 그는 여행자들을 호객해 사진을 찍게 하고 돈을 받는 일종의 매니저 겸 감독 같은 사람이었다.

"정말 내 맘대로 사진을 찍어도 돼?"

"그럼 들어와 어서!"

이제 날은 완전히 밝았고 시계를 보니 6시였다.

나는 바짓가랑이를 걷고 뒤꿈치를 든 채 살금살금 걸음을 놓으며 남자가 안내하는 곳으로 들어갔다. 바닥에는 핏물인지 물감인지 검붉은 물이 흥건했지만 나는 질질 끌리는 바지에다 슬리퍼를 신고 있었으니,

운반 수단은 노새를 이용하고 짐승 가죽을 가공해 가죽을 얻는다.

 백 평 남짓 되는 작은 공장에는 남자들 대여섯이 각자 맡은 일을 하고 있었다. 그들과 눈이 맞을 때마다 먼저 인사를 했지만 별 표정이 없다. 낯선 여자가 새벽부터 카메라를 들이댄다고 인상을 쓰는 이도 없었고, 내가 있든 말든 그들은 각자 맡은 일을 할 뿐이었다.

 그곳은 일차적으로 가축을 도살한 뒤 살을 떼어 내고 분리하여 실어 온 가죽의 첫 단계에 해당하는 작업을 하는 곳이었다. 여기저기 색깔별로 쌓인 털과 가죽이 나뉘어지고, 이제 막 썩기 시작한 가죽이 산더미처럼 쌓여 있어 곧 아래에 있는 큰 공장으로 옮겨지기 직전 분류작업을 하는 곳이었다. 그러니 본격적으로 색을 내거나 부드럽게 가공을 하기 적전의 도정공장인 셈이다.

 남자는 맘 놓고 사진을 찍을 수 있도록 은근히 다른 일꾼들을 감독 제지해 주었지만 나는 차마 일에 열중하는 무두장이에게 카메라를 들이댈 수가 없었다. (이럴 때 나는 정말 아마추어라는 걸 느낀다) 그리고 성능이 별 볼일 없는 내 카메라로 당겨서 사람의 표정을 잡는 것도 한계가 있었다. 뽑혀 나간 가축의 털이 여기저기 뒹굴고 핏물이 씩이 흐르는 악취로 더는 견딜 수 없을 때 남자가 돈을 요구하며 소리를 질렀다.

 "피니쉬!"

 그때 어린 노새 등에 '철퍽!' 소리를 내며 물먹은 가죽을 싣고 있던 키 큰 청년과 눈이 마주쳤다. 나는 그의 표정을 보는 순간 온몸이 얼어붙는 듯 꼼짝할 수가 없었다. 그리고 뒤를 돌아보자 다른 노새에 가죽을 실은 남자가 먼저 내 옆구리를 건드리며 골목으로 빠져나갔다. 내 귀에는 쉴 새 없이 무두장이들이 노새에 싣고 온 가죽을 무두공장에 내려놓는 소리가 '철벅, 철벅!' 하고 들렸다.

벙어리 아저씨와 노인과 아이들

지배인에게 돈을 건네고 짐을 싣고 가는 남자와 노새를 따라가다가 다음 공장으로 안내되었을 때 나는 내 눈을 의심하기 시작했다. 그곳 무두공장의 젊은 감독은 영화배우처럼 멋져 보였고, 특히 나를 놀라게 한 것은 작업장에 있는 나이가 열다섯 안팎 되어 보이는 너댓 명의 아이들이었다. '헤이, 헤이!' 서로 자기를 만나고 가라고 불러서 나는 여유 있게 웃으면서 기다리면 차례가 올 거라고 말해 주었다. 바로 눈앞에서 허리가 굽은 노인이 파란 통 속의 가죽을 문지르고 꺼내는 작업을 하고 있어서였다. 나는 노인의 작업을 관찰하느라 아이들에게 신경

가축의 껍질을 손질하는 무두장이들의 손길이 분주하다.

쓸 겨를이 없었다. 힘든 무두질을 하기엔 터무니없이 늙은 노파였다. 딱 한 번 노인과 눈이 마주쳐서 미소를 지어 보였지만 노인은 무표정하게 통속으로 얼굴을 처박고 하던 일을 계속했다. 그의 굽은 등이 내 가슴을 무너지게 만들었고 튼튼한 내 하체를 후들거리게 했다.

그때 눈빛이 깊은 한 사내가 내 앞에 나타나 뭐하는 거냐며 시선을 가로막았다. 나는 한 발짝 뒤로 물러나 방문을 허락한 감독의 눈치를 살폈다. 감독이 웃고 있는 것으로 보아 무시해도 된다는 말 같았다. 그때 표정을 바꿔 해맑게 웃던 사내. 왜 이곳은 이리 반전이 잦은가!

그는 단지 말을 못하는 벙어리였을 뿐 장난기 가득한 마음씨 착한 사람이었다. 그는 친구를 불러 함께 카메라 앞에 섰다. 조금 전 인상을 쓰며 겁을 주던 표정은 온데간데 없고 사진 찍히는 일이 마냥 행복해 어쩌지 못하겠다는 표정이다. 찍은 사진을 보고 그가 제자리로 돌아가려 할 때 나는 가볍게 그의 옷자락을 잡아끌며 악수를 청했다. 환하게 웃던 그가 갑자기 손을 뒤로 감추며 어쩔 줄 몰라 했다. 나는 내민 손이 부끄럽기도 하고 당황한 나머지 "왜?"하며 반문했지만 그는 끝내 머쓱한 미소만 지을 뿐 악수에 응하지 않았다. 그는 더러운 자신의 손을 수치스러워했던 것이다.

고기를 발라내고 아무렇게나 쌓여 무두장이들의 손길을 기다리는 살과 단백질이 남아 있는 가축의 껍질들이 여기저기서 썩는 냄새는 화학약품 냄새와 더불어 어떤 깃으로 코와 입을 틀어 막아도 피할 수 없는 지독한 악취로 견딜 수 없게 만든다. 무두공장에 가는 것은 세상에서 가장 지독한 악취를 확인하러 가는 일인지도 모른다는 누군가의 말을 떠올리지 않아도 알 것 같았다.

이곳 무두공장은 크고 작은 마당을 가운데 두고 보통 2, 3층 건물로 되어 있는데 가공 정도에 따라 일하는 위치가 달라진다. 경력에 따라 아래층 마당에서 젖은 가축에 붙은 단백질과 불순물, 털을 분리하여 순서에 따라 필요한 공정에 배정이 된다. 물론 초보일수록 험한 일이 주어지는 것은 두말할 필요가 없겠다.

젖은 가죽은 가축의 크기에 따라 다르지만 대개 30킬로그램 전후쯤 된다. 예전부터 부패와 수분 제거를 위해 쓰이는 것은 소금으로 안쪽에 듬뿍 염분을 먹인 가죽은 2-3일 창고에 두었다가 다시 석회를 섞은 물에 약 열흘 정도 담가 둔다. 석회는 가죽에 남은 불순물을 제거시켜 준다고 한다. 이렇게 하여 털, 지방, 단백질 등이 가죽으로부터 온전히 분리되면 물레방아처럼 생긴 나무 원통 속에 넣고 마냥 돌린다.

이때 서로 섞이면서 문질러지는 과정을 통해 가죽의 유연성이 결정된다. 이 공정은 무려 열흘 가까이 계속되며, 그 공정을 마친 가죽은 우리가 흔히 사진에서 보아 온 둥근 욕조처럼 생긴 구덩이(pit)에 색깔별로 옮겨져 일일이 사람의 발로 밟는다. 이 과정이야말로 좋은 가죽을 생산해 내는 매우 중요한 부분이라고 매니저는 강조했다. 그러나 이 과정도 끝이 아니어서 이것들은 다시 밀기울에 닷새 정도 담가 둔다. 제품을 부드럽게 하고 윤기를 주기 위해 올리브 오일을 섞는 것은 가죽이 좋은 색을 내는 데에도 도움이 된다. 이때 함께 입혀지는 여러 가지 가죽의 색깔은 모두 자연 식물에서 추출한 것들이다. 하나하나 이 길고 힘든 공정을 거쳐 햇살 좋은 옥상에서 밀짚을 깔고 자연 빛과 바람에 건조된 가죽은 색이 선명하고 윤기가 흘러 고가의 값으로 팔려 나간다.

아이들은 통 속에 들어가 가죽을 밟으면서도 아무 일 아닌 듯 밟던 가죽을 펼쳐 사진을 찍어 보여 달라며 이것저것 농까지 걸어 구김살이라곤 없다.

"헤이, 어디서 왔어요? 쓰고 있는 모자 나 줘요. 우리 매니저 몰래 이 배지 나 주면 안 돼요? 나 이렇게 하고 있을 테니 사진 다시 찍어 줘요 네? 우린 모두 같은 일을 하루 종일 하지요. 우린 저기 2층에서 먹고 자고 함께 사는 친구들인데 사진을 찍으면 보내줄 수도 있나요?"

농담도 많았고 주문도 많았다. 이른 시간이라 그랬을까. 그들의 이야기 속에

웃음을 잃지 않는 무두 공장 피트에서 일하는 소년.

는 조금의 그림자도, 지친 표정도 없었다. 아니 너무 해맑아 나를 슬프게 했다. 나는 아이들을 따라 가죽이 들어 있는 피트 위를 곡예하듯 이리저리 밟고 다니며 단단한 벽돌의 감촉과 다양한 색감을 즐겼다.

한참 후 정신이 들었을 때 나는 금방이라도 쓰러질 것만 같았다. 익숙지 않은 악취에 너무 오래 노출된 때문이었다. 때마침 내 기분을 읽기라도 한 듯 감독이 소리쳤다.

"피 니 쉬!"

차라리 거지로 살지!

골목마다 노새가 방울소리를 딸랑거리고, 골목마다 무두장이와 상인들을 보고 있노라면 누구라도 중세에 머물러 있는 착각에 빠지는 것은 무리가 아니다.

양가죽의 가공과정을 설명하는 매니저.

144

그러나 이렇게 800년 이상 고스란히 이어온 무두질은 공공연하게 인간으로서의 가장 열악한 환경에서 일하는 사람을 일컬어 왔다. 그래서 붙여진 이름 무두장 이들의 생활수준은 불가촉 천민 이하이다. 그들의 작업 환경은 세상에서 최악이라 해도 과언이 아닐 만큼 표현 불가한 악취에 노출되어 피부병과 관절염 같은 온갖 직업병에 시달리지만 한 달 임금이 우리 돈 20만 원을 넘지 않고 돈을 받고 일하는 아이들의 일당도 길거리에서 먹는 허름한 한 끼 밥값 정도의 수준이니 임금이라고까지 할 것도 없는 형편이다. 그렇다고 그들에게 희망까지 없겠는가. 이들의 희망은 열심히 돈을 벌어 가족의 생계를 돕고 나아가서는 다른 일을 찾아보는 것이지만 그것은 말처럼 쉽지 않다. 평생 학교 문 앞에도 가보지 못한 채 대를 이어 무두장으로 살 수밖에 없는 그들 불가촉 천민들은 어쩌면 불평이라는 단어조차도 잊고 사는 사람들인지도 모른다.

나는 전날 저녁 호텔에서 제공되는 식사를 하면서 1.8리터짜리 물 한 병(20다르함, 약 2천 2백 원)을 시키고 계산서를 보며 놀라고 불쾌했던 일을 떠올렸다. 하루 종일 그 험한 일을 하고 호텔의 생수 한 병 값도 못 받는 그들의 임금으로 과연 어떤 미래를 보장받을 수 있단 말인지.

무두공장 매니저는 삶의 법칙이 그러하듯 처음 손님을 끌기 위해 온갖 부드럽고 달콤한 말로 유혹하다가도 끝날 땐 단호하기 이를 데 없었다. 노인과 아이들을 생각해 적지 않은 지폐를 건네고 밖으로 나왔다. 목구멍까지 뭔가 치밀어 올라 견딜 수 없었다. 사진을 찍어 준 소년들과 감독이 내일 아침에 다시 오라고 했지만 나는 대답 대신 손으로 입을 가리고 하수구가 있을 만한 곳을 찾아 뛰기 시작했다.

무두공장을 나와 골목 구석에서 솟구치는 토악질을 참느라 안간힘을 쓰고 있을 때 등 뒤로 누군가 스치듯 내뱉는 말이 내 귀와 심장을 들쑤셨다.

"제기랄! 저게 뭐야, 차라리 거지로 살지!"

이른 새벽부터 내 뒤를 따라다니며 사진을 찍던 이태리 남자였다. 그는 내가 하고 싶은 말을 앞서 하고는 두어 번 침을 뱉더니 휑하니 골목 끝으로 사라져 버렸다.

휘청거리는 몸을 일으켜 고개를 돌려 그가 지나간 골목을 보고 있을 때 두번째 무두공장에서 아래 큰 공장으로 노새로 가죽을 실어 나르던 벌써 몇 번째 나를 앞질러 오고가던 처음 만난 바로 그 사내가 나타났다. 노새의 걸음은 빨랐지만 가까이 오기를 기다려 주머니 속의 지폐 한 장을 접어 들고 있다가 그가 내게 눈을 맞추자 얼른 그의 손에 건넸다. (사실 이런 일은 여행중 끊임없이 고민하게 되는 부분이다. 이런 날 탓하지 마시라, 마음은 있으나 말 한 마디 통하지 않는 그들에게 내가 줄 수 있는 게 돈 몇 푼 말고 무엇이 있겠는가.) 마치 작전을 치르듯 수없이 연습한 긴밀하고도 민첩한 접선 같았다. 그리고 드디어 평생 노새를 끌고 이 골목을 오고갈 그가 골목 끝으로 사라졌다. 한 마디 말도 한 번의 눈짓도 허락되지 않았다. 그는 노새 등에 앉아 있었고, 나는 서둘러 호텔로 돌아가는 길이었으므로.

빨리 걷는다고 걸었지만 얼마 후 그가 나를 앞질러 가고 있었다. 내려갈 때는 노새 등에 짐을 싣고 자신은 걸어가지만 짐을 부리고 올라올 때는 노새를 타고 올라온다는 걸 나는 알고 있었다. 휙 스쳐가며 그가 나를 향해 떨리는 목소리로 한마디를 던졌다.

"마담, 그라시아스!(고맙습니다)"

나는 세상의 어떤 말로도 표현하기 힘든 무두공장의 악취를 익히 알고 있었다. 그러나 그것은 어디까지나 책이나 매스컴을 통한 간접체험에 불가했다. 나는 여기서 분명하게 체험과 비체험의 한계를 극명하게 느끼지 않을 수 없었다. 그날 무두질 공장을 빠져나와 숙소로 달려가 변기에 얼굴을 처박고 토해 낸 그것은 무엇이었던가.

이른 새벽부터 늦은 저녁까지 무두장이들은 하루의 대부분을 이곳에서 보낸다.

테너리 _ tannery, 무두공장

페스는 유네스코가 세계문화유산으로 지정한 중세도시로서 한때 가죽산업을 이끌어 왔던 것은 물론 모로코의 경제를 번성하게 한 도시로써 명성이 자자했던 곳이다. 모로코의 천연 가죽은 유럽과 아프리카의 귀족들에겐 없어서는 안 될 고가의 사치품이 되었고 16세기 예전의 전성기만큼은 못하지만 지금도 이곳에서 생산되는 천연 가죽이 세세주요국으로 수출하는 산업은 여전히 활발한 편이다.

가죽의 가공기술은 인류의 시원인 원시시대부터 있었으나 그것이 기술로 발전하기 시작한 것은 기원전 400년경 북아프리카 이집트였다. 이후 모로코 페스의 무두기술은 주변 아틀라스의 넓고 푸른 자연 환경으로 야생 양과 말들로 인한 목축산업이 활성화하면서 공급과 수요를 늘리며 자리를 잡게 되었다. 모로코에서도 특히 페스의 무두질 공장은 전 세계적으로 유명하다. 페스가 무두질 하나만으로도 얼마나 많은 관광수입을 벌어들이는지 굳이 여기에 설명할 필요가 없겠다. 누가 희생양이 되던 많은 여행자들이 페스를 찾는 이유는 지구상에 얼마 남아 있지 않은 아직도 쉽게 가공을 할 수 있는 기계를 쓰지 않고 전 과정을 직접 손으로 한다는 것에 있다. 모로코에는 페스를 비롯해 마라케시, 테두안 등에 천연무두질 공장이 있지만 그 중에서도 규모와 역사에서 페스의 무두질 공장을 따를 만한 곳은 없다.

페스에서의 마지막 밤

너무 힘이 들거나 어이가 없는 일을 당하면 혼자 실실거리는 버릇이 생겼다. 사하라 일정이 끝나고 불편한 허리가 회복되지 않아 메르조가에서 거금 1백 달러를 그것도 무함마드의 소개로 선불로 주는 조건으로 택시를 흥정했다. 막상 나를 태우고 갈 택시가 도착하자 기가 막혔다. 기사는 벤츠라는 것을 강조했지만 저 고물 택시가 어떻게 험한 길을 하루 종일 달릴 수 있단 말인가.

택시가 출발하자 기사는 내게 뻔한 수작을 걸었다. 자기 친구의 차도 지금 페스로 가고 있는데 그 차가 말썽을 피우니 그 차에 탄 호주인 젊은 커플과 합승하면 어떻겠느냐고? 보다시피 나는 허리가 불편한 환자인데, 그걸 감수하고서라도 함께 가야 한다면 내가 선불로 준 돈 반은 돌려 달라는 말엔 끝내 어떤 답변이 없었다. 그럼 나도 그럴 수 없다고 버티었다. 무슬림 뚱보 기사는 만화의 주인공처럼 말이 많고 도대체 그가 무슨 생각으로 머리를 굴리고 있는지 알다가도 모를 남자였다. 9시간을 달리는 동안 그는 집요하게 나를 설득했다. 점심을 먹는 레스토랑에서도, 차를 마시는 휴게소에서도, 그의 설득은 그칠 줄 몰랐다. 페스가 가까워지자 뒤를 따라오던 차가 멈춰 버리는 바람에 어쩔 수 없이 그들이 내 차로 옮겨 탔다. 내가 허리가 불편한 사람이란 걸 알아서인지 그들의 배려는 친절과 정중함이 배어 있었다. 그들은 2년 전 제주도를 비롯해 한국을 여행했었고, 알고 보니 마침 나와 같은 호텔을 찾아가는 길이었다.

호텔 앞에서 차가 멈추자 앞자리에 타고 있는 남자가 먼저 내려 차문을 열어 놓고 내가 불편 없이 내릴 수 있도록 손을 잡아 부축해 주었다. 나는 그의 도움

149

좁은 골목 안 과일가게.

을 받고 간신히 택시에서 몸을 일으켰다. 내 손에 힘이 들어가 바르르 떨리고 있는 걸 그의 여자친구가 지켜보았다. 나는 담담하게 고맙다고 인사했지만 내 손이 떨려서 그랬는지 남자의 얼굴이 홍당무가 되어 있었다. 그 와중에도 여자는 자기 남자와 나를 번갈아 쳐다보며 못마땅한 표정을 지었다. 어색하고 묘한 분위기가 잠시 흘러갔다. 그리고 남자는 뒤를 돌아보지도 않고 내 배낭을 내려 호텔 로비까지 들어다 주었다.

나는 그날 침대에 누워 혼자 웃었다. 자기 남자친구가 몸이 불편한 여자에게 친절을 베푸는 것을 경계할 만큼 아직도 나는 여자로서의 매력이 있단 말인가!

사람을 만나다

성 아래 긴 벤치에 누워 하늘을 본다. 여태껏 단 한 번도 느껴 보지 못한 낯선 바람을 느끼는 순간 생도 사랑도 지금의 바람처럼 생경하기만 하다. 문득 혼자라는 생각, 눈물이라는 생각, 홀로 부르는 노래라 생각하는 저녁 어스름,

이슬람의 유명한 시인 오마르 카얌의 눈빛이 저러할까. 금방 눈물이라도 떨굴 듯한 표정의 키 작은 사내가 다가와 말을 걸었다.

"안녕, 어디서 왔어?"

'경솔하지는 않군'이라고 단정지은 것은 일본인이냐고 물어 오지 않았기 때문이다. 그가 먼저 이름을 말해 주었는데 서너 번은 되물어 확인을 하고도 지금 나는 그의 이름을 정확하게 기억하지 못한다. 매우 거북하고 생소한 어감을 가지고 있어서였다.

그는 내가 묵는 호텔의 하룻밤 방값이 얼만지, 한국에 가려면 비행기삯이 얼마나 되는지, 한국 사람들은 모두 텔레비전이나 컴퓨터를 가지고 있는지, 내가 들고 있는 카메라는 얼마나 되는지. 모두가 구체적인 돈의 단위를 알고 싶어하는 질문들이었다. 그때마다 나는 모로코의 화폐 단위 다르함(US 1달러에 약 8,

5DH)을 어떻게 계산하여 보다 정확하게 알려줘야 할지 머리가 복잡해지곤 했다. 나는 그에게 약(It's about)을 강조해 얼마라는 것을 알려 주었다. 그때마다 그는 '정말?'을 연발했다.

그는 하는 일이 없다고 했고 자기 친구도 마찬가지라고 했다. 모로코 젊은이들의 실업률이 20퍼센트가 넘는다는 소식을 증명이라도 하듯, 그런 이야기를 하는 동안 그는 내내 웃고 있었다.

"그런데 왜 낯선 내게 말을 걸지?"

"간단해, 내가 요즘 혼자 영어공부를 하고 있어서 그냥 영어로 말해 보고 싶었기 때문이야. 그리고 네가 한국 사람이라고 하니까 생각이 났는데 나 '삼성' 알고 있어. 내 친구가 얼마 전 열 달 동안 돈을 모아 최신형 모바일 폰을 샀거든, 그것이 코리아의 삼성이 만든 거랬어. 아주 완벽해 보이던데."

'바로 내가 그 모바일 폰이 생산되는 삼성이 있는 도시에 살고, 그 도시에서도 삼성은 바로 우리 집 앞에 있거든!'

"그 도시도 완벽하게 아름답겠지?"

"완벽? 글쎄!"

"사실은 나도 영어 잘 몰라, 보다시피 아주 서툴잖아"

우리는 동시에 눈이 빛났다. 낮에 서울에 전화를 걸면서 전화가게에 삼성 휴대폰이 진열되어 있는 것을 보았다. 노키아에 비하면 비싼 것은 두 배가 넘는 정가가 붙어 있었는데 1,290DH이라는 것을 내 눈으로 확인하지 않았던가.

"너도 혹시 휴대폰 가지고 있니?"

그가 물었다.

"한국은 10살짜리도 휴대폰이 있어."

그는 내 말을 믿어야 할지 말아야 할지 고민하는 것 같지는 않았고 다만 흘리듯 한 마디 할 뿐이었다.

"너희 나라는 아이들도 모두 바쁜 모양이구나!"

그와 나의 영어식 대화는 이제 막 말을 배우기 시작하는 어린아이 화법을 연상하게 했다. 그래서 더욱 순수해질 수 있었을까.

"페스의 하늘은 밤에도 참 아름답지, 한국의 하늘도 이러니?"

"가을이 되면 인디언 썸머 같은 날이 있긴 해. 너 가을이 어떤 계절인지 아니?"

"글쎄?"

"나뭇잎들이 노랗고 빨간색으로 물들어, 그리고 잎들은 말라 땅으로 떨어져, 다음엔 겨울이 오지, 겨울엔 눈이 내려, 모로코의 겨울 하이아틀라스 상상하면 돼, 거리의 사람들은 두꺼운 외투를 입지, 시골집 지붕에 흰눈이 내려앉은 걸 상상해 봐. 아이들은 눈을 뭉쳐 장난을 하고 눈사람을 만들지, 그리고 봄이 오고 몬순이 지나면 더운 여름이 와."

나는 한국의 사계절이 우리의 인생과 같다고 말해 주고 싶었지만 적절한 단어를 찾을 수가 없었다. 그가 알아들었는지 아닌지 그저 빙그레 웃으면서 고개를 끄덕였다. 비행기표가 얼만지, 하루 숙박비가 얼만지를 말할 때보다 내 목소리는 더 신바람이 나 있었다.

"오래된 도시 페스를 상징하는 무두장이들의 일하는 모습은 인상적이었어. 특히 무두질을 하는 아이들은 더욱 그랬어."

이 말을 하고 나서 나는 그가 아버지를 떠올릴까봐 조심스러웠지만 그는 개의치 않았다.

"여기 사람들은 어쩌면 모두들 그 일로 살아가는 사람들이지, 평생 그 냄새를 피할 수 없고 평생 그렇게 생산한 제품으로 생계를 잇거나 부자가 된다고 해도 과언이 아니야."

나는 이쯤에서 무거워질 수 있는 표현을 경계해야 했다. 그리고 그가 현재의 처지를 받아들이지 못하고 오리엔탈리즘의 허구에 물들어 있다고 할지라도 나로서는 어찌해 볼 도리가 없는 문제였다. 사실 돈에 관한 그의 질문들은 내게 자신의 궁핍을 이야기하고 싶었던 것이 아니라 페스가 아닌 자신이 모르는 다른 세상을 구체적인 단위로 가늠해 보고 싶었던 것임을 나는 알고 있었다.

아버지는 무두장이지만 다른 아버지들과 달리 그는 아들이 무두공장 주변을 얼씬거리지도 못하게 했다고 한다. 무두장이 생활로 어렵게 생계를 잇던 아버지는 병을 얻어 이 세상에 없고 가족들은 뿔뿔이 흩어져 모두 어디론가 사라져 버렸다고 했다. 그러나 자신은 가족이 없다는 것과 가난이 문제가 아니라 할 일이 없다는 것이 문제라고. 그런 그에게 나는 결국 또 묻고 말았다.

"넌 무슨 일이 하고 싶은데?"

"몰라!"

그의 말 속에는 온기가 배어 있었다. 그리고 그는 내게 빵과 물을 싸게 사는 방법을 알려 주었다. 어디 가야 과일이 싼 것도 알려 주었다. 가끔 이야기중에 그는 수줍음 타는 소년처럼 하늘을 쳐다보는 버릇이 있었다. 하늘을 보는 그의 눈빛과 표정이 마음에 들었다.

그때 주인의 채찍을 맞으며 노새 두 마리가 다투어 지나갔다.

나는 '헤마르(hemar)'라고 나직이 말했고 내 말을 들은 그가 빙긋이 미소를 지었다. 그때서야 생각이 났다. 아랍어 '헤마르'는 노새를 일컫는 말로 천한 일을 하는 사람에게나 하는 매우 심한 욕설에 속한다고 했던가. 생각 없이 한 내 말의 의미를 그가 오해하지 않았으면 하는 마음뿐이었다.

물컹거리는 노새 똥을 밟으며 어둠이 깊어진 광장 벤치에서 헤어지려는데 조용한 목소리로 그가 내 이름을 불렀다.

"킴, 내일도 모레도 이 자리에서 널 볼 수 있다면…."

나는 귀를 막고 싶었다. 하지만 가까운 날 그가 가족을 만났으면 좋겠고, 일

수공예품들은 이런 곳에서 손님을 기다린다.

을 찾았으면 좋겠고, 그로 인해 세상을 따뜻하게 바라볼 수 있었으면 하는 마음이 간절했다.

나는 그 저녁 뜨거운 나라에서 내가 알고 있는 희, 국향, 순희, 삼순, 미자… 이 한국 냄새 물씬 나는 따스한 벗들의 이름이 그리웠다. 어디선가 아련히 들려오던 아코디언 소리, 모스크에서 알라를 부르는 마지막 기도소리가 자꾸만 나를 따라왔다.

페스_Fes

북아프리카 모로코의 고도. 인구 약 54만 명으로 수도 라바트의 동쪽 160km, 리스 산계의 남쪽 기슭에 있다. 801년 이드리스왕조의 제2대 이드리스 2세가 수도로 삼고, 마그레브에서의 이슬람 문화의 중심지가 되었다. 그 후 1276년에 마리니드왕조가 새로운 페스를 건설하였다. 계곡을 사이에 두고 오른쪽 강가의 옛 도시가 페스 알발리, 왼쪽의 새로운 도시가 페스 알제디드이다. 대서양 연안의 카사블랑카나 라바트에서 지중해 연안의 알제로 통하는 대상로의 요지로서 독자적인 상공업이 발달되고 있다. 857년에 창립한 이슬람신학대학과 아랍문예 중심의 알 카라윈대학이 있다.

024

뜨개질하는 노인

좁은 골목 허술한 담장 밑에서 한 노인이 자판을 깔고 무슬림 남자들이 머리에 쓰는 각양각색의 모자를 털실로 짜고 있다. 그는 손님이 있거나 없거나 뜨개질을 멈추지 않았는데, 그것은 앞에 수북이 쌓인 다양한 모자들이 모두 그가 직접 짠 수제품임을 보여주는 분명한 증거이기도 했다.

여자들이 온몸을 가리는 것으로도 부족해 남자가 대동하거나 특별한 일이 아니면 밖으로 나올 수 없는 무슬림 계율을 터무니없이 부당하다고 생각하던 내게, 단지 문화라는 이유로 머리 희어지고 등 굽은 노인이 되었어도 거리에 나앉아 곰실곰실 뜨개질로 생계를 잇는 남자에게서 무슬림의 권위를 느끼기엔 뭔가 그랬다.

비단 이 노인뿐 아니라 시장골목을 걷다 보면 학교에 가지 않는 어린 소년에서부터 노인에 이르기까지 뜨개질을 하거나 돋보기를 쓰고 옷에 수를 놓는 일에 몰두하는 남자들은 쉽게 볼 수 있다. 이 모두 여자를 밖으로 내보내지 않으려는 무슬림 율법에 의한 것으로 해석되어 보는 나를 씁쓸하게 만들었다.

재미있는 것은 대부분의 남자들이 이 같은 실로 짠 모자를 쓰고 있는데 정작 모자를 팔고 있는 노인은 모자를 쓰지 않았고 복장도 마찬가지였다. 그렇다면 그는 무슬림이 아닌가 의심해 보지만 그럴 확률은 없어 보였다. 그보다 하고 많은 일 중에서 왜 뜨개질로 생계를 잇는 이유가 궁금했다. 좁은 골목에 앉아 오늘도 생애의 첫날인양 한눈팔지 않고 열심히 뜨개질을 하고 있을 페스 골목의 남자들을 생각하면 지금의 내 자리가 왠지 불편해진다.

뜨개질에 열중하는 노인.

어느 통계자료를 보면 아랍 여성의 3분의 2 정도가 가사노동과 육아노동 외 바깥일을 하고 있다고 했는데 시장이나 거리에서 가게를 지키거나 직접 손님을 상대해 일하는 여성들은 거의 보지 못했다. 있다면 부르카로 전신을 가리고 광장에 나와 여행자들의 손등에 문신을 새겨 주고 머리를 땋아 주는 정도였는데, 대체 그들이 말하는 3분의 2의 여성은 몸을 가리는 것으로도 부족해 오늘도 어디에 숨어서 무슨 일을 한다는 것인지,

025

나는 계란도둑이었다

그땐 그랬었다. 계란을 훔치고 싶었다. 어릴 적 시골에서 이웃 암탉이 '꼬꼬댁' 긴 울음소리를 낼 때 마침 그 앞을 지나다 양계장을 들여다보면 꼭 서너 알씩 방금 낳은 알이 지푸라기 둥지 속에서 나를 유혹하곤 했다. 방금 낳은 알을 아버지에게 가져다 드리면 얼마나 좋아하실까? 하는 생각을 양계장 앞에 쭈그리고 앉아 나는 번번이 계란을 훔치는 일을 상상만으로 채우곤 했다. 고백하자면 그때의 상상이 자라 지금 나는 계란도둑이 되었는지도 모르겠다.

앞 못 보는 할아버지가 웃으신다. 고마워라. 계란 두 알이 그를 웃게 한 것이다. 생각해 보니 그의 미소가 나를 죄질이 깊은 상습범으로 만든 것 같기도 하다.

나는 페스에서 계란 두 알이 얼마인지 모른다. 종합시장이 눈앞에 있었지만 계란을 사 보지 않아서가 아니라 계란값을 궁금해 하지 않았던 것.

호텔이 제공한 이른 아침을 들면서 먹을거리가 마땅치 않아 평소 좋아하지도 않는 삶은 계란 두 개를 접시에 담았는데 통 먹고 싶지가 않았다. 어쩔 수 없이 내 주머니에 들어간 계란 두 알. 방에 들르지 않고 그 길로 바지주머니에 손을 찌르고 골목을 산책하던 나는 페스의 첫 아침에 그를 만났다. 이른 새벽 셔터가 닫힌 정육점 앞이 그의 지정석이라는 걸 알았을 땐 헤어질 시간이 불과 얼마 남아 있지 않았을 때였다.

누가 주고 갔는지 바닥엔 마시다 만 우유봉지가 놓여 있었다. 아, 마침 잘됐다. 삶은 계란을 그냥 먹으면 목이 마를 텐데, 나는 그의 손바닥에 계란 두 알을 올려 놓았다. 따뜻한 체온이 손끝에서 느껴졌다. 담담한 표정으로 앉아 있던 노인의 입가에 엷은 미소가 흐린 안개처럼 번졌다. 나는 미심쩍어 계란을 벽에다 살짝 두드려 그것이 삶은 계란이라는 걸 확인시켜 주고는 자리를 일어섰다.

웃지 마시라. 나는 그 일로 심약한 사람에게도 도둑질이 신바람 나는 일일 수 있다는 것을 알았으니까. 첫날은 과한 욕심으로 계란 두 알이 내 주머니로 들어갔다면 다음 날과 그 다음 날 내 주머니에 있던 계란은 의도된 도벽의 결과물이었다.

헌데 첫날 저녁 숙소에서 곰곰 생각해 보니 할아버지는 누군가를 아주 많이 닮은 듯했다. 구체적으로 그가 누군지는 알 수 없었지만 분명 어떤 분을 닮아 있었다. 다음 날도, 그 다음 날도 나는 가게들이 문을 열지 않는 시간에 그의 미소가 생각나 그 골목으로 달려갔다. 그리고 드디어 한 분을 떠올렸다. 모로코에 오기 전 카미노 데 산티아고가 생겨나게 했던 바로 그 주인공, 예수님의 열두 사도 중 한 명인 성 야고보. 분명 내가 아침마다 훔친 계란을 들고 찾아가 만난 할아버지는 성 야교보를 닮아 있었다. 이럴 수가! 카미노 데 산티아고에서도 만날 수 없었던 분을 여기 페스에서 뵙다니, 이상한 일이었다. 그후 나는 그가 성 야고보라는 것을 한 번도 의심하지 않았다.

성 야고보를 생각하며 카메라를 꺼내 셔터를 누른 건 어쩌면 나의 이성적인 의지로는 불가능에 가까운 일이었는지도 모른다. 첫날부터 할아버지를 사진 찍고 싶었지만 간신히 참아왔던 터였다.

그날 페스의 마지막 날, 드디어 나는 할아버지의 모습을 담아 두려고 멀찌감치 서서 카메라 초점을 맞추고 셔터를 누르려 할 때, 전후사정을 알 리 없는 무슬림 남자가 나를 제지하며 강경한 어조로 야유를 퍼부었다. 허락 없이 사진을 찍는 것에 대한 항의였다. 순간 아차, 내가 실수하고 있었구나. 후회했지만 그때의 기분은 단지 짜증스럽거나 불쾌한 것과는 차원이 다른 견딜 수 없는 뭔가

새벽 골목길에서 적선을 기다리는 할아버지.

표현하기 어려운 괴로움이었다. 아랍 인들, 아니 꺾이지 않는 무슬림들의 서슬 퍼런 계율과 자존심을 읽었기 때문이다.

여행중 사진 때문에 회의하는 일은 드물지 않게 있는 일이었다. 카메라를 포기할 순 없을까. 그래서 사진을 찍지 않을 수는? 아주 그럴듯한 피사체를 만났을 때도 카메라를 열지 않고, 중요하고 귀할수록 지그시 마음으로 누르고 그냥 아껴 보는 것으로 감동을 대신할 수는 없을까. 그것은 이성과 비이성의 간극을 시험하는 일이기도 했다.

그렇지만 분명 허락을 받고 찍어야 할 사진이 있고, 허락 없이 찍어야 할 사진도 있다. 이날의 사진은 후자에 속했는데 앞을 못 보고 말이 통하지 않는 할아버지에게 무슨 수로 허락을 얻겠는가.

촬영은 순간에 일어난 일이어서 당황했던 나는 의도와 달리 변변한 사과 한 마디 못한 채 그 자리를 떠났다. 그러나 정작 내가 잊을 수도 잊혀지지도 않는 것은 그 새벽 성 야고보의 모습으로 페스의 좁은 골목, 셔터 내린 가게 앞에 앉아 계란껍질을 벗기던 노인의 평화롭고 인자한 표정이었다. 하지만 아무리 생각해도 예수님의 사도인 성 야고보가 왜 무슬림 복장으로 그 골목에 나타났는지 크신 그분의 뜻을 나 같은 미물은 도무지 이해할 수가 없었다.

026

무슬림의 초상

스페인의 레온에선 고장 난 시계 때문에 3시간이나 앞당겨 버스터미널에 나가 허탈한 시간을 보내야 했는데, 이번에는 전날 예약한 기차표 시간을 잘못 읽어 또 3시간을 미리 역에 나갔다. 폭염 때문이었을까? 때마다 실수를 줄여 보려고 딴엔 긴장해 보지만 잘 안 된다. 그러니까 '원리주의' '완벽주의자'라는 별명도 옛말, 요즘은 툭하면 이 모양이다. 가까스로 비행기를 타거나 하루 한 대뿐인 버스를 눈앞에서 놓치기도 했던, 그리고 보면 한 치 앞을 알 수 없는 나아감, 그것이 바로 내 여행이었던 같다.

탕헤르였다. 배낭을 맡길 곳이 마땅치 않아 대합실 의자에서 눈에 잘 들어오지도 않는 책 몇 장을 넘기면서 기차를 기다리는데 바로 앞에서 내 시선을 사로잡는 여자가 있었다. 나이는 이십대 중반, 핑크빛이라 그랬는지 이슬람 여자들이 머리에 쓰는 히잡이라기보다 그냥 스카프를 쓴 것 같은 이 여자는 대합실 바닥 가방 위에 살짝 엉덩이를 걸친 자세로 꼼짝 않고 앉아 있었는데 표정과 자세가 너무나 인형 같아서 신비로웠다.

그녀는 두 시간을 조금도 흐트러짐 없이 같은 자리를 지켰다. 놀라운 인내력이었다. 곁에는 큰언니 같은 여자가 동행하고 있었는데, 왠지 불안해 보이는 시선으로 틈틈이 주변을 감시하는 듯하여 감히 카메라를 꺼낼 엄두조차 내지 못했다. 그러다가 큰언니가 자리를 비우는 사이 몰래 카메라로 살짝!(미안하다, 늘 이렇게 아름다운 것은 훔치지 않으면 내 손에 넣을 수 없으니) 찍었는데 제대로 찍혔는지 아닌지는 따져 볼 겨를도 없이 그녀를 담았다는 것으로 안도했었다.

탕헤르에서 마라케시까지 가는 기차 퍼스트 클래스는 칸막이가 되어 있었고 4명씩 모두 8명이 마주보며 앉는 구조다. 좌석번호를 찾아 앉으려 할 때 그녀가 내 옆자리로 들어왔다. 묘한 인연인 듯했다. 그녀의 언니는 영어를 잘했고 활동적인 여자였으나 그녀는 달랐다. 중간에 기차를 갈아타느라 '시티 카켐' 역에 내려 기다리는데 때마침 레일 곁에 방석을 깔고 메카를 향해 엎드려 기도하고 있는 한 남자가 눈에 들어왔다. 그녀는 수많은 사람이 지켜보는 역사(驛舍)에서 메카를 향해 절을 하고 있는 무슬림 남자를 애써 피하는 것 같았다.

내가 절하는 남자에게 마음을 빼앗기는 사이 기차가 도착해 각자 다른 칸으로 헤어졌지만 우리는 7시간쯤 함께 있었던 것 같다. 어쩌다 미소를 지으며 언니의 물음에 대답을 하긴 했지만 나는 그렇게 말이 없고 조용한 여자를 본 적이 없다. 대합실 불편한 자리에서도 자세 한 번 흐트러지지 않았고, 기차의 편한 좌석에서도 머리를 기대 졸거나 잇몸을 드러내고 웃거나 큰소리로 말하는 것을 한 차례도 보지 못했다.

여행 끝난 지 석 달이 지난 지금 사진첩 속에서 이 여자를 발견하자 내 몸에 작은 전율이 스쳐갔다. 현장에선 그녀가 너무 아름답기도 했지만 다시 보니 머리에 쓴 히잡과 눈과 귀와 입이 닫힌 억압받는 무슬림의 여자들의 초상을 대변하는 듯해 마음이 짠해진다. 그날의 깊은 인상 때문인지 사진 속에서도 아름다움은 여전하다.

많은 사람들을 만나고 헤어지는 것이 여행이지만 그 사람들을 모두 기억하지는 않는다. 아주 많은 것을 얻고도 기억나지 않는 사람이 있는가 하면, 모두 빼앗기고도 오래 기억되는 사람이 있다. 많은 대화를 주고받아서가 아니라 이렇게 말 한 마디 없이도 깊이 각인되는 사람이 있다. 그날 몇 시간 함께하면서 이름 한 번 물어볼 수 없었던 그녀, 내 가슴에 깊이 새겨져 있는 그녀가 그립다.

인형처럼 조용한 무슬림 처녀.

027

카사블랑카와 말레콘

세대가 세대이니만큼 내가 만난 사람들은 모두가 카사블랑카를 그리워했다. 카사블랑카는 대서양에 접한 낭만적인 모로코를 대변하는 가장 구체적인 지명이자 말 그대로 환상의 지명이기도 했다.

한 편의 영화 때문에 세상에 알려지기 시작한 도시 카사블랑카, 영화 카사블랑카는 제2차 세계대전중 전쟁과 사랑을 테마로 한 작품으로 유명한 곳이다. 그 영화가 모로코에서 전혀 촬영된 바 없다는 그것은 공공연한 사실이지만 사람들은 그렇게 믿지 않는다. 아니 믿고 싶어하지 않는다.

나의 카사블랑카 여행도 마찬가지였다. 분명 상상과 거리가 먼 현실이 기다릴지라도 가보고 싶고 가야만 하는 것, 그것이야말로 여행이 가진 주술적인 힘이 아닌가.

영화를 생각하면서 이성과 균형이라는 교과서적인 단어를 떠올릴 필요는 없다. 이성은 여행을 현실로 돌려보내려고 할 것이고 균형은 옳은 것만을 쫓아 저울 눈금에 자신을 맞출 것이니 이는 여행자가 버려야 할 것들 중에서 앞부분에 속하는 것들이다. 그러나 디지털시대가 혼란스러울 때 한 번쯤은 흑백의 시절로 돌아가 보는 건 어떨까. 사랑과 전쟁, 낭만과 슬픔, 이 낡은 단어를 놓치지 말고 따라가 보면 어떨까.

'언덕 위의 하얀 집'을 뜻한다는 카사블랑카(Casablanca). 카사블랑카의 말레콘 앞에서 왜 나는 또 쿠바의 하바나를 상상하는 거지?

말레콘 위에서 대서양을 향해
낚시를 드리운 남자.

모로코, 카사블랑카

대서양, 바닷가의 긴 방파제, 등대, 하산 2세 모스크, 차도르를 입은 여인들, 저녁이 되면 말레콘 위에서 수많은 연인들이 대서양을 바라보며 사랑을 나누지만 그 누구도 포옹이나 키스를 하지 않는 곳, 해질 무렵이면 수많은 아이들이 바다를 향해 몸을 던지는 곳, 북을 두드리며 말레콘 위에서 노래하고 춤을 추는 젊은이들이 넘치는 곳이지만, 아무도 술을 마시거나 험한 소리를 하지 않는, 얼굴을 가린 무슬림 처녀들이 남자 곁에 다소곳이 앉아 미소짓는 것을 볼 수는 있지만, 늦은 밤 그들이 손을 잡고 말레콘 끝으로 사라져 어디로 가는지 아무도 알 수 없는 곳.

쿠바의 하바나를 배경으로 한 영화 「부에나 비스타 소셜 클럽」이 있다면, 카사블랑카에는 카사블랑카를 무대로 한 40년대의 흑백영화에서 카사블랑카가 있다. 영화 속 거리의 카페에서 연어 스테이크나 쿠스쿠스로 식사를 하고, 와인과 커피를 할 수 있는 노천 카페가 즐비한 곳이 카사블랑카라면, 저녁마다 전설적인 노장들의 음악을 듣기 위해 시가를 물고 좁은 골목의 낡은 클럽에서 데킬라를 마시며 밤을 지내는 곳은 쿠바의 하바나다. 이들 두 도시의 공통점은 영화와 작열하는 태양과 젊은이들의 로맨스 그리고 중독성이 강하다는 것.

영화처럼 쿠바에 실렌시오 같은 음악이 강물처럼 흐른다면, 대서양 연안의 도시 카사블랑카는 석양을 바라보며 말레콘 위에서 달려드는 파도를 보며 그윽한 눈빛으로 서로의 사랑을 확인하는 곳이다. 쿠바가 다이너마이트 같다고 한다면 카사블랑카는 예의바르고 엄격한 로맨틱 음악과 같다. 그것은 사랑 이전에 정신의 판도를 가늠하는 종교의 영향이다.

영화를 거듭 본 사람일지라도 카사블랑카에 가려거든 하마 그때의 영화 속 배경을 상상하지는 마시라. 그러나 낭만을 대표하는 도심 속 노천 카페는 이른 아침부터 늦은 밤까지 문을 열고 손님을 기다리지만 그곳을 벗어나면 사랑은 숨은 곳에서 아껴 먹는 슬픔처럼 조용히 나누어야 한다고 교육받은 무슬림 처녀총각들을 만나게 된다. 그들은 대서양을 배경으로 거대한 모스크와 등대가 깜박이는 말레콘(5km)을 따라 늦은 밤까지 걷고 또 걷는다.

카사블랑카를 찾아온 사람들은 모두 뭔가 잊으려고 온 사람들 같아 보인다. 말레콘 위에 앉아 멍하니 바다를 바라보거나 모스크 기둥에 등을 기대고 잊지 않으면 돌아갈 수 없다는 듯 바다를 향해 마냥 앉아 있기도 한다. 마치 누가 더 오래 앉아 있는지 내기라도 하는 사람처럼 꼼짝하지 않는 사람들을 보면 그들 사랑의 인내심이 놀라울 뿐이다.

분위기 있는 카페는 모로코 인들이 신문을 읽으며 대화를 나누면서 시간을 보내는 사교의 장소이다. 이들의 대화는 낮은 목소리로 이어지며 몇 시간을 그렇게 보내는 것을 즐길 줄 아는 여유 있는 사람들이다. 아침에는 갓 구워낸 빵과 금방 내린 원두커피를 마실 수 있으며, 모든 식사를 노천 카페에서 해결하는 사람도 있다. 노인들이 돋보기를 코에 걸고 일제히 신문을 읽는 아침의 노천 카페에서는 삶의 여유가 물씬 풍겨난다. 가장 카사블랑카적인 풍경의 하나인 노천 카페는 여행자들에게도 좋은 휴식처다. 이곳 카사블랑카뿐 아니라 도시에서 시골에 이르기까지 노천 카페는 모로코에선 없어서는 안 될 대중문화다.

방파제에서 만난 청년과의 짧은 데이트는 내 여행이 메마르게 끝나지 않도록 여운을 남겼다. 역시 어느 여행이든 나를 안내할 사람이 있다는 걸 거듭 확인하게 된다.

바다를 향해 서 있는 사람들. 카사블랑카 어디서나 쉽게 만나는 풍경이다.

카사블랑카

아프리카에서 네번째로 큰 항구 도시이고, 모로코에서 가장 큰 도시이자 산업의 중심지인 카사블랑카는 거대
도시에 속한다. 말끔한 수트와 세련된 선글라스들 사이에서 모로코 전통의상인 뷔르누스(burnous)가 오히
려 어색할 정도다. 하산 2세 모스크를 비롯한 카사블랑카의 성지인 유서지구는 반드시 둘러보아야 한다. 플라
스 모하메드 5세(Place Mohammed V) 광장에 가면 모로코에서 가장 인상 깊은 모레스크 건축물을 볼 수 있
다. 하산 2세 모스크의 탑은 카사블랑카 어디에서나 눈에 들어온다.

영화 카사블랑카

카사블랑카(Casablanca)는 마이클 커티즈 감독의 1942년에 발표된 헐리우드가 사랑과 정치를 스토리로 만
든 흑백영화로 험프리 보가트(Humphrey Bogart), 잉그리드 버그만(Ingrid Bergman), 폴 헌레이드 (Paul
Henreid)가 주연했다. 제2차 세계대전중 나치스의 구둣발 소리로 드높은 불란서 식민지 모로코를 무대로 두
사람(험프리 보가트와 잉그리드 버그만)이 사랑하지만 서로를 위해 헤어져야만 하는 연인의 가슴 아픈 스토
리를 담은 영화에서 영화를 본 사람이라면 누구나 이들의 대사 한 토막쯤 기억할 것이다. 사랑에 빠진 사람과
아닌 사람을 구별하는 방법은 눈빛과 말의 어휘다. 한 마디를 읊어도 그냥 시가 되기 때문이다.
어젯 밤 당신에 어디 있었죠? / 난 그토록 먼 과거를 기억 못해.
오늘밤 당신을 만날 수 있나요? / 난 그렇게 먼 미래는 알 수 없어.
가장 완벽한 캐스팅이었다는 평을 받는 두 배우 험프리 보가트의 남성적 매력과 잉그리드 버그만의 순수하고
도 눈부신 아름다움, 그리고 두 사람이 작별하는 카사블랑카 공항의 마지막 장면이나 술집 손님들이 불란서
국가 "라 마르세이에즈"를 합창하는 장면 이야기, 연출, 연기 모두 감동적이고 완벽한 영화로 평가받아
할리우드 최고의 영화로 기록된 흑백영화로 손꼽히는 수작.
쿠바의 하바나와 모로코의 카사블랑카는 음악도 영화도 사람도 골목조차도 낡은 도시다. 그러나 이 낡음도 옛
말이다. 하지만 예나 지금이나 여전히 뜨겁게 존재하는 것은 낭만적인 사랑을 즐기기에 가장 좋은 곳이다.

028

하산 2세 모스크

어느 날 블로그를 통해 한 장의 인공위성 사진을 들여다볼 기회가 있었다. 그 사진에는 '모로코 하산 2세 모스크'라는 제목이 붙어 있었다. 거대한 모스크의 전면은 육지와 연결되어 있었고, 후면은 대서양에 떠있는 사진이었는데, 대서양의 주름진 파도와 시퍼런 물빛이 현기증을 일으킬 만큼 푸르렀다. 그리고 파란 모자이크가 새겨진 높은 탑 하나. 나는 그 모스크가 소재한 곳이 카사블랑카라는 걸 알고 더욱 가슴이 뛰었다.

시간이 지나면서 나는 그곳을 잊고 있었다. 그리고 다시 모로코를 떠올렸을 때 카사블랑카라는 낭만적인 도시가 연상되었고, 그 연상 뒤에 따라온 곳이 바로 하산 2세 모스크였다. 다행이 카사블랑카는 이번 여행의 마지막을 여유 있게 장식하게 된 도시여서 내겐 더욱 의미가 있었다.

카사블랑카 기차역에 내렸을 때 나는 번잡한 도시 풍경에 놀랐다. 숙소를 정하고 나서 카사블랑카의 역사를 간직하고 있는 마우레 카페와, 메디나에 있는 재래시장의 활기찬 골목들을 둘러보았다. 가죽제품과 청동과 은으로 만든 그릇, 과일과 생선이 특히 풍부했다. 모로코에선 가까운 시내만 움직이는 빨간색 소형 택시가 있는데, 피티 택시라 부르는 이 차를 이용하면 계기판의 숫자만큼 요금을 지불하므로 불필요한 실랑이를 줄일 수 있다.

카사블랑카의 핵심은 역시 거대하고 아름다운 건축물인 무슬림들의 정신적인 집 하산 2세 모스크를 제외하고 말할 수 없다. 나는 인공위성 사진으로 본 모스크의 주변 풍경을 상상하며 다가갔다. 바다가 출렁거리고 하늘로 솟구친 높은

탑과 그 앞 광장으로 형형색색의 히잡을 쓰고 걸어가는 사람들.

한낮의 뜨거운 빛을 피해 구석구석에 연인들이 앉아 담소를 나누는 풍경들이 눈에 들어왔다. 모스크는 연두색 지붕에 베이지 색의 벽과 탑에 아름다운 모자이크가 새겨져 있어 괴물처럼 크면서도 단아한 디자인이 아름답기 그지없다. 정문에서 내려 들어가면서 살피는 원근감과 모스크 전경은 한 마디로 입을 다물게 만든다. 무슬림들이 왜 그토록 자랑스럽게 생각하는지도 조금은 알 것 같았다.

하산 2세 모스크는 전체 규모로는 세계에서 세번째라고 하지만 탑의 높이만큼은 세계에서 제일 높다는 모스크는 아무리 봐도 질리지 않는다. 수만 명이 한꺼번에 예배를 드릴 수 있는 실내는 물론 광장 밖에 있는 부속건물들도 규모를 가늠하기가 쉽지 않다.

이 모스크는 가까이에서 둘러본 다음 조금 멀리에서 전체를 보는 것이 좋다. 서쪽 말레콘 끝에 있는 등대 쪽에서 보는 모스크도 아름답다. 모스크 정면은 광장과 이어져 있지만 뒷면은 푸른 대서양에 떠있는 형상이어서 해질 무렵의 바다빛과 노을에 물든 모스크의 전체 모습은 실로 환상적이다. 물론 야간의 모스크도 금빛 조명으로 감탄을 아끼지 않게 한다. 모스크의 규모나 시설을 보면 무슬림의 위력을 느끼게 되는데 그만큼 종교는 그들의 단결된 의식과 삶의 질을 가늠하는 절대의 상징인 것이다.

카사블랑카의 사람들은 끊임없이 모스크로 몰려와 가족과 함께 와 기도를 드리고 마냥 담소하며 놀다가 집으로 돌아간다. 평소 기도는 한 사람씩 번갈아 가며 손발을 씻고 맨발로 모스크 문 앞에서 조용히 메카 쪽을 향해 몸을 낮춘다. 그들의 엄격하고 정성된 의식을 보면 절로 경건해질 수밖에 없다.

이 모스크의 규모는 실내외 약 10만 명 이상이 모여 행사를 할 수 있다. 일반 모스크는 무슬림 외에 개방을 하지 않는 것이 상례지만 유일하게 이 모스크는 여행자들에게 하루에 세 차례 시간을 정해 입장(입장료 100다르함)시키고 있는

모스크의 복도를 걸어가는 무슬림들.
하산 2세 모스크로 들어가는 통로다.

하산 2세 모스크

모스크다. 실내의 분위기는 화려함 그 자체며 규모를 일일이 살펴 가늠하기가 힘들 정도로 크다. 지하의 수영장과 목욕탕, 공중화장실 등도 규모와 시설에서 화려함의 극치를 보여주고 있다.

말레콘 주변으로 특히 많은 사람들이 모여드는 것은 두말할 것도 없이 모스크 때문이다. 사람들은 오후가 되면 하나 둘 약속이나 한 듯 모스크로 산책을 나온다. 내가 방문한 8월은 여기저기 그늘을 찾아 모스크 기둥에 등을 대고 앉아 담소하는 사람들의 풍경은 안온하고 평화로웠다. 형형색색의 히잡과 대서양 바람에 옷자락을 펄럭이며 가죽 슬리퍼를 끌고 한가롭게 걸어다니는 여자들의 모습은 매혹적이다. 더러는 여행자들에게 밝은 모습으로 인사를 건네기도 하고 친해지면 함께 사진을 찍는 정도는 허락이 되지만 이것은 특별한 경우에 속한다.

모로코 사람만큼 걷는 것을 즐기는 사람도 없다. 특히 라마단 기간은 모스크마다 사람들로 인산인해를 이룬다고 하는데 이때 걷기는 매우 길며 금식과 기도하는 시간도 그만큼 길게 이어진다.

하산 2세 모스크

하산 2세 모스크는 사우디의 메카, 메디나에 이어 세계에서 세번째로 큰 모스크로 하산 2세 국왕이 국민의 성금으로 1987-1993년에 걸쳐 지은 모스크다. 그 규모를 보면 이 건물은 지붕이 개폐식으로 되어 있어 예배를 볼 때 자연 채광이 안으로 들어오도록 설계되어 있고 2만 5천여 명이 예배에 참가해도 공기 순환에 전혀 문제가 없도록 만들어졌으며 지하에는 사우나실과 수영장 등 부대시설도 완벽하게 갖추어져 있고 약 8만 명이 한자리에서 행사를 할 수 있는 광장이 있어 동시에 10만 명이 넘는 신도를 수용할 수 있다. 여행자들은 하루에 세 번 정해진 시간에 안내자의 지시에 따라 입장할 수 있으며 실내외 모두 이슬람 건축의 백미를 즐길 수 있는 사원이다.

029

페인트공을 관찰하다

카사블랑카의 아침산책, 나는 슬리퍼를 끌고 숙소를 나섰다. 신발은 어느 정도의 코스를 얼마나 걸을 것인가에 따라 슬리퍼나 운동화로 정해지는데, 슬리퍼를 선택했다는 것은 그저 가볍게 걷겠다는 계산이니 서두를 것도 분주하게 가방을 챙길 일도 없다.

다운타운 가에는 노천 카페에 앉아 가벼운 식사를 하거나 신문을 읽으며 차를 마시는 노인들의 낯익은 풍경이 내가 꿈꾸던 바로 그 카사블랑카라는 걸 확인시켜 주었다 모로코에서 내게 낭만을 불러일으키는 것은 젊은 연인들이 아니라 노인인데 이유라면 '카사블랑카'라는 흑백영화에 대한 향수 때문일 것이다.

부지런한 물장수가 새벽부터 거리로 나오고, 공원 벤치에서 밤을 보낸 사람들이 부스스한 얼굴로 자리를 털고 일어나는가 하면, 아침을 해결하기 위해 아이를 안고 거리로 나온 여자도 드물지 않게 눈에 띄었다.

숙소에서 얼마 안 걸어 우체국, 법원 건물을 지나 구 경찰청 건물 앞에서 카메라를 들고 서성거리고 있을 때였다. 구 경찰청 건물은 매우 크고 높았는데 사다리에 매달려 벽면의 거친 부분을 벗겨내고 새로 페인트칠을 하는 남자를 발견한 것은 한참 후였다.

나는 미리 차부에 나와 몇 시간을 하릴없이 보내는 무력한 노인처럼 건너편 벤치에 앉아 페인트공의 일거일동을 관찰하기 시작했다. 주변에는 그의 일을 거들어 주는 이도 없었고 어떤 동료도 보이지 않았다. 그는 우리가 흔히 아는 것처럼 벽의 거친 부분을 사포로 긁어 내고 그 위에 새로 페인트를 칠해 더러운 것

열심히 일만 하던 페인트공.

을 감추는 단순한 일을 하고 있을 뿐이었다. 그런데 가만히 보니 그것이 전부는 아닌 듯하다. 나는 자세를 느긋하게 고쳐 앉아 그의 동작에 빠져들었다.

그는 무슨 노래인지 모르지만 계속 휘파람을 불었고 손동작은 무희처럼 민첩했으며 가끔은 한 쪽 다리를 사다리 밖으로 뻗어 근육이 긴장되지 않도록 풀어주는 운동까지 했다. 그리고 손이 닿을 수 있는 곳까지 칠을 마치면 다람쥐처럼 땅으로 내려와 사다리를 옆으로 옮긴 후 다시 올라가 작업을 계속해 나갔다. 그의 옷과 모자와 손발 등이 온통 페인트가 묻어 있어 어느 땐 그도 벽의 일부처럼 느껴졌다.

어느 화가가 저렇게 큰 화폭 앞에서 저토록 현란한 몸짓으로 그림을 즐길 수 있으며, 세상의 온갖 더러움을 백색으로 바꿔 놓을 수 있을까. 그는 페인트공이라는 이름의 화가였고, 마술사였으며, 연극배우였고, 거리의 아티스트였다.

나는 꽤 오래 꼼짝 않고 그의 일거일동을 지켜보는데 놀랍게도 이 친구는 자신을 관찰하느라 넋이 나간 여행자에게 한 번도 눈길을 주지 않았다. 나는 오기가 발동해 내기를 걸었다. '한 번이라도 눈을 맞추지 않는다면 나는 이 자리에서 돌이 될 테야!' 아무도 알아주지 않는 이 어린아이 같은 무모한 고집은 어디서 오는 것인지. 뒤를 돌아보기만 하면 '너 최고야!'라고 엄지손가락이라도 세워 보여주고 싶었는데 그는 끝내 기회를 주지 않았다. 내가 졌다. 그것도 참패였다.

태양이 뜨거워 자리를 뜨기 전까지 나는 단순히 성실한 한 페인트공의 기술만을 염탐하지는 않았다. 후에 생각하니 정말 고마운 것은 그에게 내 존재는 있어도 없는 무(無)였다는 것. 그래서 내 상상은 더욱 날개를 달았을지도 모르는 일, 그의 무엇이 그토록 오랜 시간 한 여행자를 꼼짝 못하도록 했는지 묻는다면 나는 답이 없다. 일하는 한 청년의 모습에 끌려 걸음을 멈추었고, 어느 순간 그것은 단순한 노동이 아니라 아름다운 연극, 아니 퍼포먼스처럼 빠져들었을 뿐.

정신을 차리고 보니 상쾌해야 할 아침산책을 한 청년의 일하는 모습에 빠져 오전을 고스란히 바친 내가 돌아오는 길엔 나도 모르게 흥얼흥얼 콧노래를 부르고 있었다. 그러면서 내게 묻고 있었다. 나 정말 여행자 맞아? .

낭만의 도시 이 멀고 먼 대서양 카사블랑카까지 와서 찾아봐야 할 곳은 천지 사방에 널려 있고, 주어진 시간을 짧은데, 단지 저 단순한 노동, 페인트 칠에 몰입해 있는 한 청년을 바라보느라 목이 뻣뻣하게 굳고 아침식사까지도 놓쳐 버린 나, 나 정말 여행자 맞는지 모르겠다.

전형적인 모로코 남자.

030

대서양의 연인들

산티아고의 연인들이 정열적이고 뜨거웠다면 카사블랑카의 연인들은 세상에서 가장 아름다운 간격을 가진 것처럼 느껴졌다. 종교의 힘이든 관습의 힘이든 모로코와 한국은 적당히 감추고 절제한다는 것에서 공통점을 가지고 있는 듯했다. 그것도 유독 사랑하는 연인들에게서 받은 잔잔한 감동은 무슬림의 도시 카사블랑카를 매우 카사블랑카답게 했다.

여자들이 머리에 아름다운 스카프, 히잡을 쓰고 있다는 것도 한몫했겠지만 해질 무렵 모스크 여기저기 후미진 곳에 사람들의 시선을 등지고 앉아 소곤소곤 대화를 나누는 연인들, 푸른 대서양을 바라보며 말레콘 위에 앉아 사랑을 속삭이던 연인들의 뒷모습과 닿을 듯 말 듯한 두 사람의 간격에서 나는 너무 쓸쓸한 심장의 온도를 지닌 여행자였으므로 말할 수 없는 외로움과 고독을 느껴야 했다.

나는 짧은 여행 메모 노트를 읽다가 그날 카사블랑카에서 받은 신선한 감동을 떠올리느라 잠시 눈을 감고 있다. 아름다움은 인위적인 정지가 아니라 흘러감이다. 그것은 인간이 개입해도 좋고 하지 않아도 상관없다. 다만 우리가 아니면 안 된다는 생각을 버리는 일이 중요하다. 아름다움과 흘러감이란 수많은 갈래들이 어느 사이 자신노 노르게 일체를 이루는 것을 뜻하며 자연이나 사람이나 내가 아니라 우리여야 하는 이유도 여기에 있다. 자연은 아름답고 사람도 아름답다. 그러나 이 아름다움도 혼자일 때는 어딘가 모르게 미완이나 함께 있으면 보다 완전해지는 연인들이 그렇다. 한 사람은 뭔가 불완전해 보이고, 서너 명은 산만해 보인다. 가장 안정감 있는 구도, 많지도 적지도 않는 숫자가 바로 둘이다. 둘

은 '짝'과 '쌍'을 상징하는 동시에 불균형에서 균형적인 구도를 뜻한다. 관념이라 해도 상관없지만 적당히 떨어져 있어도 좋고 적당히 붙어 있어도 균형이 깨지지 않는 것은 아이러니고 불변이다. 그날도 그 다음 날도 말레콘 위에는 수많은 사람들이 같은 방향으로 앉아 있었다. 지는 해를 마중하러 나온 시민들과 그 도시를 찾아온 여행자들이다

나는 카사블랑카 연인들의 뒷모습에서 새로운 미학을 발견했다. 연인들의 뒷모습은 구상이면서 추상이고 추상이면서 구상이다. 긴 말레콘 위에 앉아 있는 사람들의 풍경에 홀려 나는 그날도 10킬로미터쯤 걸었던 것 같다.

가끔 거센 파도가 말레콘을 훌쩍 뛰어오르기도 했지만, 이 도시의 연인들은 파도가 사나워지는 지점을 모두 알고 있는 듯 나름대로 안전한 곳을 찾아든다. 물론 이곳은 연인만 있는 것이 아니라 혼자거나, 친구와, 아기를 안고 나온 젊은 부부도 있다. 그러나 자주 시선이 멈추는 곳은 역시 연인들이다.

카사블랑카의 연인들은 길거리에서나 공원에서나 함부로 손을 잡지 않는다. 그러니 거리에서 입맞춤을 하는 사람은 없다. 가장 친밀한 접촉이라야 어깨를 살짝 대고 나란히 앉는 것이 전부다. 둘의 시선은 지평선에 닿기도 하고 말레콘 위로 달려드는 파도의 포말에 닿기도 하지만, 가장 경이로운 시선으로 오래 우러러보는 곳은 무슬림들이 자랑스럽게 생각하는 대서양 가운데 있는 모스크다.

로맨틱한 도시를 상상했던 이곳에서 영화처럼 손을 잡고 걷는 연인들을 한 번도 볼 수 없었다. 말레콘 위에서 데이트를 즐기는 연인들도 남몰래 살짝 시선을 맞추거나 어깨를 스치는 것으로도 충분하다는 듯 수줍고 소박한 데이트를 즐긴다. 나머지 카사블랑카의 로망은 어디서 어떻게 이루어지는지 나는 상상하지 않기로 한다. 카사블랑카의 연인들은 오랜 여행에서 돌아와 보는 가을 하늘의 느낌과 같다. 사랑을 감추고 절제할 수 있는 힘은 누구에게나 있고도 없다. 카사블랑카의 연인들은 너무 애틋한 간격을 가지고 있어 더욱 사랑스러운 것일까.

카사블랑카의 연인들은 모스크 주변에서 하루 종일
이 같은 모습으로 데이트를 즐긴다.

031

천국의 아이들

아이들은 스스로 바다가 되는 법을 알고 있는 듯,

해질 무렵, 만조가 되어 바닷물이 방파제 중간쯤 차오르면 한꺼번에 어디서 그 많은 아이들이 몰려드는지, 카사블랑카의 아이들은 노을을 보며 바다에 뛰어들기 위해 그곳에 있는 것 같았다.

아이들이 하나 둘 다투어 바다에 뛰어들 때마다 구경꾼들은 박수를 치며 환호하고, 아이들은 또 그 박수에 힘입어 거센 대서양의 파도도 아랑곳 않고 더 멋진 포즈로 뛰어내리고, 북을 두드리며 노래를 부르는 아이들, 춤을 추는 아이들, 온몸으로 퍼포먼스를 보여주던 벌거숭이들.

카사블랑카의 아이들을 보면서 나는 천국의 한 자락을 생각했다.

친구가 되자고 손을 내밀던 녀석들!
카메라 앞에서 더 멋진 포즈를 보여주기 위해 까불던 녀석들!
즐겁지 않게 사는 것은 모두 죄라고 온몸으로 말하던 녀석들!

나는 그들에게서 가식 없는 천국을 보았다.

카사블랑카 아이들은 말레콘 위에서 바다로
뛰어내리기 위해 사는 것 같았다.

하산 2세 모스크 구석에서 메카를 향해 절하는 무슬림 여성.

032

부르카 속에 감춘 것은 무엇

부르카(burqahb)를 입은 여성들 다섯 명이 모스크를 배경으로 가족사진을 찍고 있다. 외형을 보면 키나 체격이 비슷해 누가 누군지를 알아내기가 쉽지 않다. 검은색이 아니라면 저 의상이야말로 지상의 어느 옷 못지않게 아름다운 옷이다. 그토록 검은색을 좋아하는 내 입에서 왜 이런 탄식이 쏟아졌는지 모르겠다.

그들은 카메라를 든 남자가 시키는 대로 나란히 옆으로 서서 사진을 찍는다. 소리가 새나오지 않으니 웃는지 우는지 그들의 기분이나 표정을 읽을 재간이 없다. 우리들처럼 하나, 둘, 셋!도 없다. 사진은 줄이 맞춰지는 대로 그냥 셔터만 누르면 된다. 눈을 감았다거나 머리가 얼굴을 덮었다거나 웃고 싶었는데 인상을 구겼거나 하는 일 따윈 무시되어도 상관없는 일이었다. 공교롭게도 사진을 찍는 사람만 남자일 뿐 사진 찍히는 다섯 명은 한 가족으로 보이는 모두 여자들이다. 물론 여자인지 남자인지의 구별도 어디까지나 외형, 즉 의상일 뿐이지 웃음소리 한 번 내지 않았으니 실제로 여자인지 남자인지는 확인할 길이 없다. 그러나 그들이 여자라는 것을 의심하는 이는 없다. 당연히 그들은 여자이기 때문이다. 그것도 알라를 믿고 『코란』을 따르는 종교적 가치관으로 똘똘 뭉친, 하지만 아쉽게도 그들에게서 신잉적임 얼밤을 읽을 수 없다. 내 눈의 흐려서 그랬을까.

나는 의아해지기 시작했다. 얼굴도 손도 발조차도 감춘 저들은 그들이 경이로 워하는 모스크에 와서 왜 사진을 찍는 것인가이다. 물론 그들 가족들은 아무리 모든 것을 부르카로 가린다 해도 누가 누군지 알아보는 것은 문제가 없겠지만 저렇게 찍은 사진이 과연 기념사진이 될 수 있는가 하는 의구심을 지울 수가 없었다. 부르카를 입은 여성들을 관찰하다 보면 얼굴, 귀, 팔과 발목을 장신구로 치장한 것을 볼 수 있는데 그것은 오직 알라와 자신의 남편만을 위한 치장이라고 생각하면 조금은 씁쓸하다. 알라나 혹은 한 남자를 위해 아름다움을 가꾸는 것에 대해 어떤 생각을 가지고 있는지 종종 묻고 싶을 때가 있다.

무엇을 감추어야 하는 건가. 무엇을 보지 말아야 하며, 무엇을 보여주면 안 된다는 건가. 인간은 인간으로서의 존재가치를 자유롭게 주장할 수 있어야 인간이고 그것이야말로 가장 기본적인 인권이 아닌가.

일부다처제인 무슬림들에게 여성은 재산의 가치로 상징하던 때가 있었다. 지금도 아주 없다고는 할 수 없지만 히잡이나 부르카를 두고 더러는 종교적 가치관, 패션, 전통적 페미니즘, 혹은 속박으로 단정짓고 있지만 꼭 그렇게만 보는 건 문제가 있다고 지적하는 경우도 많다. 이제 이슬람은 종교의식만으로 해석하는 편향된 시각보다는 그들만의 고유문화로 받아들이는 것은 어떨까 하는 생각을 가져 보았다.

나는 한낮 수많은 사람들이 찾아오는 모스크에서 그들이 유령놀이를 하는 줄 알았다. 정신 나간 척 장난이라도 걸어 저 검은 베일과 옷가지들을 벗겨 보고 싶었다. 그리고 할 수만 있다면 그들에게도 자신의 의지로 자신의 몸을 치장할 수 있는 모든 색을 주고 싶었다.

서방의 기자들은 무슬림 여성들의 의상을 상복(喪服)이라고 야유하기도 한다. 그 더운 나라에서 오직 검은색만을 고집하는 것도 불합리하지만 무엇보다 여자들에게만 행해지는 남자들의 폭력이라는 주장을 굽히지 않고 있다.

일반적으로 거리나 모스크에서도 볼 수 있지만 먼 거리를 이동을 하는 국제선 공항이나 터미널 같은 곳일수록 부르카를 입은 여성들을 흔히 볼 수 있다. 그들에게 부르카는 외출 때 갖추어야 할 정장의 개념이며, 남자가 동행하든 아니든 그렇게 입는다.

부르카는 대개 검은색으로 머리부터 눈을 포함한 발끝까지 신체의 모든 부분을 가린다. 간신히 눈 부분은 뚫려 있지만 그 위로 얇은 면사포와 같은 천을 덧씌워서 눈조차도 베일로 가리고 손은 장갑을 착용한다. 모로코에선 사막에 사는 베두인 족 여성들이 주로 착용하는 것으로 알려져 있지만 전반적으로 착용하는 편이다. 사람들이 많이 모이는 광장에서 문신을 새겨 주고 돈을 버는 여성들도 대부분 부르카를 입고 있다. 뜨거운 대낮 검은 천으로 온몸을 가리고 팔목까지 오는 긴장갑을 착용한 채 거리를 오가는 여성들을 보면 그들의 인내심이 경이롭기까지 하다.

　바닥에 부르카를 질질 끌며 도심을 걷는 여성들을 보면 가슴이 답답해진다. 무슬림들은 그들의 종교야말로 상생과 화합의 종교라고 설한다. 그런데 여성에게만 저 같은 베일을 강요하는지, 아직도 종교나 다른 사랑을 선택하는 여자에게 공공연히 행해지는 말도 안 되는 가족명예살인 같은 것을 보면 여전히 여성은 인권을 떠나 상생의 기본원칙에서 제외되고 있으며, 그것이야말로 안타까움을 넘어 분노할 일이다. 딸이나 어머니도 예외일 수 없는 그들만의 율법. 이제 제발 그들의 문화니까, 종교니까라고 외면하지 말았으면 좋겠다. 그리고 보면 종교와 사랑을 배반했을 경우 목숨도 임의로 처단하는데 몸을 가리는 의상으로 왈가왈부한다는 건 웃기는 일인가. 보호라는 말은 거두어도 좋다. 인간답게 살 권리까지는 아니라도 이제는 무슬림 여성들에게 검은 옷을 벗고 눈과 입과 귀를 여는 것은 물론 그들이 원하는 것을 할 수 있게 해야 한다. 모든 생명은 당연히 존중받아야 하고 평등해야 한다. 여자와 남자로서가 아니라 그냥 인간으로서.

　오늘도 모스크에서 신발을 벗고 메카를 향해 엎드려 기도하는 무슬림 여성은 부르카를 입고 있었다. 여자여, 누가 죽었는가. 누가 죽어서 검은 상복을 입었는가. 나는 누군가에게 문득 그렇게 묻고 싶었다.

거리의 악사

마라케시에 광장에서 만난 베르베르 족 노인은 거리의 악사였다. 나는 사흘 밤낮을 같은 자리에서 그를 보았다. 그는 오후에 나와 밤이 늦도록 만도린 같은 악기 줄을 퉁기며 수없이 같은 노래를 불렀다. 사람도 악기도 목소리도 너무 작은 노인이 노래를 부르면 많은 사람들이 걸음을 멈추고 눈과 귀를 집중했다.

무슬림들에게 적선은 율법을 지키는 일이기도 하지만 어떤 형태로든 남 돕는 걸 좋아한다고 했는데 그런 모양이다. 사진을 찍고 담배를 주는 사람, 동전을 주는 사람, 노래가 끝날 때마다 박수를 치며 다시 노래를 청하는 사람, 그 앞에서 춤을 춰 보이는 사람 등 그 모습이 실로 다양하다.

힘겹게 노래를 부르고 동전이 모아지자 조금은 불량해 보이는 젊은 남자가 말한 마디 없이 노인에게서 돈을 거둬 가곤 했다. 참다 못한 사람이 항의조로 물었다.

"왜 그냥 돈을 저 사람에게 주죠?"

노인이 즉답을 피했다. 그러자 다른 사람이 다그치듯 같은 질문을 했다.

"왜 돈을 저 사람에게 주느냐구요?"

그때서야 분위기를 간파한 노인이 눈을 내리깔고 답했다.

"저놈은 내 아들이오!"

광장에 앉아 손님을 기다리는 거리의 약사.

그럴 수도 있는 거지

늦은 오후, 그림자가 길어지는 시간이면 사람들은 광장으로 쏟아져 나온다. 매일 이 광장에서 펼쳐지는 축제를 놓치고 싶지 않은 듯, 저마다 가족들을 앞세워 광장으로 몰려든다. 그들에게 뱀 장수의 유혹은 집요하다. 뱀을 목에 걸고 사진을 찍으면 1다르함에서 5다르함 정도를 준다. 여행자들에겐 그 이상을 요구하는 경우도 많다. 유로를 쓰던 사람에게 다르함은 맘 놓고 써도 좋은 돈일 것이라고 생각하는 것 같다.

거리의 악사들이 노래와 춤이 시작되면 사람들은 밀물처럼 밀려온다. 그들은 어디든 카메라만 보면 돈을 요구한다. 처음엔 너무 집요해서 돈을 주기도 했지만 어느 땐가 그게 아니라는 생각이 들었다. 분명 옆자리에서 돈을 거둬 간 사람 같았는데 다른 자리에서도 같은 사람이 돈을 거두는 것이 이상했다. 나중에 안 일이지만 사람들이 빽빽이 둘러싸인 곳은 공연과 아무 상관도 없는 사람이 돈을 거두러 다니는 것이 아닌가.

한 번은 그 남자가 내 앞에서 또 손을 내밀었다. 이때다 싶어 그를 똑바로 쳐다보며 항의를 했더니 '그럴 수도 있는 거지, 그 까짓 거 가지고 뭘 그래?' 하는 눈치다. 그 남자는 그날 나와 서너 번 시선이 마주쳤고 그럴 때마다 그들 특유의 미소로 넘어가곤 했다. 하여 누구는 구경꾼보다 거간꾼이 더 많다고 말했을까.

메디나를 지키는 무슬림 노인들.

마라케시 골목에서 만난 소녀.

이거 그냥 가지면 안 되는 거잖아요

메디나는 어디서든 가게가 아닌 길거리에서 담배 파는 사람을 만날 수 있다. 담배라 해야 고작 두세 갑 정도를 들고 개피로 파는 것인데 노인이나 가끔 나이 든 여자들도 파는 걸 볼 수 있다.

마라케시 좁은 골목, 일곱 살쯤 되는 계집아이가 담배 파는 아저씨 앞에서 말을 걸고 있었다. 그 아이가 산 담배는 단 두 개피였다. 나는 아이에게 말을 걸기 위해 담배 한 개피에 얼마냐고 물었다. 놀라서 아이가 뭐라고 말을 하는데 '여자가 담배를 피우게요?' 그런 표정이었다. '그럼 너는?' 했더니 건너편에 서 있는 아버지를 가리키며 심부름이라고 했다. 나도 남편의 심부름이야, 비로소 굳은 표정을 풀고 아이는 내가 담배를 살 수 있도록 도와주었다.

내가 담배를 고르자 손바닥의 동전을 골라 계산해 주며 연신 미소를 잃지 않았다. 바로 앞에 앉아 있는 담배장수 아저씨가 앞을 못 본다는 사실을 그때까지만 해도 나는 알지 못했다. 선글라스를 끼고 있어서 그냥 그러려니 했는데 그 멋쟁이 아저씨는 앞을 보지 못했다.

심심풀이 삼아 산 담배 두 개피를 주머니에 찌르고 돌아서 한참 다른 골목에서 서성대는데, 아이가 가쁜 숨을 고르며 쪼르르 달려와 나를 붙든다. 자기 실수로 계산이 잘못되었다는 거다. 그래서 아저씨가 가서 돌려주고 오라고 했다고. 아이 눈엔 그렇게 씌어져 있었다. "이거 그냥 가지면 안 되는 거잖아요!" 그가 내 손에 올려 주고 간 것은 작은 동전 하나, 1다르함(약 110원)이었다.

길

길은 내가 내 의지로 선택하는 것이 아니라
때로 알 수 없는
내 안의 누군가 지도를 펴 보이며
그곳으로 가라고 종용한다.

그럴 때
나는 갈 수밖에 없다.

시골이든 도심이든 여행중 심심할 때가 있다면 아이들에게 길을 물어 보면 된다. 이 방법은 모로코에서 간단히 친구를 사귈 수 있는 방법이기도 하다. 그들은 내가 아랍어를 하지 못해도 내가 무엇을 필요로 하며 어디서부터 길을 잃었는지 다 알고 있다.

가게를 지키는 아이들은 놋쇠쟁반을 거울처럼 윤기를 내기 위해 하루 종일 주인의 눈치를 살피며 일을 한다. 그들은 가난을 이기고 성인이 되어서 그 방면에 장인이 되는 꿈을 동시에 이룰 확률이 높은 아이들이다.

마술을 익히고 뱀 장수 어른을 따라 광장에서 허드렛일을 돕는 아이들은 아프리카의 햇살만큼 그늘이 없다. 학교에 가지 못하는 것을 불행하게 생각하지도 않을뿐더러 터무니없이 큰 꿈을 꾸는 일도 없다. 그들은 메디나 좁은 골목에서 일을 배우고 성장하여 결혼을 하고 나이 들어 간다. 대부분 그 골목 밖으로의 세계란 그저 꿈일 뿐이다.

불안과 쾌감

홀로 낯선 길에 던져져 본 적 있는가.

황망한 벌판 가운데 나를 내려놓은 버스가 뽀얀 먼지를 흩뿌리고 길 끝으로 사라지면, 고개 너머 마을이 있다는 것을 까맣게 잊은 채 두려움에 떨던 순간의 짜릿한 쾌감을 당신은 느껴 본 적 있는가.

추억을 볼모로 현실을 잊고 홀로 사막 가운데 버려진 듯한 느낌에 사로잡혀 울지도 웃지도 못할 그때 슬며시 멱살을 낚아채는 흥분으로 전율해 본 적 있는가.

불확실 속에서 예감에 의지해 방향을 잡고 터벅터벅 걷다 보면, 아이가 따라 걷고, 아주머니가 따라 걷고, 노인이 곁에서 걸어가고 있는 걸 발견하고 놀라움과 안도에 몸서리를 쳐 본 적 있는가.

나는 낯선 여행지의 첫 느낌, 두려움과 약간의 공포로 시작되는 그 날카로운 느낌을 좋아한다. 위험한 불장난이나 불륜일수록 쾌감의 도가 높듯.

언제 또 와요

통장의 잔고가 얼마든 상관없이 여행은 몸일 수도 있고 정신일 수도 있는 등에 진 배낭 하나가 전부다. 때로 막무가내로 배낭 안의 것을 달라고 하는 아이들이 있다. 펜이나 사탕 혹은 동전이 아니라 간혹 그 속에 하나뿐인 점퍼를, 티셔츠를, 신발과 카메라를 달라고 하는 아이들도 있다. 나는 언제나 "안 돼!" 라고 말하진 않는다. "이건 되지만 이건 안 돼!" 라고 말하지도 않는다. 어른이든 아이든 그에게 꼭 필요하다고 판단되면 여권과 비행기표를 제외한 어떤 것도 줄 수는 있다.

어느 날 한 아이가 나를 당황하게 했다. 그 많은 것 중에서 하필이면 여권을 달라는 것이었다. 왜? 라고 물었지만 아이의 말을 내가 알아들을 수 없었으므로 나는 조금 놀랐다. 그 아이는 내 여권을 집어들고 도무지 줄 생각을 않았다. 나중에 배낭 속 여러 가지 품목 중에서 메모 노트를 얼른 짚는 걸 보고 알았다. 녀석에겐 여권이 수첩으로 보였던 모양이다. 나는 그날 하나밖에 없는 노트를 주었다. 세 페이지 정도 짧은 메모가 적힌 노트였지만 그대로 주었다. 아이는 제일 먼저 다리가 긴 낙타를 그렸다. 그것이 낙타라는 것을 확신하게 된 것은 등 때문이었다. 낙타 그림이 든 노트를 안고 외딴집을 향해 깡충깡충 뛰어 내 시야에서 멀어져 가던 아이의 뒷모습을 어떻게 잊을 수 있을까. 나는 아이가 가장 갖고 싶은 것이 낙타일 거라 생각하기로 했다. 그후 낙타만 보면 노트에 낙타를 그리던 꼬마를 떠올렸다. 앵무새처럼 "언제 또 와요?"를 노래하던.

기댈 수 있다는 것만으로도

배낭을 보면, 아니 배낭 진 사람을 보면 대책 없이 가슴이 뛰던 시절이 있었다. 과거형으로 말하고 있지만 이 증상은 여전히 진행형이다. 아니 어쩌면 여행을 멈추고 있는 지금이 가장 가속이 붙어 있는 때인지도 모른다. 감히 말하자면 아마 살아 있는 동안 이것은 진행형일지도 모르겠다.

다른 사람의 배낭을 보면 여행중일 때 내 배낭 속의 오만 잡다한 품목들을 떠올리는 버릇이 전부터 있어 왔는데, 이즈음 그 증상의 심각성은 조금 심한 정도다. 다른 이들의 낡은 배낭을 보는 일만으로도 얼마나 뿌듯한 대리만족 같은 것이 느껴지는지. 그러나 정작 배낭이 마음에 드는 건 젊음, 용기, 패기, 모험, 실험, 탐험 등을 상징하는 단어이기 때문은 아닐까.

특히 나 홀로 여행일 때,

복잡한 항구나 터미널에서 서로 몸을 기대고 앉아 오지 않은 차를 기다리는 두 개의 커플 배낭을 보고 있으면 그냥 미소짓게 된다.

누가 뭐라 해도 두 사람이 나란히 배낭을 질 수 있다면 그건 축복이다.

때론 나의 배낭이 다른 배낭에게 기댈 수 있다는 것만으로도.

미치다

나는 신생의 냄새로 가득한 '서툴다'는 말을 좋아한다. 서툴다는 말의 반대 의미를 가진 미쳤다는 말을 좋아한 것은 오래 되었다. 미쳤다는 것은 흔히 사람들이 알고 있는 몰입의 의미도 있지만 조금 더 적극적으로 말하자면 극의 극, 그러니까 완벽한 경지, 원초적인 비등점의 가장 신성하고도 순수함을 강조한 것이라 해도 좋겠다.

주변에는 감히 범접할 수 없이 자기 일에 미친 사람들을 간혹 본다. 물론 여기서 말하는 일이란 생활을 위한 노동뿐 아니라 취미와 특기를 포함한 몸과 정신을 이끌어갈 수 있는 완전한 미침을 일컫는 뜻이다.

그림을 그리는 사람이 있고, 스키를 즐기는 사람이 있고, 소설을 쓰는 사람이 있다. 그들은 스스로 '나는 화가다' '나는 스키어다' '나는 소설가다'라고 말하지 않는 대신 타인으로부터 화가와 스키어와 소설가가 될 수밖에 없는 명예로운 칭호를 받는다. 그들에게 주어진 칭호는 알고 보면 모두 광기로부터 온 것이다.

그들은 지식만을 앞세우지 않고 몸과 마음으로 길을 만들어 가는 사람이다. 그러므로 똑똑한 사람이 아니라 적어도 한 가지 일에 있어서만은 도를 이룬 광인들이다. 미쳤다는 말은 절대의 경지, 혹은 나아가서는 아름다운 백치의 다른 이름이다. 그리고 보면 이 시대 아무 짝에도 쓸모없는 예술에 미친 사람들은 얼마나 아름다운 백치들인가!

그러나 가끔은 자신의 존재를 잊을 만큼 뭔가에 미쳐 보고 싶지 않은가.

한 줄의 글이든, 눈 먼 사랑이든, 노래든, 여행이든….

오직 여행만을 위해 삼백 번 이상 비행기표를 끊었다는 어느 여행자를 카사블랑카에서 만났을 때 내 입에서 터진 단어는 '미쳤구나!'였다. 그리고 나는 곧 그를 부러워했으니….

모로코

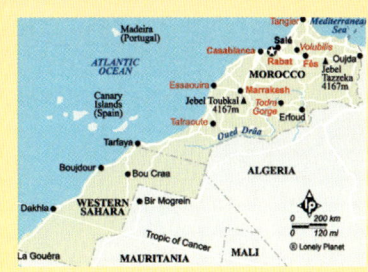

모로코

모로코의 대외 공식 명칭은 모로코 왕국(kingdom of morocco)이다. 면적은 71만㎢(서부사하라지역 25만㎢ 포함)로 한반도의 3.5배에 달하며 3,000만의 인구를 가진 아프리카 대륙에서는 가장 정치·경제적으로 안정되어 있는 잠재력이 큰 나라의 하나이다. 대부분의 지역에 전기가 공급되고 있으며 식수와 연료를 쉽게 구할 수 있고 기아나 난민은 없다고 한다. 모로코는 인구 절반이 19세 이하이고 약 3분의 1이 10세 미만이다. 모로코의 인구 성장률은 세계 208개국 중 96위로 아프리카의 다른 나라보다 성장속도가 느리다. 인구밀도는 1㎢당 390명이다. 지방행정은 43개의 지방(province)과 9개의 자치단체(local admini-stration), 22개의 도(prefecture), 그리고 몇 천 개 이상의 지방자치제(commune)로 이루어져 있다. 그러나 대부분 아랍 인 가문들은 도시를, 베르베르 가문들은 시골을 지배하고 있는 형편이다. 유럽. 아프리카. 중동문화가 공존하는 곳. 영화 '카사블랑카'로 우리에게 잘 알려져 있는 모로코는 아랍의 지리학에서 '석양의 섬'이라고 불리며, 북서아프리카의 최서단에 위치하고 있다. 모로코는 서쪽으로는 대서양을 접하고 남쪽으로는 세계 최대의 사하라 사막을 접하고 있으며, 북쪽으로는 지중해를 안고서 지브랄탈 해협을 경계로 유럽대륙과 불과 14km 떨어진 지정학적으로 중요한 위치에 있다. 또한 중동, 아시아, 유럽 및 아프리카 문화가 교차되는 지역으로서 이슬람국가이면서도 중동지역과는 다르며, 아프리카 대륙에 위치하면서도 여타 아프리카 국가와 다르게 유럽 문화의 전통을 지니고 있고, 아프리카 대륙에서 보기 드물게 아시아적인 문화까지도 접할 수 있어 한 마디로 다양한 전통을 지닌 나라다. 하산 2세 사망 후 그의 아들이 무하마드 6세로 즉위했다. 그는 부왕의 입헌군주정을 물려받았다.

지리

흔히 모로코를 말할 때 '유럽도 아닌 것이 아프리카도 아닌 것'이라고 한다. 모로코는 아프리카 북서쪽 모서리에 위치하고 있지만 본질적으로 아프리카 대륙의 한 나라다. 가운데 놓인 광대한 사하라로 인해 대부분의 사람들은 아프리카와 분리된 지역이라고 생각하는 경향이 있다. 거대한 사막을 가로지르는 왕래는 오래전부터 있었다. 흑인노예와 여자, 혹은 용병으로 모로코에 온 사람만 해도 굉장히 많은 수를 차지하고 있다. 따라서 모로코 거리의 표정, 음악과 노래와 춤, 의상, 언어 등 사하라 이남의 아프리카 영향이 그대로 전수되고 있음을 확인할 수 있다. 모로코의 아틀라스 산맥에서는 여름을 제외하고는 눈을 볼 수 있으며 스키를 즐길 수도 있다. 아틀라스 산맥을 중심으로 남쪽은 사하라 사막이고 북쪽은 녹지대가 많아 작물 재배가 가능하다. 녹지대가 가능한 것은 높은 아틀라스 산맥이 사막의 모래바람을 막아주기 때문이다.

산악

북부 리프 산맥부터 시작 주요 산맥 4개가 대략 남서쪽에서 북동쪽으로 모로코를 가로지른다. 리프 산맥은 고도 2,100m를 넘지 않지만 곳곳에는 절벽이 해수면까지 급경사를 이루고 있다. 리프 산맥은 주요 언어집단인 리피 베르베드 족의 근거지이기도 하다. 리프 산맥 아래 아틀라스 산맥 세 곳 중 가장 북쪽에는 미들 아틀라스가 있다. 리프 산맥과 미들 아틀라스 산맥은 좁고 긴 타자협곡으로 분리되어 있다. 하이 아틀라스 산맥은 남쪽 평행선에 안티 아틀라스 산맥이 있다. 안타 아틀라스 산맥의 최고봉은 2,400m다. 이처럼 모로코 내지는 산맥이 지배하고 있으며 산맥의 대부분은 베르베르 인이 장악하고 있다.

사막

사하라는 아랍어로 사막이라는 뜻이다. 그러므로 사하라 사막보다는 사하라라고 부르는 것이 더 정확하다. 그러나 대부분의 사람들은 사하라를 사막 중의 사막이라는 의미로 그렇게 부르기도 한다. 사하라 사막은 모로코에서부터 시작하여 아프리카 전체로 퍼져나간다. 그러므로 사막의 리얼리티는 모로코 민속과 역사에 깊이 녹아 있다. 현재 리사니(Rissni) 부근 지즈(Ziz) 강변의 폐허가 된 시질마사(Sijilmasa)는 한때 북아프리카의 초일류 도시로서 사하라를 가로질러 금, 서금, 노예 등을 활발한 교역이 이루어진 곳이다.

베르베르 인

모로코에선 베르베르 인이야말로 진정한 원주민이다. 이들은 남서아시아에서 기원하여 기원전 2000년대에 북아프리카로 이주한 것으로 짐작된다. 베르베르 인은 유전학적으로 특성보다는 언어학적 특성으로 구분한다. 이들은 산악지대의 생활에 익숙한 원주민이다. 모로코로 이주한 지 몇 천 년이 지난 지금까지도 그들은 산악지대를 벗어나지 않고 있다.

베두인 족

주로 북아프리카의 사막에 거주하며 유목생활을 하는 아랍 민족을 말한다. 그들은 스스로 험난한 사막생활에 적응해 나가며 물의 위치를 알아 내는 탁월한 예지를 가진 민족이다. 매부리코에 피부는 까무잡잡한 편이다. 양모로 직접 짠 의복을 만들어 입고 천막에서 거주하며 머리가 짧은 대신 턱수염을 기른다. 그들의 가장 큰 재산은 낙타이며 그 다음엔 양과 염소 등이다. 그들은 별의 운행을 보고 방향을 감지하고 동물이나 사람의 발자국을 따라 길을 찾기도 한다. 베두인 여자들은 히잡을 쓰고 보석으로 치장하기를 즐기며 남자들은 흰색 원피스에 붉은색이나 체크 무늬 터번을 즐겨 쓰며 명예를 매우 중시한다.

아랍 인

632년 마호메트 사망 후 이슬람은 아라비아반도 밖으로 팽창하기 시작했다. 한 세대가 가기도 전 서쪽 리비아 트리폴리까지 이르는 북아프리카 지역이 정복되었다. 7세기 말, 약탈을 일삼는 아랍군대가 모로코에 도착 무슬림의 공동체인 다르 알 이슬람에 더 많은 세력을 추가하였고, 이들의 진출을 계기로 베르베르 인에게 적지 않은 변화가 시작되었다.

종교

모로코의 국교는 이슬람교다. 그들은 『코란(Quran)』을 믿으며 『코란』이 각운이 있는 산문체로 쓰였다는 것은 『코란』 낭송이 곧 음절이 있는 시나 노래라는 것을 의미한다. 그들은 모로코를 방문하는 사람들 누구라도 아랍어로 믿음을 진실하게 고백함으로써 이슬람에 귀의할 수 있다고 믿는다. 신앙고백은 알라 외엔 다른 신이 없으며, 마호메트는 그의 예언자이다. 이 고백은 두 명의 성인 무슬림을 증인으로 해야 효력이 있다. 무슬림들은 하루에 다섯 번 기도를 하는데 새벽, 정오, 오후, 해질녘, 그리고 밤이다. 시간은 태양의 위치에 따라 정해지므로 계속 바뀐다. 기도시간에도 고유한 이름이 있다. 기도 전에는 몸을 씻는 의식이 있다, 여자는 일주일에 한 번 날짜를 정해 모스크에 갈 수 있지만 대개는 가지 않는다. 기도는 항상 동쪽 즉 메카를 향해 기도한다. 많은 학자들이 지구상에서 유일신을 믿는 것으로 치면 가장 기독교와 유사한 종교가 이슬람교라고 한다.

또한 한 손에 칼을 들고 다른 한 손에는 『코란』을 들고 종교를 전파했다는 사실은 확인된 바 없다. 그들은 오히려 종교의 관용성과 융화성이 이슬람을 전파하는 데 중요한 역할을 한 것으로 알려지고 있다.

이슬람

이슬람(Islam)은 신에 복종하는 것을 뜻하는 아랍어로 '신에 복종하다'라는 뜻의 동사 이슬라마의 명사형이다. 신에 복종하는 사람, 즉 이슬람교도는 무슬림이라고 부른다. 무함마드는 처음엔 그의 종교에 특별한 이름을 붙이지 않았으나, 유태교도와의 논쟁 과정에서 그들의 종교와 구별하기 위해 이슬람이라는 명칭을 채용하여 현재에 이르고 있다. 7세기 초에 무함마드가 아라비아반도의 메카에서 유일신 알라의 예언자로서 창시한 종교의 하나로 유태교·그리스도교의 흐름을 탄 일신교다. 우리나라에서는 무하마드교, 회교, 또는 회회교라고도 하고 했지만, 요즘 이런 호칭은 별로 쓰이지 않는다. 이슬람교의 경전인 『코란』에는 '나는 이슬람을 그대들을 위한 종교로서 승인했다'라고 기술되어 있다. 이슬람교는 불교·그리스도교와 함께 세계 3대 종교로서, 최근의 국제연합 통계조사에 따르면 신도 수는 세계 전 인구의 25%인 약 13억 정도인 것으로 밝혀졌다.

라마단

무슬림들은 라마단 기간중 매년 한 달 동안 새벽부터 해질녘까지 엄격히 금식을 지킨다. 음식을 금함으로 영적으로 종결해짐을 믿는다. 그리고 일생중 한 번은 메카 순례를 원칙으로 한다. 무슬림들은 이슬람의 성지순례를 위해 1년에 한 번 사우디아라비아로 모여든다. 성지순례를 한 남성은 '하즈'이며 여성은 '하자'라는 칭호를 얻는다. 순례를 떠나는 시기는 이슬람력의 12번째 달이다. 이슬람교도들은 그들에게 일어나는 일들이 미리 운명지어져 있으며 누구도 그것을 벗어날 수 없다고 믿는 운명론자들이다. 이는 곧 알라의 뜻이기에 피할 수 없다고 믿는다. 모로코 인들은 무신론자를 경멸하는 경향이 있다. 그들은 이슬람교를 가장 완벽한 종교라 믿기에 개종은 상상조차 하지 않는다. 그러므로 그들에게 자녀가 태어나면 태어날 때부터 무슬림으로 간주한다. 결혼도 같은 무슬림끼리만 허용된다.

수니파와 시아파

모로코의 무슬림은 마호메트 사망 후 약간의 혼란을 가져왔다. 그것은 수니파(sunni)와 시아파(shiite)의 갈등대립으로 이어지고 있는데 보다 정통을 따르는 모로코 인들은 보편적인 수니파에 더 많은 힘을 싣고 있다. 오늘날 무슬림들의 분위기를 보면 이란, 이라크를 제외한 대부분의 국가들이 수니파를 지지하는 입장을 취한다. 어찌 보면 모로코는 세계에서 가장 자유로운 국가에 속한다고 볼 수 있고 종교에 관해서도 마찬가지 견해를 가진 사람들이 많다. 그럼에도 이들 모두 『코란』을 엄격히 지키는 것을 원칙으로 한다.

모스크

이슬람교도가 아닌 사람, 외국인일지라도 모스크에 들어갈 수는 없다. 그러나 카사블랑카의 하산 2세 모스크만은 예외적으로 출입이 가능하다.

여성

무슬림은 알라의 이름으로 평화를 바라는 종교라고 하지만 여성에 있어서만은 아직도 상당히 희이적이다. 여성의 문맹률이 절대적으로 높은 무슬림들은 지금도 가족명예살인(가족의 명예를 더럽혔다는 이유로 남편이나 아버지, 남자 형제들이 아내나, 딸, 여동생을 살해하는 행위)이 일어나는 것을 사회는 눈감아 주고 있으며 강경근본주의자들로 하여금 여성의 입을 막고, 눈을 가리고, 귀를 막는 현실이다. 1400여 년 전 아랍 사회에서 만들어진 이슬람 계율을 현실에 적용시키려는 율법학자들과 근본주의자들로 인해 수많은 여성들의 자유로운 삶이 억압당하고 있다. 통계자료를 보면 도시를 중심으로 많은 고학력 여성들의 사회진출도가 전에 비해

높다고 하지만 아직 피부로 그것을 느끼기엔 한계가 있다. 또한 아랍 여성들을 미인대회에 내보내는 일은 아직도 요원한 금기사항에 속한다.

기부

이것은 이슬람교도들의 의무로 일상 생활 속에서 구걸하는 사람들을 돕는 일(모로코에서는 아이가 있는 과부가 많다)을 말하지만 나아가서는 자선단체를 이용해 기부하는 방법을 찾는다. 모로코에는 '하부스'라는 정부기구가 이 단체를 관리하고 있다. 『코란』 수입의 2.5%, 수확물의 10%를 기부하도록 규정되어 있다.

춤

모로코 인들은 음악과 춤을 매우 좋아한다. 그로 인해 다양한 악기와 리듬에 익숙해 있으며 특히 도자기에다 가죽을 씌운 북과 탬버린과 같은 악기를 자주 연주한다. 그들은 누구라도 그들의 음악을 들으면 춤을 추지 않고 견딜 수 없게 된다고 믿는다. 그들이 춤과 음악에 취해 있을 땐 정말 무아지경에 빠진 듯하다. 절정에 이르면 기절하는 경우도 종종 있다고 하니 춤과 노래에 대한 그들의 수준은 가히 절대적이라고 할 수 있다.

화폐

다르함(DH, 1달러=8.5DH)이 통용되지만 여행자들이 붐비는 대 도시에서는 유로나 달러도 가능하다. 물론 신용카드도 통용된다.

마법사

시골 지방에서는 '세후르'라 불리는 일종의 마법을 행하는 주술사와 같은 여자가 있다. 그 마법은 별로 좋은 목적으로 행하지 않고 미관심한 이성에게 마음을 돌리게 한다거나하는 데 쓰인다. 그 마법은 쩌주의 사랑의 묘약을 쓰는데 그것은 아무도 몰래 음식에 그것을 섞는다. 모로코에는 거의 모든 시장에서 세히라(sehhira)라는 마법을 볼 수 있는데 그들은 각자가 개발한 재료로 조제한 묘약이라며 입에 거품을 물고 설명한다. 세히라는 마법을 걸기도 하고 마법을 풀기도 한다. 마법에 걸린 사람이나 그 가족들은 그것을 풀기 위해 프퀴흐(fquih)라 불리는 모스크 소속의 종교교사의 도움을 받기도 한다. 메디나(성 안쪽의 오래된 도시) 주변에는 점쟁이 슈와프(shuwwaf, 남자), 슈와파(shuwwafa, 여성)가 기구를 이용해 점을 치기도 한다.

정체성

모로코는 몇 세기에 걸쳐 혼혈이 진행되어 지금은 온전히 순수한 아랍 인이나 베르베르 인이 없다고 보는 견해가 많다. 대다수의 사람들은 스스로 아랍 인이나 베르베르 족이라고 한다. 베르베르 인은 리피 족, 수시 족, 아마지그 족으로 나누며, 아랍어 슈루흐는 베르베르 인을 지칭하는 말이다.

언어

대부분 현대 표준 아랍어의 분법을 따르지만 아랍어의 모로코 방언은 널리 통용된다. 그러나 많은 사람들은 프랑스어를 잘하기를 바라는 분위기도 없지 않다. 그 중 영어나 베르베르어를 쓰는 사람도 적지 않다. 거리에서는 프랑스어와 아랍어로 된 신문을 쉽게 찾아볼 수도 있다.

의상

여성의 경우 히잡(hijab), 부르카(burqahb), 차도르(chaddor)로 구분하며, 히잡(hijab)은 우리의 솔과 비슷한 것인데 알라가 명령한 것으로 『코란』에 언급된 의상이다. 얼굴만 내놓은 쓸 것으로 상체만 가리는 것이 특징. 입고 벗기가 쉽고 시리아 등 아랍권 여성들이 쓰고, 부르카(burqahb)는 대개 검은색으로 머리부터 눈을 제외한(그 위에 다시 베일을 씌워 포함한 경우도 있다) 발끝까지 신체의 모든 부분을 가린다. 눈에는 보통 면사포와 같은 천을 사용하며 손에는 장갑을 착용하기도 한다. 모로코에는 사막에 사는 베두인 족 여성들이 주로 착용한다. 차도르(chaddor) 부르카와 비슷한 헐렁한 외투의 일종이다. 망토 정도의 길이로 이란 여성들이 주로 쓴다. 검은색이 주류를 이룬다. 속에는 양장을 입는 경우가 많다. 사실 히잡, 부르카, 차도르 등은 이슬람권 밖에서는 억압이라는 해석이 분분하지만 이슬람권에서는 여성의 순결을 보호하는 차원에서 착용하게 하는 드레스라고 주장하는 경우가 많다. 그러나 뜨거운 한낮 검은색으로 온몸을 가리고 장갑까지 착용하고 거리를 나다니는 이슬람의 여자들을 보면 그들의 인내심이 경이롭기까지 하다. 반면에 남자들의 경우 사막의 모래바람과 열기를 차단하기 위해 착용하기 시작한 모자는 챙이 없는 것이 특징. 이것은 모자의 챙이 엎드려 이마를 비롯해 얼굴을 바닥에 대는 기도 자세에 방해가 되기 때문이다. 지금도 이슬람 군인들의 모자에는 챙이 없다.

베르베르 슬리퍼

세계적인 가이드북 모로코편의 표지에서 보듯 모로코 베르베르 족들이 주로 신는 슬리퍼 형태의 신발은 모로코를 대변하는 특산품이다. 모로코 어느 곳을 가나 수크(시장)에서 가장 많이 화려하게 장식되어 있는 가죽 슬리퍼를 보게 되는데 모로코에선 남녀노소 가리지 않고 수제품으로 만든 이 신발을 즐겨 신는다.

문화

아랍과 베르베르로 구분할 수 있다. 그러나 모로코 인에서 느낄 수 있는 공통점 하나는 그들이 가지고 있는 다양성이다. 때로 그것은 진짜와 가짜를 구별하는 데 매우 혼란스럽다. 그들은 일관성만이 참된 삶이라는 걸 고집하지 않는다. 그만큼 다양성을 인정하고 적응해 나간다. 어느 때 그들은 완전히 극단적인 반대 상황에서도 훌륭하게 적응해 가는 능력을 보여준다. 이것은 다양한 세력 사이에서 중용을 찾는 힘이 되는 건 말할 나위가 없다. 그러나 크게 보면 이들은 아랍식과 베르베르식을 중요하게 생각한다. 음식은 주로 빵과 양고기 요구르트 제품 등으로 나눌 수 있으나 쿠스쿠스라는 대중음식도 널리 알려져 있다.

출산과 장례

일부다처제를 이어가고 이슬람 사회에서 출산은 신의 은총이지만 '남아가 곧 행복'이라는 속담이 말해 주듯 그들은 사회적으로 가계의 승계, 노동력 확보, 전사 확보 등을 이유로 철저히 남아를 선호하고 있다. 그러나 때를 맞추어 남아나 여아나 아직도 많은 무슬림들은 할례를 받아야 진정한 성인으로 태어난다고 믿기 때문에 할례를 받는다. 다양한 제약이 있긴 하지만 이들의 결혼은 윤리관의 틀을 유지하고 사회결속과 가족간의 화합을 강화하고, 성적 욕구의 충족이라는 본능을 제도화하는 의미를 갖게 된다.

죽음의 개념은 종말이 아니라 영혼과 육체가 일체감의 소멸을 뜻한다. 모든 종교의 바탕이 그러하듯 죽음은 끝이 아니라 새로운 시작이며 고통과 번뇌로부터 해방이므로 기쁘게 받아들인다. 즉 죽음은 새롭고 영원한 삶으로 가는 길이라고 믿는다. 대부분 숨을 거둔 뒤 24시간 내에 심속하고 엄숙하게 세정의식을 행하고 『코란』에 있는 신앙고백을 마치면 머리를 메카 방향으로 하여 묻는다.

텔레비전과 라디오

두 개의 텔레비전 방송국이 있다. 하나는 국영방송이고 다른 하나는 민영방송국이다. 『코란』을 공부할 수도 있고, 유럽의 최신 뮤직비디오도 볼 수 있다. 그 밖에도 뉴스, 드라

마, 다큐멘터리, 스포츠 다양한 볼거리를 제공한다. 이 역시 프랑스어와 아랍어가 적당히 배분되어있지만 영어로 된 프로그램은 없다. 라디오는 매우 다양한 프로그램이 방송된다. 많은 모로코 방송에서는 AM과 FM을 통해 모든 장르의 음악을 거의 다 들을 수 있지만 이 또한 프랑스어와 아랍어가 대표적인 언어로 쓰인다.

가이드

모로코에서 외국인을 위한 가이드는 매우 인기 있는 엘리트 직종에 속한다. 메디나에는 자격증이 있는 가이드만 일하도록 하는 철저한 그들만의 규정이 있다. 그러나 모로코를 여행하다 보면 많은 젊은이들이 가이드를 해주겠다고 접근해온다. 그냥 알아서 하라는 식으로 두는 방법은 좋지 않다. 가이드가 필요하다면 구사할 수 있는 언어를 테스트해 보고 구체적인 시간과 금액을 정하고 하는 것이 좋다.

공중전화

도시엔 동전과 카드를 쓸 수 있는 유료 공중전화가 설치되어 있어 큰 불편은 없다. 국제전화카드 역시 전화카드를 파는 가게에 비치되어 있으며 주인에게 방법을 물어 보면 자세히 가르쳐 준다. 교환수가 있는 전화서비스 페테테는 점점 줄어드는 추세며 필요한 전화카드는 거기서 구입할 수 있다.

우체국

도시와 읍에서는 페테테 옆에 콜리 포스트(colis postaus 소포 우체국)이라고 쓰인 작은 사무소가 있다. 소포를 부치려면 이곳에서 하면 된다. 국제소포라면 세관검사가 필요하므로 미리 봉할 필요가 없다. 포장은 콜리포스트 전문가에게 약간의 돈을 주고 맡기면 된다.

교통

큰 도시와 도시간은 국내선 항공기가 정기적으로 운행된다. 그 다음 모로코는 철도가 잘 되어 있다. 동과 서를 가로지르는 주요철도는 동쪽 끝 알제리 국경에 있는 우즈다에서 페스-메크네스-라바트-를 거쳐 다시 남쪽 카사블랑카까지 연결되며, 남북노선은 탕헤르에서 동서노선 위에 시디 카켐(Sidi Kacem)까지 이어진다. 또한 카사블랑카에서 마라케시까지 연결하는 노선도 있다. 이 열차에는 일등칸, 이등칸, 삼등칸이 있으며 6인용 칸막이 객실로 되어 있어 자리를 지정받을 수 있다. 민영버스는 모로코 전역의 고정된 노선을 운행하는 데 이를 '카르(Kar)'라 하는데 보통 정해진 시간

에 출하하기보다는 손님이 찼을 때 출발한다. 도시와 작은 마을에는 수시로 민영버스들이 다닌다. 물론 시내버스도 있고 택시는 대형 택시와 소형 택시로 나누며 대형 택시는 그랑 택시(grand taxi)와 택시 케비르(taxi kebir) 두 가지로 이는 도시와 도시를 운행하며 빨간색 소형 택시는 프티 택시(petit taxi)나 택시 세히르(taxi seghir)라 부르며 이는 가까운 시내만 이동한다. 미터기가 달려 있어 요금을 과다 징수하는 경우는 없다.

달력과 날자

모로코 축일은 이슬람력에 따라 정해지지만, 서구 대부분의 나라에서 사용하는 그레고리우스력도 널리 통용된다. 달의 명칭도 프랑스어를 많이 쓴다. 프랑스어로 날짜를 쓸 때는 일/월/연도순으로 쓰지만 아랍어로 쓸 때는 연도/월/일로 쓴다.

노새

노새처럼 불쌍한 동물이 또 있을까. 특히 모로코의 노새들은 평생 짐을 지는 수난을 벗어나지 못한다. 그것은 수백 년 전이나 지금이나 조금도 다르지 않다. 좁은 골목으로는 자동차가 들어갈 수 없고 가게들은 모두 그 좁은 골목을 따라 밀집해 있으므로 도시를 모두 바꾸지 않는 한 노새는 운송수단으로 첫번째 희생물이 될 수밖에 없다. 짐을 실은 당나귀를 뜻하는 아랍어 헤마르(hemar)는 일반적으로 상대를 비하시키거나 모욕을 줄 때 널리 쓰이는 말이기도 하다.

사진

모로코 인들은 예언자 마호메트를 숭배하지만 마호메트의 초상은 모로코 어디에도 존재하지 않는다는 것을 알게 될 것이다. 이는 아랍 인들은 사진을 찍거나 찍히는 것을 별로 좋아하지 않는다는 것을 반영하는 예이기도 하다. 어떤 경우든 허락을 받고 찍어야 한다. 여행자에게 가장 관대한 곳은 역시 사람이 많은 시장이나 광장 등인데 이것도 어디까지나 물건을 향하거나 가게를 향해 셔터를 누를 수 있는 것이지 돈을 벌기 위해 일하는 사람에겐 본인이 자처하지 않는 한 사람에게 직접 셔터를 누를 수는 없다. 특히 공공건물을 대상으로 사진을 찍는 일은 규제하고 있다.

서사하라

1970대 중반부터 모로코정부는 남쪽 국경에 맞닿아 있는 지역을 자신들의 영토로 포함시키고자 노력해 왔다. 지금은

서사하라로 칭하지만 과거에는 스페인령 사하라였다. 이 지역은 인산염과 대서양의 풍부한 어장이 있기 때문이다. 현재 모로코는 서사하라지역 중 쓸모 있는 부분을 지배하고 있으며 이로 인해 모든 기관을 통제하고 있는 실정이다.

평원
대서양 연안과 산맥 사이에 별로 특징이 없는 평원들이 있다. 이 평원에는 다양한 농작물 곡물, 올리브, 사탕무, 과일, 그 밖의 각종 채소들이 재배되어 일부 품목은 가공하여 수출하기도 한다. 서부 중심주인 인산염 평원은 그 규모가 실로 큰 가공업의 중심지이기도 하다

바다
해안은 몇 천 킬로미터 이상이며 대서양 쪽 해안과 지중해 쪽 해안으로 나눈다. 그 중 지금도 두 개의 스페인으로부터 고립된 령이 남아 있는데 세우타(Ceuta)와 멜리야(Melilla)가 그렇다. 모로코는 최대 산업인 관광을 해안지대를 활용하고 있으며 대서양과 지중해 연안에 다양한 리조트가 형성되어 있다.

기후
사막은 항상 덥고 비는 거의 오지 않는다. 겨울밤은 사막에서도 고도가 높은 곳은 추위를 피할 수가 없다. 늦가을과 늦은 봄에 몇 차례나 비가 오지만 수량이 적다.

고산지대
겨울은 춥고 눈이 자주 내린다. 이로 인해 많은 스키장들이 운영되고 있으며 이 중 미들 아틀라스 산맥의 산 이프란(Ifrane)이 가장 유명하다. 여름은 덥고 건조하다. 비는 9월에 시작하고 11월부터 눈이 내리며 4월이면 거의 녹는다.

의료
의료시설은 충분치 못한 편이다. 장기간 여행자들은 응급시를 대비해 사전에 충분한 준비가 필요하다.

메디나
모로코의 도시는 대부분 구시가지와 신시가지로 분류된다. 구시가지는 두꺼운 성벽으로 둘러싸여 있는 이 지역을 '메디나'라고 부른다. 메디나에서는 오래된 구 시가지를 그대로 볼 수 있으며 좁은 골목에 크고 작은 상점들이 밀집해 있다. 메디나의 주택들은 매우 다양한 형태를 보이며 어디나 건물이 밀집해 있는 것이 특징이다. 이곳은 특히 관광업이 발달해 있어서 대부분의 여행자들은 이곳에서 가장 다양한 삶의 모습들을 보며 기념품 등을 고른다.

축제
아몬드 꽃 축제(2월, 타프라우트), 벌꿀 축제(5월, 이무저), 장미 축제(5월, 엘 케라아 데 엠 구나), 체리 축제(6월, 세프루), 종교음악 축제(6월, 페스), 민속 축제(6월, 마라케시), 결혼축제(9월, 이밀칠), 대추야자 축제(10월, 에르푸드). 말 축제(10월, 티사).

유의할 점
좁은 골목을 걸어갈 때 뒤에서 바락 바락(balak balak) 소리치는 사람이 있다면 그건 길을 비키라는 뜻이다. 모로코 일반 가정을 방문했을 때, 아이에게 돈을 주는 것은 옳지 못하다. 잘 모르는 사람에게 얼굴에 손을 대는 것은 금물이며, 특히 왼손으로 사람을 접촉하거나 음식을 만지거나 공동우물에 손을 넣는 것은 삼가야 한다. 동성인과 인사할 때는 양볼에 입을 맞춘다. 이슬람교도가 아니면 모스크에 들어가지 않는다. 라마단 기간에는 공공장소에서 음식을 먹어서는 안되며, 장갑을 끼거나 베일을 쓴 여성에게 악수를 청하는 일 또한 금물이다. 단 여성이 먼저 청했을 경우는 예외다.

▌모로코의 도시

카사블랑카

모로코 최대의 도시로서 인구가 300만 이상이 거주한다. 이곳을 유명하게 만든 것은 1940년대 영화 전쟁과 사랑을 다룬 「카사블랑카」이지만 그 영화는 이 도시에서 찍지 않았으며 사실은 이 도시와 아무런 상관이 없다고 한다. 카사블랑카는 모로코에서 가장 부유한 사람과 가장 가난한 사람들이 사는 도시로도 알려져 있다. 많은 것들이 있지만 대서양과 하산 2세 모스크는 너무나 유명하다.

라바트와 살레

라바트는 모로코의 수도로서 다른 도시에서 조금은 멀리 떨어진 곳에 있으며 상쾌한 지중해성 기후로 깨끗하고 쾌적한 도시에 속한다. 라바트로부터 자동차나 페리를 타고 강을 건너면 살레에 닿을 수 있다. 살레는 라바트와 같은 지방정부에 속하지만 라바트와는 매우 대조적인 곳이다. 살레의 메디나는 그 어느 곳보다 매혹적이다. 또한 이곳은 모로코의 3대 도기제조의 중심지이기도 하다.

마라케시

페스와 더불어 가장 모로코적인 특색을 가진 매력적인 도시다. 이곳은 모든 집과 공공건물이 외관이 모두 적갈색으로 칠해 있는데 하여 일명 적색지대(red zone)이라 부른다. 마라케시는 무어 족 시대에 베르베르왕조 가운데 하나인 알모라비드 왕조가 건설하였다. 아직도 베르베르 족 분위기를 그대로 간직한 도시다. 이 도시에 발을 들여 놓는 순간 느끼게 될 것이다. 정말 없는 것이 없는 이상한 나라라는 걸. 이 밖에도 우즈다, 케니트라, 테두안, 라라슈, 라스팔마스, 사피, 메크네스, 아가디르, 베니멜랄, 탕헤르, 새우타, 멜리야를 들 수 있다.

페스

리프와 중부 아틀라스 사이 분지에 위치한 페스는(Fes)는 모로코 지성의 중심지다. 페스의 원주민인 파신(Fassin)은 신비로운 존재로 알려져 있고 모로코 사회의 상층을 이룬다. 페스의 메디나로 들어가는 골목은 매우 좁아서 시간 여행을 최대한 즐길 수 있다. 또한 이곳은 수많은 전통 장인들의 본거지다. 특히 가죽제품, 양탄자, 놋쇠제품, 도기, 목각 등 다양한 제품이 아직도 대부분 수작업으로 이루어진다.

메르조가

모래언덕이 이어져 마치 모래로 된 산맥과도 같이 보이는 에르그 셰비(Erg Chebbi)를 볼 수 있는 곳이다. 여러 개의 모래언덕들은 일출 때 특히 아름답지만 시간에 따라 분홍색에서 금색으로 변해 가면 장관을 이룬다. 깨끗하고 넓은 하늘 위로 아프리카에 서식하는 많은 새들이 한가로이 날아다니는 이 아름다운 사막은 영화 '미라'의 촬영지로도 유명하다. 근처에는 작지만 사하라 특유의 아름다운 마을이 형성되어 있으며, 대부분의 호텔에서 낙타 투어를 예약할 수 있다.

토드라 고르주

하이 아틀라스(High Atlas)의 마을인 티네히르(Tinerhir) 옆, 거친 돌산이 가장자리를 장식한 진흙벽돌집들과 울창한 종려나무 계곡의 가장자리에 모로코 최고의 장관이 있는데 바로 토드라 계곡이다. 300m가 넘는 곳에서 시작하여 가장 좁은 곳은 10m 안팎으로 끝나는 계곡, 수정처럼 맑은 물이 흐르는 곳이다. 주 계곡을 돌아보는 데는 반나절이면 족하지만 시간적 여유가 있는 여행자라면 티네히르까지 계곡을 타 보는 것도 좋다.

2. 스페인

극장식 무대 '타블라오'에서 열정적으로 플라멩코를 추는 무희.

001

집시의 춤으로 시작된 스페인 여행

도미노 데 산티아고를 걷는다.
프라도 미술관을 방문한다.
투우와 플라멩코를 본다.
해바라기 밭, 밀밭을 걸어 올리브 숲에 닿는다.
땀은 흘리겠지만 눈물은 흘리지 않는다.

'스페인에서 내가 하고 싶은 일'이란 제목의 메모를 읽는다. 여기서 더 바란다면 무엇일까? 한때 세계를 재패하던 나라의 수도 마드리드, 마드리드에 도착한 후 가장 먼저 알아 본 것은 투우와 플라멩코였다. 행인지 불행인지 스케줄상 투우는 시즌이 아니어서 일요일에만 문을 연다니 시간이 맞지 않았다. 대신 집시 춤 플라멩코는 매일 공연이 있어 다음 날 저녁 티켓을 예약하고 기다렸다. 디너가 포함되어 있었지만 피카소와 고야를 하루 종일 감상한 것이 6유로였다는 걸 생각하면 75유로(약 10만 원)는 나 같은 배낭 여행자에게 사치한 금액이 아닐 수 없었다. 식사 한 끼와 춤 잠깐 구경하는 데 10만 원 하면 조금 과하다는 생각이 들기도 했지만, 플라멩코의 본고장에 와서 단 10만 원으로 내가 그토록 바라던 작은 꿈 하나를 이룬다고 생각하면 그건 터무니없이 작은 금액이기도 했다. 예약이 끝나자 나는 돈 몇 푼의 의미에서 곧바로 자유로워졌다.

플라멩코를 즐길 수 있는 극장식 무대를 '타블라오'라 하는데, 아무 장식이 없는 이곳 평면 무대는 객석과 가깝고 또한 작아서 우리의 소극장을 연상시킨다. 시간이 되자 오십대의 두 남자가 손뼉을 치며 등장하고 곧이어 기타를 든 남자 두 명도 무대로 올라왔다. 무반주 노래가 시작되자 화려한 프릴이 달린 의상을 갖춘 세 명의 여자 무용수들이 연이어 무대로 등장, 낭창거리는 허리를 움직이자 간간이 기타 반주가 끼어들었고 춤은 규칙적인 리듬을 가진 손뼉소리에 맞춰 단조로운 음으로 이어졌다. 여자 무용수들이 나와 춤을 출 때 나머지 사람들은 뒤에서 반주 없이 노래를 부르거나 손뼉으로 박자를 맞추며 흥을 돋운다. 그때 가장 강렬한 소리는 마룻바닥에 발을 구르는 소리인데 시종 단조롭고 리드미컬한 리듬은 점점 빨라지는 음악에 맞춰 쉬지 않고 이어진다.

한 마디로 플라멩코는 혼을 움직이는 예술이지 단순히 몸으로 추는 춤만은 아니었다. 시간이 갈수록 관객의 호응도 높아지고, 무용수들은 온몸으로 무아지경에 들었다. 머리끝에서 발끝까지 그리고 창자까지도 함께 꿈틀거리는 듯한 열정이 느껴졌다. 몸을 비틀 때마다 무용수들의 땀이 흐린 불빛을 받아 객석까지 튀는 게 보였다. 그들의 호흡은 땅에 머무르지 않고 공중을 맴돌았다. 활화산 같은 에너지는 어디서부터 오는 것인지.

얼마 후 처음 멤버들이 퇴장하고 새 무용수들이 등장했다. 두 남자, 노장의 무용수와 젊은 무용수의 격정적인 동작들, 팔, 다리, 미세한 손가락의 움직임, 발구름, 회전, 그리고 혼이 시퍼렇게 살아서 꿈틀거리는 몸, 나는 그때까지 그토록 격정적인 남자의 춤을 본 적이 없었다. 여자들의 춤이 섬세하다면 남자들의 춤은 너무 역동적이어서 이성적인 단어로 표현하기 난해한 지독한 불꽃 같았다. 그런데 한 가지 의아한 것은 우리들이 꿈꾸고 상상했던 그 아름다운 무용수나 뒤에서 반주를 하고 노래를 부르는 사람은 한 둘을 제외하면 모두 나이가 꽤 들어 보인다는 점이다. 젊은이라면 그들의 힘든 삶을 기피하는 현상도 있겠지만 그보다 집시들의 음악과 춤은 원래 연륜이 깊을수록 빛을 발한다는 다른 차원의 의미가 있을 것이다. 무대 뒤에 서서 틈틈이 노래를 부르는 머리 긴 남자의 야릇한 목소리가 너무 질척거렸지만 그 질척거림에서 역겨움보다는 이상한 마력 같은 것이 느껴졌다. 살아 있는 집시의 혼이었을 것이다.

2시간이 지났지만 춤은 끝날 기미를 보이지 않았다. 내 테이블에는 한 잔도 비우지 못한 포도주가 병째로 놓여 있고 양고기 스테이크 역시 비위에 거슬려 한 입도 삼키질 못했다. 시간이 갈수록 몸은 플라멩코의 열기로 달아올랐지만 나는 끝까지 자리를 지키지 못하고 일어서야 했다. 마치 누군가 문 앞에서 기다리는 사람처럼. 거리로 나오자 비로소 숨이 트이는 것 같았다.

푸에르타 델 솔을 지나 마드리드의 중심인 마요르 광장에 갔다. 이 광장은 17세기의 오래된 건물로 둘러싸인 폭 94미터, 길이 122미터의 장방형으로 중앙에는 광장을 조성한 펠리세 3세의 동상이 있는 곳, 이곳은 크지도 않고 그렇다고 탁 트인 구조가 아니라 통로를 제외하면 3층 정도 되는 건물들이 사방으로 둘러쳐져 있어 시원함도 산만함도 없다. 바닥은 갖가지 돌로 모자이크가 되어 있어 여자들의 신발 끄는 소리가 경쾌하다. 무엇보다 사방으로 의자를 내 놓은 노천 카페들이 낭만적인 마드리드의 밤을 선사했다.

마요르 광장의 열기

솔 광장을 지나는데 거리에 내걸린 옷가게에서 체 게바라의 얼굴이 새겨진 티셔츠를 보았다. 유럽의 젊은이들에게도 체 게바라는 그렇게 살아 있었다. 밤의 마요르 광장은 마치 다른 차원의 세계처럼 화려하고 활력이 넘친다. 도처에 거리 공연이 이어지고 춤을 추는 사람, 노래를 부르는 사람, 퍼포먼스를 하는 사람, 초상화를 그려 주는 거리의 화가들, 사랑을 나누는 젊은이들 그들의 자유로움은 방종하다 못해 불량스럽기까지 하다. 하지만 그 불량스러움이 밉기는커녕 사랑스럽기만 하니.

조금 전 플라멩코 춤을 추는 극장에서 견딜 수 없어서 무작정 거리로 뛰쳐나왔는데, 음악소리가 나는 곳으로 가보니 한 남자가 작은 카세트에 음악을 틀어 놓고 혼자서 플라멩코를 추고 있었다. 머리는 길고 짝 달라붙는 실크 바지에 손목 끝에 화려한 프릴이 달린 블라우스를 입고 역시 구를 때 명쾌한 소리를 내는 구두를 신고 있었다. 주위에 빙 둘러 서 있는 사람들은 소리를 지르며 그의 춤에 빨려들었다. 나는 나도 모르게 그들 속에서 손뼉을 치며 소리를 지르고 그들의 호흡에 빠져들었다. 많은 사람들이 스페인의 플라멩코에 대해 지나치게 관광산업에 치우쳐 본래의 순수한 매력을 잃고 있다는 비판의 소리를 높였고 사실 내게도 그런 인상이 없었던 것은 아니다. 하지만 어두운 광장 한구석에서 보는 춤에서는 극장에서의 그것과는 다른 집시의 자유로움이 느껴져 비싼 돈을 지불하고 감상한 그 춤보다 훨씬 내 영혼을 달뜨게 했다. 그리고 극장에서 본 춤을 생각하면 이 춤 값은 아무리 많이 주어도 아깝지 않을 것 같았다. 그러니까 플라멩코는 추는 사람만 미치는 것이 아니라 보는 사람까지도 미치게 만드는 춤이다.

아무리 궁색한 여행자일지라도 그런 곳에 갈 땐 반드시 동전만 가져가지 말고 때론 지폐도 가져가야 한다는 것을, 마음에 드는 음악을 듣거나 공연을 감상하면 박수 외에 던져 줄 동전 몇 닢은 무대가 없는 가난한 거리의 아티스트를 위해 아끼지 않는 것이 좋다. 물론 감동한 만큼 그에 상응하는 사례를 하는 것은 혼신을 다해 열연한 가난한 아티스트에 대한 예의에 속하는 일이다.

스페인의 명배우 안토니오 반데라스와 올해 내한공연을 가진 호아킨 코르테스의 환상적인 플라멩코를 어찌 잊을 수 있을까. 귀에선 집시들의 손뼉소리와 발 구르는 소리, 한때 우리나라에서도 모 CF에서 어설펐지만 집시의 몸짓을 선보여 화재가 되었던 춤, 그 춤의 배경음악, David Bisbal의 'Buleria'가 오버랩되어 따라왔다. 누가 가르쳐 준 것도 아닌데 정신을 차리고 보니 바로 그 탤런트가 프릴이 달린 붉은 집시치마를 입고 추었을 것 같은 바로' 그 자리에 내가 서 있었다. 나는 플라멩코의 현란한 무대를 끝까지 지키지 못한 것을 후회했다. 그

후회는 산티아고 순례가 끝나면 후히 나를 대접하는 의미로 스페인 여정이 끝나는 그라나다에서 한 번 더 볼 결심을 하게 했다. 그 상상은 나를 행복하게 했다.

낮보다 많은 사람들이 광장을 메우고 있었고 여기저기서 젊은 연인들의 환호와 불 같은 포옹이 이어졌다. 나는 광장 구석에 앉아 늦은 밤 마드리드 식지 않은 열기에 혼이 나가 있었다. 얼마 전 폭탄 테러로 세계를 경악하게 했던 아토차 역을 지나 숙소로 돌아오는 내가 한없이 작아 보이기도 했다.

그 밤 나는 노련한 남자무용수와 혼을 사르는 몸짓으로 춤을 추었다. 눈을 떠 보니 시트가 땀으로 젖어 있었다. 창을 열고 베란다로 나가자 새벽 4시에도 집으로 돌아가지 않는 젊은 연인들이 가로등 밑에서 여전히 키스에 빠져 있다. 제기랄! 저 지독한 키스 중독자들! 스페인의 연인들은 키스 때문에 아무 일도 못할 것 같았다. 그러다가 다시 정신을 다듬는다. 그렇지 여기가 바로 '정열'을 빼고 말할 수 없는 나라 스페인이었지. 나는 또 한 번 꿈에서 깨어나고 있었다.

서점에서

시내를 걷다가 이끌리듯 서점으로 들어갔다. 내가 찾고자 하는 책은 1층에서 2층으로, 2층에 가면 3층에 가 보라고 하고 3층에 가면 다시 1층에 가서 찾아 보라고 한다. 결국 나는 3층 구석 자리에서 책 한 권을 손에 넣었다. 카미노 데 산티아고의 상세한 루트가 나온 지도가 달린 책이었는데, 짐을 늘려선 안 되는 상황이라 사지는 못하겠고 그냥 필요한 정보를 잠깐 베끼기만 할 참이었다.

버릇대로 코너 바닥에 앉아 찾던 정보 몇 줄을 메모지에 옮겨 적고 있을 때였다. 뚱뚱한 여자 직원이 한 사람도 아니고 두 사람이나 달려와서 뭐라고 떠들기 시작했다. 스페인 여자들은 고객에게도 이렇게 정열적이구나, 그렇게 생각할까 했지만 그건 아닌 듯했다. 서점 안에 있던 사람들이 나와 직원을 번갈아 가며 알 듯 모를 듯한 미소를 지원했는데 적군 같기도 하고 아군 같기도 했다.

결론은 스페인에서는 서점에서 책을 볼 수는 있지만 베껴 쓸 수는 없다는 이야기였다. 나는 몰래 쌀가마니에 들어가 맘 놓고 쌀을 맛보다가 들킨 쥐새끼 같았다. 얼떨결에 몰라서 그랬다 죄송하다는 사과와 동시에 펜을 멈추고 메모지를 덮었지만 점원은 여전히 일방적으로 떠들어 댔다. 좀 답답했지만 나는 그의 말을 알아듣지 못하고 그는 내 말을 알아듣지 못하니 어쩔 수 없는 노릇이다.

그때 베껴 쓴 단 세 줄의 자료가 열흘간의 카미노 데 산티아고 여정에 적지 않은 도움이 되었다는 것이 그나마 위안이 되었다. 예전엔 책 도둑이 많아 서점이 골머리를 앓았다고 하는데 몇 줄 참고자료도 허용하지 않는 제재가 어찌 보면 당연한 일이지 싶기도 하다. 여행이 막바지였다면 책을 샀을 텐데 그렇게 하지 못한 것이 내내 아쉬웠다.

집시 Gypsy와 보헤미안 Bohemian

스페인 안달루시안 지방에서 전래된 민속음악과 무용으로 15세기 이후 처음에는 세빌리아와 그라나다 등의 도시에서 활동하다 나중에는 바다나 강의 가까운 저지대의 상공업 지역에서 활동하던 집시들이 노래와 무용에 영향을 받으면서 발전했다.

플라멩코 춤을 관람할 수 있는 극장을 타블라오라 한다. 이 춤은 팔을 흔드는 프라세오라는 동작, 손과 손가락의 움직임, 사파데아드 또는 사페테오라는 발의 움직임이 중심이 된다. 기타소리와 딱딱한 굽의 구두를 신고 바닥을 구르는 발소리, 격한 리듬에 맞춰 하늘로 손을 뻗는 손동작 발동작은 그들만의 독특한 화음까지 보태어 열정의 정점을 보여준다.

우아한 움직임을 보통 파세오라 한다. 그러니까 투우사가 입장하는 행진도 파세오에 속한다. 연기자는 매 순간 격한 움직임을 멈추고 포즈를 취하는데 이는 데즈프랑데라고 하며 당당한 모습과 순간의 미를 표현하는 말이다.

의상의 경우 남성은 소매에 레이스가 있는 상의에 꽉 끼는 조끼와 바지를 입으며, 여성은 주름이 많고 긴 치마를 입는다. 캐스터네츠를 반주 악기로 이용해서 춤추기도 하며, 반주가 이어질 때는 박수를 치며 추임새로 '오~레이(잘한다)'를 외친다.

기타는 플라멩코에서 빠질 수 없는 악기다. 손가락 끝을 줄에 대고 연주하는데, 연주자는 기타 본체를 오른손 손가락으로 두드리며 악센트를 준다. 리듬은 스페인에서 볼 수 있는 민속무용과 공통적인 것이 대부분으로 주로 3박자지만 탱고와 플라멩코는 2박자 리듬이다.

집시(Gypsy)는 유랑민을 뜻하지만 보통 어떤 안주도 구속도 거부하는 자유로운 영혼을 가진 사람을 뜻한다.

그러나 우리가 알고 있는 보헤미안(Bohemian)과 집시는 다르다.

보헤미안은 프랑스나 체코에 거주하던 집시를 가리켰으나 현재에 이르러선 보다 포괄적인 용어로 쓰인다. 자유분방하고 그들의 노래와 춤으로 생계를 잇는 유랑민족을 집시라 한다면 보헤미안은 집시 족을 포함하고 예전 미국을 휩쓸던 히피(hippie) 족을 포함한 더 크고 넓은 개념이다. 히피와 집시는 기존의 제도를 무시하고 자유로운 생활을 모토로 새로운 변화를 거부하며 무소유 무노동을 주장한다.

이들은 자연의 모든 것은 인류에게 동등하게 부여된 것은 공유해야 한다고 주장한다. 생활고에 시달리는 일부 집시들은 유랑을 하다가 남의 물건을 훔치기도 하는데 그 또한 공동소유의 개념으로 해석하기 때문이다. 사정이 이러다 보니 토착민들에겐 그들 집시들이 일하지 않고 그저 먹으려는 사람들로 눈에 가시나 다름없는 것도 사실이다.

마드리드 벼룩시장

마드리드의 벼룩시장만큼 활기찬 시장도 드물다. 산 이시드로 남쪽 사원 카스코로 광장에서 톨레도 거리에 이르는 리베라 데 쿠르티도레스 거리 일대는 일요일에는 각종 노점상으로 장사진을 이루어 발 디딜 틈이 없다. 옛날 도자기, 은제품, 놋쇠제품, 군영제품 등 없는 것이 없다. 매우 혼잡하므로 소지품 관리에 각별히 조심해야 한다.

마드리드 기차역 및 지하철

차마르틴 역, 아토차 역, 프린시페 피어 역 등 세 곳이 있는데 차마르틴 역은 시내 북쪽에 위치해 있으며 프랑스나, 포르투갈 방면, 국제역차의 기착점, 바르셀로나 스페인 북부도시로 향하는 열차들이 많다. 아토차 역은 레티로 공원 남쪽에 위채해 교통이 편리하다. 톨레도나 세고비아 같은 마드리드 근교 철도의 발착역인 아토차 세르카니아스 역과 안달루시아 지방 등 스페인 남부 도시로 가는 초특급 열차 아베나 특급 탈고가 발착하는 푸에르타 데 아토차 역으로 나뉘어 있다. 프린시페 피오 역은 주로 노르테 역으로 불리며 규모가 작아 갈라시아 방면으로 떠나는 열차가 많다. 한편 지하철은 총 127개 역 10개의 노선으로 연결되어 있으며 색깔별로 구분되어 있어 이용이 편리하다. 또한 마드리드 지하철역 방송 안내를 들어 보면 남자와 여자가 번갈아 가며 안내를 하는데 다음 정류장은 남자목소리로, 환승역의 경우 노선번호 등은 여자 목소리로 안내한다.

프라도 미술관에서 작품을 감상하고 있는 필자.

002

프라도 미술관

프라도 미술관, 그리고 피카소 「전통과 아방가르드」

여름의 정점이다. 마드리드 바라하스 공항의 태양은 뜨겁다. 스페인은 우리의 의식과 지도상에서 유럽 대륙에 속한 국가이지만 실상은 북아프리카와 맞닿아 있는 태양의 나라다. 그랑비아. 택시를 탔다. 오전 5시가 조금 넘어 떠오른 태양은 밤 9시가 되어서야 그 열기를 지평선 너머로 가져갔다. 공항을 출발한 택시가 아토차 역을 지나던 순간, 스페인 태양이 빚어 낸 녹색 가로수 사이로 환하던 황금빛 입간판.

Tradicion y vanguardia=Tradition and Avant-garde

여러 해 전 파리의 피카소 미술관과 오르세 미술관에서 적지 않은 수의 피카소 작품을 관람하였으나 무언가 모를 목마름, 혹은 허전함이 있었다. 이번 여행에는 바르셀로나와 그곳의 피카소 미술관이 일정에 없었다. 소피아 미술센터의 〈게르니카〉를 생각지 않은 것은 아니나, 프라도 미술관의 엘 그레코, 무리뇨, 수르바란, 벨라스케스, 루벤스, 고야가 우선이었다. 그런데 피카소를 프라도 미술관에서 만날 수 있다는 것은 뜻밖의 행운이다. 미술관 입구 보안 검색대를 통과하며 나는 피카소의 〈게르니카〉 이미지를 집요하게 재현하여 정신분석학적인 작품들을 발표하였던 뉴욕 화파의 대표적인 화가 잭슨 폴록의 넋두리를 기억했다.

"나쁜 놈! 건드리지 않은 게 하나도 없어!"

한 편의 그림을 이해한다는 것은, 우리가 그 그림의 공간 속으로 들어가는 것

프라도 미술관 전경.

이 아니라, 오히려 회화의 공간이 특정하고도 다양한 곳들에서 우리를 향해 돌
진해 나오는 것이리라. 그 공간은 감상자가 아주 중요한 과거의 경험들을 찾을
수 있는 각도와 구석을 마련해 두고 있는 것이었다. 그러나 그림은 속속들이 자
신의 내면을 해체할 수 있는 용기와 능력을 지닌 자에게만 열리는 입체의 성곽
이 아니던가.

피카소가 즐겨 다룬 주제의 하나는 여성의 누드였다. 화가의 환상과 욕구를
표현하는 대상으로서의 여성의 누드는, 하나의 평면 위에서 인체의 다양한 측면
들을 동시에 보여주며 내밀한 쾌락의 장소들을 찬양하는 데 쓰인 고유 수단이었
을 것이다. 피카소의 〈누워 있는 누드〉는 고야의 〈발가벗은 마하〉의 구도를 그
대로 옮겨 놓은 구불구불한 선들과 결합된 부드럽고 조화로운 색체들이 새로운
조형언어를 만들어낸다. 누드화에 있어서도 피카소는 선배 화가들의 누드화를
떠올리게 한다. 그러나 고야의 〈벌거벗은 마하〉에 비해 피카소의 〈누워 있는 누

드〉는 인체에 대한 해부학적 탐구가 우선적이라는 점에서 아방가르드적인 특성을 보인다고 하겠다. 마네의 〈풀밭 위의 점심〉을 변형시킨 피카소의 〈(마네의 작품에 기초한) 풀밭 위의 점심〉은 발견자, 혹은 탐구자로서의 눈부신 창의력이 감상자의 외설적인 시선을 거두고 있다.

서양미술사가 새로운 창조의 단계를 맞이하기 위한 혼돈의 절정 시기, 피카소는 굴강한 예술혼으로 돌연히 그 시대 서양 회화의 한복판을 꿰뚫었다. 어느 유파를 떠나 자신의 예술세계를 끊임없이 펼친 피카소를 뒤로 하고 나는 벨라스케스의 동상 앞에 앉아 T. S. 엘리엇의 「전통과 개인의 재능」을 생각했다. 시인이건, 어느 분야의 예술가이건 혼자서 완전한 의의를 갖는 자는 없다. 그런 의미에서 피카소 탄생 125주년과 〈게르니카〉 스페인 귀환 25주년을 기념하기 위해 2006년 7월 6일에서 2006년 8월 3일까지 열린 프라도 미술관의 전시회는 예술적 방법의 강렬성, 즉 예술적 용해작용을 일으키는 천재의 강렬성이란 무엇인가를 관람자에게 알려 준 기획전이었다.

어쩌면 예술은 가장 강력한 사랑의 표현인지 모른다. 피카소는 무엇이 사랑을 단련시켜 완성에 이르게 하는지를 회화에서 찾으려고 했던 것 같다. 어떤 사랑도 시간이 지나면 변하듯, 화가는 어떤 회화적 전통도 완성이라고 믿을 수 없었기에 자신의 회화를 거침없이 부정하고 파괴하여 새로운 회화를 전개할 수 있었을 것이다. 피카소에게 사랑은 창조를 위한 파괴의 실천은 아니었을까. 그러나 창조자는 철저한 파괴자이기에 고독했을 것이다. 자신이 사랑했던 것을 경멸할 수밖에 없었던 자가 아니라면 사랑에 대해 무엇을 알겠는가. 피카소는 무겁고 인간의 우울한 증오와 폭력, 우리 삶을 무겁게 만드는 것들을 해체하는 전위성으로 참신한 예술을 탄생시켰다. 비눗방울처럼, 나비처럼. 가볍고 어리석어 잘 움직이는 귀여운 것들이 날아오르고 떠오르는 표면에서 그의 예술은 전통과 만나고 결별하면서 완성을 향해 스스로 전위성을 갖지 않으면 안 되었을 것이다.

그러나 충격이란 이렇게 언사로 해결될 성질의 것이 아니다. 우리는 현대 문명의 삭막한 현실을 살면서 문명이란 무엇인가를 묻지 않을 수 없다. 완벽하고 고통 없는 세상을 향해 문명은 진보한다지만 중요한 '사랑'이 빠져 있다면 인간을 더 이상 인간이라 부를 수 있을까. 서로의 영혼과 영혼이 맞부딪치는 '사랑'을 잃은 인간의 모습을 과연 진화라 할 수 있을까. 몸이 떨린다. 소름 돋는 세상이다. 사랑할 필요가 없는 세계, 사랑을 찾기 힘든 시대는 절망이 있을 수 없기에 고통도 없다. 지금도 끔찍하지만 사랑을 해야 할 이유가 없는 미래는 더 끔찍할 것이다. 두 시대의 중간에서 살아가는 지금의 나는 과연 무엇을 해야 하는 걸까. 사랑하자. 더 늦기 전에 몸이 아닌 마음으로 확인하는 사랑을 찾자. 사랑만 하고 살기에도 짧은 인생, 조금이라도 젊었을 때, 하루라도 더 남았을 때, 늦기 전에 사랑하자. 사랑이 인류에게 남은 최후의 보물이니까라고 말하는 피카소(〈자화상〉)의 눈은 슬퍼 보였다.

그의 영혼이 푸르다면 나는 볼 수 있을 것이다. 그의 영혼이 투명하다면 나는 볼 수 있을 것이다. 그의 영혼이 맑다면 나는 느낄 수 있을 것이다. 그러나 그의 영혼이 날카롭다면 나는 상처받을 것이다. 나는 그의 영혼을 아름다움이라고, 부드러움이라고 말한다. 나는 그의 회화적 감각을 선이라 믿는다. 그러나 나는

그의 영혼으로부터 너무 멀리 떨어져 있다. 스페인의 화염에서 태어난 그는 일식의 병을 앓고 창작품을 남겼다. 영혼의 푸른 바다에는 태양조차 청색이었을까. 피카소의 청춘은 청색시대에 슬픔과

고통으로 태어났는지 모른다. 자유란 유랑의 아픔이고 도전이면서 생의 곡예짓이어서 장밋빛 시대는 광대의 희롱으로, 새로운 시대를 선도하는 아이의 마음으로 타올랐을 것이다. 피카소의 영혼이 전통을 가장 거짓된 것으로 부정했을 때, 그는 스페인과 선배들의 회화 전통을 십자가에 못을 박을 수 있었을 것이다. 회화의 전통에서 기꺼이 죽었으나, 피카소는 아마도 전통을 부정할 수 없었기에 가장 아방가르드적인 입체주의 회화를 창조할 수 있었을 것이다. 다시 한 번 죽기 위해 살아났을 때, 그는 살아 있는 신화가 되어 대가들의 작품을 변형시킬 수 있었을 것이다.

날은 벌써 어두워졌다. 창가에 기대 코엘료의 『순례자』를 읽는다. 때가 되면 누구나 길을 떠난다. 그리고 그 길 위에 당신을 기다리는 사람이 있다. 생의 시간을 건너는 일은 상상도 못했던 예감으로 가득 찬 모험의 연속이다. 마드리드의 밤, 나는 피카소가 추구했던 창조적 열정도 산티아고 콤포스텔라 그 은하수를 따라 걷는 여정도 신비로운 슬픔을 관통하는 화살과 같다는 생각을 했다. 기분 좋은 피로감이 밀려왔다. 마드리드의 밤하늘은 오늘보다 더 아름다울 수 없을 테고, 앞으로도 없을 것이란 생각을 했다. 우리 모두가 그래야만 하듯이 공기는 맑고, 부드럽고, 힘이 넘쳤다.

003

투우

택시 기사가 묻는다. 여기가 라스 벤타스 투우장인데 아느냐고, 나는 몰랐지만 아는 것처럼 고개를 끄덕인다. 스페인에 와서 투우를 생각하지 않는 사람이 있을까? 그건 불가능처럼 느껴졌다.

나도 다른 여행자들과 마찬가지로 한 번쯤은 투우장에 가 보고 싶었다. 소가 어떻게 몸부림치다가 쓰러지는지를 보기 위해서가 아니라 사람들이 어떨 때 탄성을 지르고 환호하는지를 보기 위해, 그리고 스페인 사람들에게 따라다니는 정열이라는 수식어의 진원을 그곳에서라면 알 수 있을 것 같아서.

스페인의 투우는 목축업이 많은 지리적 특성상 목축의 풍요를 기원하기 위해 신에게 수소의 몸을 제물로 바치는 희생 제의에서 출발했다고 한다. 거기에 죽음의 미학이 가세했다고 하지만, 그것은 소의 일방적인 죽음만은 아닌 것으로 보인다.

투우사를 보호하기 위한 장치로 다섯 명 혹은 그 이상의 보조 투우사를 투입하여 확률은 낮지만 투우사의 목숨도 소와 다를 바 없으므로 긴장하지 않을 수 없다. 그래서인지 투우사의 복장은 가장 화려하면서도 사치한 것이 허용된다고.

투우는 우선 소를 끌어내 붉은 천(muleta)을 들고 흔들어 이리저리 뛰게 하여 소를 화나게 하고 기운이 빠지도록 바람을 잡는 사람과 장창잡이(Picador), 단창잡이(banderilero)가 번갈아 가며 창을 꽂고 소의 분노가 극에 달하고 기력이 쇄할 무렵, 잘 다듬어진 몸매에 짧은 재킷과 딱 붙은 바지와 신발과 모자를 갖춘 화려한 투우사(matador)가 등장하면 그때부터 막바지 약 30분 정도가 투우의 클라

이맥스다.

여기저기에 형형색색의 탄창을 꽂고 길길이 날뛰는 소의 몸부림과 거품을 물고 본능적으로 달려가 사람이든 벽이든 박아야 하는 소의 분노를 아무 동요 없이 볼 수 있는 사람이 있을까. 온몸에 창이 꽂히고 상처를 따라 흘러내리는 붉은 피를 보는 일은 차마 못할 노릇 같기도 하다.

긴박하고 아슬아슬한 순간이 거듭될수록 사람들은 열광하고 그 열광에 힘입어 투우사도 갈고 닦은 기량을 유감없이 보여준다. 투우사의 목숨을 담보로 하고 있기는 하지만 그 속에는 일방적으로 사람에게 유리하도록 짜 놓은 각본과 그 각본을 위장한 이기심이 숨어 있다. 어찌 보면 뻔한 게임에 발을 동동 구르고 환호하는 사람들, 창을 심장에 겨누고 마지막 한 방으로 숨통을 명중하면 거품을 물고 헐떡거리며 몸부림치다가 드디어 쓰러지는 소, 그렇게 하여 승리했다고 환호하는 인간의 승부욕과 이기심을 대리 쾌감으로 채우기에 나는 너무 심약한 사람이다.

일방적인 게임에 어떤 희열이 있겠는가, 분노도 피도 저항도 대본에 있었는데, 그러나 보상 없는 죽음이란 없는 법, 그렇다면 주검으로 땅에 엎드린 소에게는 어떤 보상이 있을까.

투우장 가득 팡파르가 울려 퍼지고 투우사는 쓰러진 소의 뿔로 축배를 잔을 들고, 극도의 분노로 치를 떨다가 생을 마친 소는 육질의 탄력 때문에 맛이 더욱 기가 막히다 하여 그 소는 고가로 팔려 간다고 하니 그날 저녁 식탁에 인간의 이기심에 노리개가 된 소고기를 씹으며 거듭되는 축배로 쾌락을 확인하는 욕심이란.

나는 투우장에 가지 않았다. 아니 못 갔다. 누군가 나를 투우장에 갈 수 없도록 짜 놓은 스케줄에 감사하며 홀로 투우장 앞을 유유히 지나만 갔다. 빈 투우장에서 인간의 함성소리가 귀를 찢으며 달려들었다.

익나시오 산체스 메히아스, 나는 전설의 인물을 떠올렸다. 너무나 푸른 나이에 투우장에서 생을 마친 그를 애도한 카르시아 로르카의 시 한 구절이 폭풍처럼 나를 스친다. '나는 그걸 보지 않겠다!'

투우, 문화라 하기엔 터무니없는 한 편의 이기심과 폭력과 그 뒤에 오는 살생, 그래서 나도 끝내 그것을 보지 않았다.

004

친구와 고흐의 해바라기

스페인의 북부 도시 팜플로냐(Pamplona).

레온에서 다시 기차를 갈아타고 이곳까지 왔다. 늦은 저녁 메모를 하려고 노트를 펼쳐 날짜를 확인하는데 7월 27일이다. 7월 27일. 무슨 일일까. 내 몸이 이 숫자에 민감하게 반응을 한다. 하루 종일 달리는 차창 밖으로 눈이 아프도록 본 것이 추수가 끝난 밀밭 주변으로 끝없이 펼쳐진 해바라기 밭이어서 마음으로 수많은 해바라기들의 머리를 부드럽게 쓰다듬다가 손끝에 간지러움을 느끼기도 했는데, 세상에, 이토록 넓은 땅에 이렇게 많은 해바라기를 한꺼번에 보다니!

오늘 내가 본 해바라기(꽃말은 그리움. 아주 옛날 바다의 신에게 '그리다'와 '우고시아'라는 이름을 가진 두 딸이 있었다. 이들은 해가 지고 난 후부터 동이 트기 전까지만 연못가에서 놀도록 허락을 받았다. 어느 날 놀기에 정신이 팔려 해가 뜬 것도 모르고 놀다가 태양의 신 아폴로가 빛을 발하자 지금까지 보지 못한 황홀한 광경을 보았다. 언니는 자기만 아폴로의 환심을 사려고 동생이 규율을 어겼다고 모함을 했지만, 마음씨 나쁜 언니를 아폴로는 거들떠보지도 않았다. 언니는 아홉 날 아홉 밤을 선 채로 그의 사랑을 애원했지만 뜻을 이루지 못하고 발이 땅에 뿌리를 내려 한 그루 꽃으로 변한 것이 해바라기다)의 집합은 실로 경이로운 면적을 가지고 있었다. 꽃이 아름다운 건 순전히 비극적인 전설 때문이라고 말했을 때 나는 쉽게 수긍하지 않았다. 그런데 지금 생각하니 그건 틀린 말이 아니다.

누가 말했던가. '삶은 고통이 있어 신성하고 아름다운 거'라고. 특별히 내 마음이 그를 끄집어내려고 하지는 않았는데 자꾸만 그가 삐져나왔다. 빈센트 반 고흐(Vincent Van Gogh, 1853-1890), 한 화가의 이름만으로도 줄줄이 달려 나오는 단어들 서른일곱의 짧은 생애, 실패한 사랑, 누구도 알아주지 않는 그림, 그래서 평생 그를 따라다닌 궁핍, 열정, 광기, 질병, 예술, 음습한 밤과 그늘의 이미지들, 그의 마음을 사로잡았던 친구 고갱, 애증, 그의 후원자였던 동생 테오, 고독, 외로움, 태양 그리고 해바라기.

자신을 '새장 속에 갇힌 새' '총살에 직면한 광견병에 걸린 개'로 표현하기도 했던 고흐, 결국 동생 테오의 품에서 삶을 마감했던, 테오에게 진 빚은 영혼을 팔아서라도 갚고 싶어했던 평생 가난했던 그림쟁이, 생전에 주목을 받지는 못했지만 〈감자를 먹는 사람들〉에서 보여주는 우울한 풍경을 사람들은 그의 내면세계를 유감없이 보여주는 명작으로 꼽는 데 주저하지 않는다.

고갱과의 다툼 끝에 자신의 귀를 자르고 그걸 싸서 창녀에게로 달려가야 했던 그를 단순한 광기로 몰아붙일 수는 없는 이유라면 '고통은 광기보다 강하다'는 것.

나는 고흐가 자신의 목에 방아쇠를 당긴 날을 너무나 뚜렷이 기억하고 있었다. 7월 27일. 그것은 내가 좋아하는 숫자 두개가 겹쳐 있는 날이기도 했다. 그리고 고흐를 떠올리면서 지금은 이 세상 사람이 아닌 한 친구를 생각했다. 메모지에 날짜를 확인하면서 낮에 보았던 해바라기로 인해 동시에 떠오른 두 사람, 우연치고는 정말 고통스러운 우연이었다.

내 친구는 아프고 우울한 고흐를 좋아했다. "그만한 광기도 없이 어떻게 그 힘든 그림을 그려!" 그는 그렇게 고흐의 고통스런 삶을 자신의 영혼처럼 아파했다. 귀를 자르면서까지 자신에게 반항하고 싶은 그의 처절한 몸부림을 친구는 증오할 수가 없다고 말했다.

친구는 담백하면서도 기교가 없는 고흐의 해바라기 그림을 좋아했고, 나는 〈귀에 붕대를 감은 자화상〉이나 사회에 대한 비판을 담고 있는 〈감자 먹는 사람들〉 혹은 바람에 살아서 펄펄 날을 것 같은 짙푸른 '사이프러스'를 좋아했다.

언젠가는 내가 아끼는 크리스털 화병에 큰 해바라기 한 송이를 탁자에 꽂아 두

북쪽으로 올라갈수록 기다리는 건 끝없이 펼쳐지는 해바라기 밭이다.

었는데, 마침 함께 차를 마시다가 해바라기 꽃을 들여다보던 그가 내뱉은 말, '해바라기 속에 고흐가 있네!' 그 뜬금없는 한마디에 '또또…' 하며 나는 눈을 흘겼다. 그날 친구는 그 꽃을 신문지에 둘둘 말아 자기 집으로 가져갔다. 그후 심심하면 나는 그를 해바라기 도둑이라고 놀렸고, 그는 고흐가 자기 것이니 가져가라고 했다고 말했다.

어느 날 느닷없는 친구의 한 마디,

"나 말이야, 아주 넓은 해바라기 밭에 들어가 딱 한 번만 실컷 울었으면 좋겠어!"

어느 해 깊은 겨울 친구가 떠났다. 그가 지상에서 사라졌다는 걸 내 머리는 알고 있었지만 몸은 알지 못했다. 가혹한 일이었다. 나는 동전지갑을 잃어버린 게 아니었다. 친구와 나만 아는 비밀의 방문을 열 수 있는 단 하나뿐인 키를 깊은 바다에 빠뜨린 것이다.

해바라기, 7월 27일

친구가 떠난 지는 12년, 고흐가 떠난 지는 216년이 지난 오늘 하루 나는 생애에서 가장 많은 해바라기 밭을 지나왔다는 걸 일기를 쓰면서 알게 되었다. 그리고 그때서야 내 몸이 왜 그토록 민감하게 해바라기에 반응했는지 알 것 같았다.

이 우연한 일치를 정신이 아닌 몸이 캐치해 준 것은 놀라운 일이다. 친구가 있다면 수만 평의 해바라기 밭을 통째로 빌려 선물할 수도 있을 텐데, 그게 아니라면 해바라기 밭가에 앉아 고흐의 해바라기 그림이 담긴 엽서라도 한 장 적어 안부를 전할 텐데.

그러니까 오늘은 고흐가 자신의 머리에 방아쇠를 당긴 날이고, 그가 숨을 거둔 것은 이틀 뒤인 7월 29일이다. 나는 며칠 더 이곳 북 스페인에 머물 예정이고 여기에 머문다는 것은 곧 해바라기와 함께한다는 약속이니, 여기 머무는 동안은 짧은 생을 살다 간 친구도 고흐도 뗄 수 없는 존재가 되어 버렸다.

고흐가 죽기 2년 전부터 지내며 해바라기 그림을 집중적으로 그렸다는 남 프랑스 아를은 지금의 팜플로냐에서 마음만 먹으면 한달음에 달려갈 수 있을 만큼 가깝다. 그는 〈열네 송이 해바라기〉 외 열두 점의 해바라기 작품을 남겼다. 그의 초상화를 제외하면 같은 소재를 가장 많이 다룬 작품이기도 하다. 해바라기 연작들은 섬세하면서도 대담하고 황색과 군청색 등 고흐만의 색감이 잘 살아나 있다.

살아 있는 것 자체를 고통으로 표현한 '어둠의 화가' '고통의 화가' '태양의 화가' '영혼의 화가'라 불리는 빈센트 반 고흐, 바로 그가 자신을 향해 방아쇠를 당긴 7월 27일, 나는 친구도 없이 혼자 여행을 떠나 조용히 홀로 고흐가 바라보았을 낮은 구릉 너머로 끝없이 펼쳐진 해바라기 밭을 바라보고 있다.

이렇게 생은 덧없다.

005

라라소냐의 아침

많은 것을 상징하는 것 중 하나는 문(門)이다.

문을 통해 가족의 수, 경제적인 수준, 주인의 성격, 좋아하는 색과 성향 등등

산티아고로 가는 길목의 작은 마을에서 눈을 뜬 새벽.

슬리퍼를 질질 끌며 산책하는 시간은 부푸러기처럼 가벼웠고 행복했다.

고양이와 강아지가 뒤를 따라다녔지만 어느 녀석도 소리내어 컹컹거리지 않았다.

부지런한 마을 아주머니가 밤새 만든 바게트를 자전거 가득 싣고 다니며

주인의 잠을 방해하지 않으려는 듯 대문에 걸어 둔 주머니에

종이에 싼 빵을 조심스럽게 넣어 두고 갔다.

빵이 하나가 있는 집은 노인이 혼자 사는 집이고

두 개가 있는 집은 아마 내외가 사는 집일 게다.

일찍 잠이 깬 할머니가 꽃무늬 에이프런을 두르고 나와

빵을 들고 들어가며 살짝 미소를 지어 주셨다.

곧이어 할아버지가 나와 화분에 물을 주고 마당에 비질을 시작했다.

나는 아침마다 대문에 걸린 작은 빵 주머니에서 그들의 행복을 읽었다.

프랑스 생장 피드포르로부터 순례의 종착지인 산티아고 콤포스텔라(Santiago Compostela)까지는 도보로 30일에서 40일 정도가 걸린다. 마드리드에서 산티아고에 대한 정보를 수집한 후 플라멩코와 피카소 고야를 보고 출발을 서둘렀다. 카미노 데 산티아고의 시점인 프랑스 생장 피드포르까지 올라가고 싶었다. 어차피 전 구간을 걷지 못할 바에야 자동차라도 그 시점에 서 보고 싶었다. 그것이 어렵다면 스페인의 북쪽 시점인 란세스빌라스(Roncesvalles)까지라도 가 보고 싶었지만 교통편이 허락지 않았다. 레온(Leon)-브르고스(Burgus)-빅토리아

(Victoria) - 로그로노(Logrono) - 에스텔라(Estela) - 팜플로냐(Pamplona)까지 기차로 이동했다.

팜플로냐에서 차편이 끊어져 가까운 라라소냐까지 택시(15유로)로 이동, 30여 가구가 소로 양편으로 있는 평온한 마을 라라소냐 안내소는 오후 6시까지 마을 사람들이 운영하며 숙소 알베르게와 각종 여행 정보를 제공해 주었다. 마드리드에서 레온을 거쳐 이틀에 걸쳐 라라소냐까지 간 셈이다. 어차피 배낭을 지고 걷는 일이 불가능하다면 조금 더 여러 구간을 세분화하여 버스나 기차를 이용하고, 걷는 것은 산티아고를 향해 걷는 순례자들이 쉬어 가는 구간에서 짐을 풀고 그 주변 성당과 마을을 돌아보는 것으로 결론을 내렸다.

겨울은 너무 춥고 지금 같은 여름은 한낮의 태양이 너무 뜨거워 걷기 좋은 때는 봄과 가을이라는 말이 벌써 실감이 났다. 그리고 자기 자신과의 깊은 만남을 원한다면 물론 걷는 시기도 중요하다는 걸 생각하게 된다.

라라소냐까지 가는 동안 나는 유럽의 오래된 성과 성당과 마을들에게 마음을 빼앗겼다. 사람 사는 마을이 저렇게 아름다울 수도 있구나, 나는 지팡이를 들고 산티아고를 향해 넓은 들판 사이로 가느다란 길을 묵묵히 걸어가는 순례자들을 보며 작은 탄성을 질렀다. 아, 저 길이구나. 화살표 모양의 노란 조개그림이 길을 안내하는 곳, 어떤 이가 세상에서 가장 안전하고 평화로운 축복의 길이라고 명명했던 바로 그 길, 걷다 보면 수많은 순례자와 그 순례자들이 세운 십자가를 만나는 곳, 오래된 성당과 사제복을 입은 신부와 나이든 수녀님들이 반겨 주는 곳, 신의 뜻대로 살고자 하는 사람들이 걷는 길, 자아를 찾고자 하는 이들이 걷는 길, 세상 밀밭과 해바라기와 올리브 나무가 한 자리에 모여 있는 그 길, 나는 달리는 차 속에서도 그 잔잔한 아름다움을 놓치지 않으려고 창밖에서 눈을 떼지 못했다.

나는 순례자들이 묵는 알베르게를 이용하지 않기로 마음을 굳혔다. 그것은 힘

순례자를 위한 마을 입구 펜션을 안내하는 성 야보고 조각상.

들게 걷는 순례자들에 대한 예의가 아닌 것 같아서였다. 대신 개인이 운영하는 마을의 홈스테이나 펜션, 작은 호텔을 이용하고 식사는 그때그때 적당히 해결하기로 마음을 굳혔다. 그러나 카미노 데 산티아고에서 걷는 것을 제외하고 내가 찾을 수 있는 즐거움이란 한계가 있었다. 사실 한국을 떠날 때 행여나 하는 마음이 없었던 것은 아니지만 현재의 몸 상태로 짐을 질 수 없다는 걸 알고 있었고 짐을 질 수 없다면 자동차로 이동하여 가까운 곳을 보다 세밀하게 도보로 즐기는 방법을 택한 것이다.

싱글 침대 하나가 16유로인 펜션은 2층집으로 5개의 방이 있었다. 정기 버스가 다니지 않아 택시를 이용해야 하는 번거로움이 있지만 택시비가 아깝지 않을 만큼 조용하고 한적한 마을이다. 숙소 주인은 방을 안내해 주고 다음 날 떠날 때 키를 현관 박스에다 두고 가라는 말을 남기고 사라졌다. 적어도 내일 오전까지는 돌아올 수 없고 집은 그때까지 비어 있을 거라고 했다. 뜨내기 여행자에게 키를 통째로 맡기고 알아서 하라는 말 속엔 얼마나 큰 신뢰가 숨어 있는지, 여행자 증명서에 스탬프를 원하느냐고 묻기에 아니라고 답했다. 그분 외에 내게 누가 무슨 권위로 확인 도장을 찍어 준다는 말인가.

마을 산들은 활엽수와 침엽수가 울창했다. 집집마다 뜰은 푸르고 장미와 수국이 담을 넘고, 소로를 따라 양편으로 늘어선 석조와 나무를 이용한 중세기풍의 가옥들은 단정한 품새로 보존이 되어 있었다. 창마다 화초를 내걸어 투박한 돌의 질감을 완화시키고 색감에 조화를 주어 아름답다. 골목마다 고양이들이 놀

고 지금은 문을 닫은 쌍둥이 교회 종탑에서 청아한 종소리가 금방이라도 마을에 울려 퍼질 것만 같다. 그러나 몇 여행자들 외엔 통행자가 없어 일상의 정적만이 마을을 감싸고 있다.

라라소냐에서 내 마음을 가장 많이 움직인 것은 작은 창가에 놓인 제랴늄 화분과 대문마다 매달려 있는 갓 구워 온 빵 주머니를 보는 것.

밤이 느리게 오고 닭 우는 소리로 아침이 열렸다. 어제 보지 못한 구석구석을 둘러보고 거목이 무성한 개울물 소리를 들으며 순례자들이 걷는 길을 따라 표지판이 있는 삼거리에서 마을 뒤로 올라갔다가 되돌아왔다. 오늘은 그들과 내가 가야 할 방향이 달랐다.

잠 없고 부지런한 노인들은 밖을 서성거리다가 빵과 신문을 들고 들어가고 더러는 골목을 쓸고 있는 사람도 있었다. 한적한 전원이다 보니 또한 오래된 집을 지키는 사람들은 농업에 종사하는 사람이나 연금으로 생활하는 노인들이 대부분이다. 그러나 어디 한구석 정갈하지 않은 곳이 없는 걸 보면 이들의 근면 성실은 알아줘야 한다.

공기들은 바스락거림도 없이 깨어난다. 다만 엷은 안개가 작은 시냇가를 따라 졸졸졸 소리를 내고 흘러갈 뿐 이곳 사람들은 이른 새벽, 길을 떠나는 순례자와 길을 떠나지 않고 빵을 기다리는 주민들 두 부류만 있을 뿐이다.

스페인의 북쪽 마을, 비현실적인 풍경이 아니라 너무나 현실적인 풍경이 나를 압도했던 마을 라라소냐.

006

붉은 깃발

사람들은 강하고 무서운 것을 생명이라고 하지만,

아니다, 생명은 약하고 때에 따라 보잘것없이 초라하다.

강자를 이기는 것은 보다 강한 자의 힘이 아니라,

평소 거들떠보지도 않던 약자 바로 그들이다.

모두 포기한 고지에 끝내 붉고 푸른 깃발을 꽂는 것은

터무니없이 연약하고 어진 저들이다.

삶에 힘을 빼야 할 이유가 여기에 있다.

스페인에서는 어딜 가나 이렇게 정다운 골목을 만날 수 있다.

빌라 프랑카

레옹을 출발, 폰 페라다, 빌라프란카 델 비에르초에 오후 4시 도착, 세상 첫 길 위에 버스가 나를 내려놓고 사라졌다. 배낭과 나, 두 개의 짐을 끌고 가야 하는 것은 나다. 길가에 앉아 숨을 돌린다. 햇빛이 뜨겁다. 낡은 지붕과 좁은 골목길에서 평범하지 않은 도시임을 느낀다. 좁은 골목을 사이에 두고 건물이 붙어 있다. 나는 사람들의 왕래가 잦은 광장 쪽으로 느릿느릿 걸어갔다. 내게 배낭은 무게와 상관없이 언제나 태산이다. 나는 광장 계단에 배낭을 내려놓고 여행안내소를 찾아갔다. 시내 지도와 순례자들이 묵어 가는 숙소 알베르게에 대한 정보를 얻기 위해서였다. 오래된 성당으로 둘러싸인 시내에 위치한 여행안내소의 직원은 친절하고 사려가 깊었다. 나는 복잡한 알베르게가 아니라 조용한 펜션을 원했다. 내가 원하는 방이 마침 있다며 그는 약도가 그려진 종이를 주었다. 다음 목적지인 산티아고행 버스 시간표를 확인했다. 피곤했지만 예감이 순조롭다. 침대에 누우면 산과 밤하늘의 별과 구름을 볼 수 있다. 스페인 북부의 소도시인 이곳은 산티아고로 향하는 순례자들이 많이 머무는 곳이어서 눈 닿는 곳마다 배낭 여행자들이다.

성당 앞에서 인상적인 고양이 가족을 만났다. 알베르게가 있는 집 근처에서 오래된 성당과 공원묘지와 집과 성을 둘러보았다. 도시 전체가 성당과 성으로 둘러싸여 고즈넉한 중세 분위기가 심신에 안정을 주는 곳이다. 쉬어야겠다. 지금은 밤이고 별이 창가에 매달려 있어 별들과 놀아 줘야 할 것 같다.

성벽에 등을 대고 한가롭게 독서에 몰입하는 여행자를 보았다. 그의 작은 등이 높은 성에 기대어 있다는 것만으로도 충분히 평화로운 그림을 보여주었다. 말을 걸려고 한 건 아니지만 다가가 그의 곁에 앉았다. 그는 한 번도 책에서 눈을 떼지 않았다. 나는 풀밭에 잠시 누워 그가 읽고 있는 책의 내용을 상상하기 시작했다. 곁에 누가 있어도 조금도 방해가 되지 않던 독서를 나는 어느 시절에 맛보았던가, 바람이 키 큰 사이프러스 나무를 흔들며 지나갔다. 그 소리에 독서를 하던 여자가 감쪽같이 사라졌다.

빵 굽는 냄새가 퍼져 있는 오래된 골목과 시간의 얼룩이 고스란히 남아 있는 지붕과 빛이 바랜 벽 색깔과 석축과 패인 바닥과 눈빛이 맑은 사람들, 곱게 단장하고 『성경』을 옆구리에 끼고 미사를 드리기 위해 이끼가 덮인 성당으로 몰려드는 노인들, 오래된 것들이 한없이 여유롭고 아름다워 보이는 빌라 프랑카.

지상에 없는 것을 만나다

종교란 신을 믿는 일이지만 단순히 믿는다는 것만으로 해석하기 어려운 축복의 단계다. 내가 내 자신을 믿을 수 없을 때, 형편없이 나약하다고 느낄 때, 스스로의 힘으로는 어찌해 볼 수 없는 고난이 닥쳤을 때, 마음의 중심이 허물어졌을 때, 세상의 아름다움을 순수하게 바라보지 못할 때, 모든 존재를 부정하고 싶을 때, 나와 내 이웃을 사랑할 수 없을 때, 결코 혼자가 되지 않기 위해서, 등등의 이유로 사람들은 종교를 원한다. 그러나 종교란 궁극적으로 신을 믿으며 인간답게 살기 위함이고, 더 나아가서는 생이 지금의 한 번으로 끝나지 않는다는 것을 믿고, 보다 이 생에서 성실하게 베풀고 중심을 신에게 위탁하는 일이 아닌가. 나는 십자가 앞에서 무릎을 꿇고 기도를 하다가 내 몸을 빠져나가 십자가 밑에서 나를 바라보고 있는 또 하나의 나를 보았다. 그렇지, 찾고 있었던 것은 결코 먼 곳에 있는 타인이 아니라 본래의 내가 아니었던가.

여행은 나를 둘로 만든다. 하나는 몸의 주인이고 다른 하나는 정신의 주인이다. 이것은 혼자하는 여행을 통해 자연스럽게 생긴 나만의 체험이고 방법인 셈이다. 힘들고 지쳐 있을 때 힘들어 하는 내가 있고 힘든 나를 달래는 또 하나의 내가 있다. 그래서 예기치 못한 위로를 얻을 때가 있다.

현지인들의 일상을 순례하는 일이 내겐 특별한 여행이 된다는 것을 알고 있을까. 나는 가끔 여행이 무르익을 때쯤 뭔가 지금까지와는 다른 욕구에 시달리곤 했다. 나를 그들 사이에 끼워 놓고 뒤집어서 보는 것이다. 나는 구경꾼을 원치 않는다. 때로는 그 속에 섞여 여행자가 아닌 그들의 모습으로 살고 싶을 때가 있다. 그러나 일상인과 여행자는 영원히 간격을 가질 수밖에 없지 않은가. 그것이 야말로 여행을 통해 맛보는 아릿한 슬픔이다.

기도가 끝나자 언덕 아래에서 마냥 하늘을 바라보았다. 돌담 위에 세운 작은 십자가 하나가 그토록 내 마음을 움직이다니. 그분이 그곳에 계시구나 하는 믿음이 나를 꼼짝할 수 없도록 만들었다. 나는 힘들게 걸었고 걸음을 멈추면 자주 하늘을 올려다보았다.

산티아고 교회, 용서의 문

이곳 산티아고 교회(Iglesia de Santiago)는 순례자들이 콤포스텔라로 가는 길목의 거의 마지막에 위치한 성(聖) 제임스의 교회이다. 마을의 입구 언덕에 위치한 산티아고 교회는 로마네스코 양식의 12세기에 지어졌다. 콤포스텔라로 향하는 마지막 관문 같은 빌라 프랑카에 도착한 순례자들 중에서 몸이 아파서 콤포스텔라에 다다를 수 없었던 순례자들은 산티아고 교회의 정문에 엎드려 속죄의 식을 했다. 교회의 정문인 '용서의 문(the gate of Perdon, Gate of forgiveness)'에 온몸으로 엎드려 속죄 의식을 함으로써 고백자들은 죄를 면제받는 희년(禧年, Year of Jubilee) 혹은 성년(聖年, Holy Year, 로마 가톨릭 교회에서 기념하는 특별한 해. 어떤 상황하에서는 25년에 1년씩 지키며 그때는 교황이 신자들에게 특별한 면상(免償)을 수여하며, 고백자들은 죄를 면제받는 등 특권을 부여받는다. 이것이 『구약성서』에 나오는 희년과 비슷하지만 그것에 근거를 둔 것 같지는 않다. 『구

약성서」에 나오는 희년은 매 50년마다 1년을 완전한 휴식기간으로 지키며, 노예를 해방시키고 상속받은 재산을 회복시켜 주었다. 교황 보니파키우스 8세는 1300년 희년을 백 년에 한 번씩 지키는 의식으로 정했다. 1342년 클레멘스 6세는 그 사이 기간을 50년으로 줄였고, 1470년 파울루스 2세는 그것을 다시 25년으로 줄였다. 희년은 크리스마스 이브에 로마에 있는 성 베드로 대성당, 산 조반니라테라노 대성당, 산 파올로 성문 밖 대성당, 산타마리아마조레 대성당의 성문을 여는 것을 시작으로 다음해 크리스마스 이브에 그들 문을 닫는 것으로 끝맺는다. 1500년 이래로 희년은 그 다음해 성년 동안 전 세계 교회에서 기념하며, 각 교구에 있는 어떤 교회들은 방문하는 곳으로 지정된다. 1560년부터는 특별한 희년들이 선포되었다. 트리엔트공의회가 개최된 해에는 그 공의회에 대해 성령의 인도하심을 호소했다. 교황 (피우스 11세)이 사제직에 오른 지 50주년

용서의 문

되는 때도 특별한 희년으로 선포되었고(1929), 제2차 바티칸공의회(1965)가 폐회될 때도 그랬는데, 공의회가 결정한 사항들을 잘 알리고 적용시키기 위해서였다. 그 밖의 많은 경우에 희년이 선포되었다) 특권을 부여받을 수 있었다.

나는 '용서의 문' 앞에서 많은 시간을 보냈다. 문의 아치형 돌기둥은 시간에 삭아 손으로 만지면 작은 돌 부스러기들이 떨어져 나갔다. 나는 맨발로 서성거리면서 기도문을 암송하며 그간의 잘못됨을 용서 빌었고, 그것을 찾아온 많은 순례자를 만났으며, 허기져 빵을 뜯었고 걸어서 갈 다음 목적지를 마음에 그려보곤 했다. 성 야고보의 형상이 세워진 마을 아래 다리에서 많은 순례자들에게 손을 흔들어 주기도 했던 곳 빌라 프랑카, 그 거룩한 '용서의 문'.

수백 년의 시간을 고스란히 간직한
라라소냐의 성당.

008

아픔과 고통

아픔(pain)과 고통(suffering)은 다르다.

아픔이 몸을 상징하는 껍데기라면 고통은 영혼을 상징하는 알맹이다.

레온에서 팜플로냐 행 기차를 탔을 때였다. 어느 할머니가 내 배낭을 보고 당연한 듯 물었다. "뻬레그레노(순례자)?" 나는 단지 여행자일 뿐이라고 답했다. 처음부터 순례자라는 거룩한 이름은 내게 어울리지 않았다.

적어도 2주는 걸으리라 계획했는데 시작부터 몸에 이상이 생겨 계획을 수정하여 1주일로 단축하지 않으면 안 되었다. 그것도 중간에서 하루 내지 3일 정도 쉬면서 말이다.

영혼이 아니라 단지 물리적인 힘(시간과 몸)의 방해로 온전하게 두 발로 걷는 일을 포기했다고 하진 않겠다. 그러나 지금 여기서 감사할 수 있는 것은 내 힘이 아니라 작은 영혼을 위한 그분과 많은 이들의 기도의 힘이었다는 것을 무슨 수로 부정하겠는가.

사흘 밤낮을 보고 또 보았던 레온 대성당과 산티아고 데 콤포스텔라,

그리고 빌라 프랑카 성당, '용서의 문' 앞에서 맨발로 앉아 울지도 못하고 마른 빵을 뜯었던 나.

나는 무엇으로 배 부르려고 했던가.

신성에 대한 동경으로 가득했던 때를 생각하다. 걸으며 신성을 향해 나아가는

빌라 프랑카. 이곳 십자가 밑에서 나는 많은 시간을 보냈다.

동안 나의 에고가 완전히 녹기를 바란 것은 아니었다. 어느 날 내 생이 결핍으로 가득 찼을 때, 육신은 물론 내게 쏟아지는 사랑도 심지어는 빛나는 태양까지도 결핍으로 느껴지던 때를 생각했다.

이 같은 여행을,
어떤 이는 축제라 하고 어떤 이는 순례라 한다.
축제든 순례든 분명한 것은 자신을 찾아가는 여정이라는 것,

아픔과 고통,
이 모두를 나는 순하게 받아들이기로 한다.

009

두 사람이 걷는 뷔엔 카미노

뷔엔 카미노, 뷔엔 카미노!('좋은 길'이라는 뜻의 그곳 사람들이 순례자들에게 하는 축복의 인사말)

보통사람들이 불가능하다고 생각하는 것을 할 수 있다고 믿고 시도하는 것은 얼마나 큰 용기인가. 그것도 혼자도 여럿도 아닌 오직 믿음으로 사랑하는 두 사람이 손을 잡고 성인이 복음을 전하기 위해 한 발 한 발 앞으로 나아갔던 길을 두 사람이 함께 걷는다는 것은 얼마나 눈부신 축복인가.

경우에 따라 카미노 데 산티아고 순례는 자동차를 이용하거나 말이나 당나귀를 이용하기도 하고, 더러 휠체어나 목발에 의지해 앞으로 나아가는 사람도 있긴 있지만, 대부분의 순례자들은 자신의 짐을 자신이 지고 두 발로 걷는 방법을 택한다.

그날 내가 만난 부부는 조금 달랐다. 한 사람의 눈으로 두 사람이 보고, 한 사람의 지극한 순정으로 다른 한 사람이 여태껏 경험하지 못한 세상을 누리고 경험하는 경우였다. 함께 그 도시를 순례하는 동안 그들의 진지함에 매료되어 사진 한 장 제대로 얻지 못했지만 내내 마음에 간직하며 걸었던 아름다운 풍경 한 컷이다.

오래되고 아름다운 성당이 많아 산티아고로 향하는 순례자를 위한 알베르게 시설도 다양한 작은 도시 빌라 블랑카에 도착한 것은 정오쯤이었다. 숙소에 짐을 풀고 다음 날 버스표 예약을 마친 뒤 가벼운 마음으로 성당과 성을 중심으로 시내를 둘러보았다. 그런데 이 도시에 도착할 때부터 내 시야에 아주 평범한 모습의 오십대 중반쯤 되는 부부가 들어왔다.

그들은 여행안내소, 시장 골목, 성당과 오래된 성 등, 내가 가는 곳마다 저만큼 떨어져 타나났다가 사라지고 사라졌다가는 다시 나타났다. 특징이라면 매우 다정해 보인다는 것, 좁은 공중전화 부스에도 같이 들어가 수화기를 주고받고, 넓은 벤치에도 엉덩이를 붙여 앉는가 하면, 성당의 문턱을 넘거나 계단을 오르고 내릴 때면 더욱 밀착하거나 힘주어 손을 잡았고, 공원에서나 좁은 골목에서 차를 비켜설 때도 그들의 행동은 조용하고 진지하면서도 이제 막 사랑에 빠진 젊은 연인을 연상시켰다. 이미 머리가 희끗한 빨간 셔츠 차림의 남편은 시시때때로 바뀌는 거리의 풍경에 대해, 지나가는 사람에 대해, 걸으면서 하늘을 보면서 아내에게 시를 읊조리듯 나직이 속삭였다. 아주 젊지도 그렇다고 아주 늙지도 않아 지금쯤 권태로움에 찌들어있어야 할 부부가 어떻게 그토록 다정할 수 있을까. 나는 영화에서나 봄직한 평범하면서도 진지한 모습에 눈을 떼지 못하고 시샘 반 호기심 반으로 지켜보았다.

아내가 지팡이를 들고 있었지만 카미노 데 산티아고는 순례자 대부분이 그녀처럼 나무로 깎은 지팡이를 짚고 다니므로 특별할 것도 없었다. 다른 점이 있다면 끊임없이 남자가 설명을 할 때 여자는 고개를 끄덕이며 착한 아이처럼 따라다닌다는 것. 그러나 남편의 목소리는 매우 나직해 팔에 매달리듯 붙어 있는 아내 외에는 누구도 엿들을 수 없을 것 같았다.

더위에 지쳐 아이스크림을 물고 벽화가 인상적인 순례자를 위한 숙소 앞에서 정면으로 그들과 마주쳤을 때, 비로소 여자가 앞을 보지 못한다는 걸 알았다. 나는 그동안 속이 메스꺼울 만큼 다정했던 그들의 실체를 확인한 후 설명할 수 없는 감정으로 온몸을 부르르 떨었다. 앞 못 보는 아내에게 베푸는 남편의 지극한 사랑을 시샘하다니! 나는 800년이 된 성당 '용서의 문'이 있는 기도실로 찾아가 함량미달의 순례자임을 그분께 고백하고 용서를 빌었다. 그러나 내 마음 안에서 파도처럼 일렁이는 수치심은 쉽게 줄어들지 않았다.

저녁 으스름 숙소 마당의 낡은 벤치에 앉아 한 잔의 차를 나눠 마시며 한 사람은 읽고 한 사람은 듣는 책 읽는 풍경을 상상해 보면 알 것이다. 무엇이 아름다움이고 사랑인지를, 한 여자의 그림자가 되어 아내가 볼 수 없는 것들의 아름다움을 종달새처럼 속삭여 주는 남편, 어쩌면 자신의 눈으로 직접 보는 세상보다 더 아름다운 세상을 아내에게 느끼게 해주고 싶었는지도 모르는 한 남편의 지극한 사랑, 나중에 보니 그들은 건너편에 숙소를 정한 여느 사람과 다를 바 없는 순례자였다.

다음 날 성당 주변을 산책하던 이른 새벽, 그들 부부가 배낭을 지고 골목 끝으로 사라지는 걸 보았다. 여전히 아내는 남편의 손을 잡고 있었다. 그들 부부가 함께 걷는 카미노 데 산티아고는 어떤 의미일까? 다른 사람에 비해 걷는 속도는 더딜지 모르나 서로 의지하고 보살펴주는 마음은 다른 순례자들이 흉내 낼 수 없는 깊이를 갖게 될 것이다. 그러고 보면 일반 순례자들도 결코 눈에 보이는 풍경만을 쫓아 걷고자 하는 이는 없을 터이니, 두 발로 땅을 딛고 풍경 속에서 사색하며 내면을 확장시키고 그 끝에 작은 파장일지라도 자신을 만나 곡진한 깨달음 하나 얻을 수 있다면 그 영혼은 얼마나 더 가볍고 밝아질 것인가.

나는 모자를 쓰고 지팡이를 손에 든 순례 길에 오른 야고보를 형상화한 조각상이 서 있는 다리 입구에서 산 쪽으로 멀어져 가는 두 사람을 향해 힘껏 소리쳤다.

"뷔엔 카미노, 뷔엔 카미노!"

부디 그 손놓지 마시고 걷고 걸어서 지금보다 더 아름다운 모습으로 성인 야고보가 잠든 산티아고에 입성하시기를, 콤포스텔라에 안기시기를,

"뷔엔 카미노, 뷔엔 카미노!"

고양이들

성당 구내의 고양이들.

적(敵)

이제 고양이에 대해 말해야겠다. 유럽의 성당지킴이는 신도 사람도 아닌 고양이일지도 모른다는 생각이 드는 날이 있었다. 오늘만 해도 벌써 몇 번째인지 그 순서를 꼽는 일은 불가능할 것 같다. 닫혀 있는 성당 문 앞에서 고양이를 만났다. 태어난 지 며칠이나 되었을까. 아직은 사람이 경계의 대상이란 것이 학습되지 못한 어린 고양이, 가까이 다가가도 피하기는커녕 내 곁에서 말 잘 듣는 아이처럼 물끄러미 나를 쳐다보기만 했다. 너무 어려서 만지면 손 안에서 바스라질 것 같은 그 연약함, 나는 여림과 다른 바스라짐에 대한 연민 때문에 선뜻 녀석을 손 안에 넣어 볼 수 없었다. 그러나 가는 이빨과 살짝 하늘로 솟구친 속눈썹이 파르르 띨 때면 잊고 있었던 미소가 스르르 입기에 번지곤 했다.

고양이는 천 년 가까운, 혹은 훨씬 더 전부터 성당이 그 자리에 있었다는 것과 아무 상관없이 근처 어디서 태어나 홀로 성당으로 놀러 왔겠지만 야옹 소리도 없고 걸음도 발뒤꿈치를 들고 살금살금 걷는 것 같았다. "쉿! 조용히, 성당에 오면 하나님의 말씀을 들어야 해" 태교의 힘은 놀랍다. 그때 바람처럼 나타난 어미고양이, 그는 새끼를 데리고 수많은 십자가들이 있는 언덕 아래 성당 뒤 공동묘지 쪽으로 사라졌다. 어미고양이는 나를 적으로 간주한 것이 분명하다. 아

니라고 그게 아니라고 우겨 보지만 나는 여전히 세상에게, 고양이에게, 적인 거다.

우아한

레온 대성당 앞 검정 캐딜락에서 내린 챙 넓은 모자를 쓴 여자는 붉은색 리본을 머리에 꽂은 고양이를 안고 있었다. 흰색 털을 가진 주인만큼이나 우아하게 생긴 고양이였다. 처음 사람들은 검은 차에 시선을 던지다가 그 다음엔 여자에게 그 다음엔 고양이에게 시선을 던졌다.

때론 고양이가 사람보다 캐딜락보다 더 주목을 받기도 한다. 그 주목을 가장 기뻐하는 이는 하나님도 구경꾼도 아닌 고양이 주인이다.

라라소냐의 고양이들은 착해

가로등이 골목에 불을 밝힐 때쯤 하나 둘 모여든 마을 고양이들의 모임이 시작된다. 새끼들은 어미를 따라 반상회에 나온 아이처럼 뒷자리에서 저들끼리 뒹굴고 장난치는 것을 좋아한다. 그러다가 반장이 먹을거리라도 내오면 쪼르르 달려와 작은 입을 열심히 놀리며 간식을 먹는다. 이 마을의 고양이들은 주인이 따로 없다. 교회도 사람도 개들도 그들의 주인이 아니면서 그들의 주인이기도 하다. 그러나 그들도 역시 사람보다는 자기들끼리 노는 것을 좋아한다. 사람들이 집안으로 들어간 늦은 밤까지 낡은 성당 종탑에 모여 무슨 놀이를 그토록 재미있게 하는지.

누구는 고양이가 특별한 예언의 힘을 가지고 있다고 하고 누구는 아니라고 했다. 그날 밤, 내게 목장 가는 길을 안내해 주던 고양이에 대해 생각하다.

011

평화로운 레온

대도시도 작은 시골도 아닌 도시, 레온만큼 평화로운 도시도 없으리라. 아름다운 성이 있고, 오래된 성당과 좁은 골목, 광장이 많고 햇살이 좋아 걷기가 그만인 도시, 노천 카페에서 차 마시고 식사하고 담소하기 좋은 도시, 친구 사귀기 좋고, 추억을 회상하기 좋은 곳으로 그만인 도시, 하여 언제든 성당을 출입할 수 있고, 미사에 참석할 수 있고, 파이프 오르간 소리에 맞춰 부르는 축복의 메시지, 성가를 들을 수 있고, 기도할 수 있는 곳, 바닥이 작은 돌로 모자이크된 모든 거리가 공원이고 성당이며 성곽인 곳, 산티아고를 제외하면 가장 많은 순례자들이 머물다 가는 곳, 대성당의 뾰족탑 꼭대기마다 날개를 펴고 접는 새들을 볼 수 있는 곳, 현대와 과거가 공존하는 곳, 성당 앞 광장 카페에서 엽서를 쓰기 좋은 곳, 아이들이 놀기 좋은 곳, 연인들이 손을 잡고 걷기 좋은 곳,

레온 대성당은 유럽 어느 곳에서든 볼 수 있는 웅장하고 아름다운 외형을 가졌지만 이 성당이 조금 특별한 건 그 안에 있는 스테인드글라스의 화려함 때문이다. 대성당 내부에 있는 125개의 커다란 창문과 57개의 작고 둥근 창문들에는 13세기부터 20세기까지 각 세기마다 만들어진 작품들로 채워져 있다. 그것은 『성경』에 나오는 이야기와 인물들이 새겨진 것도 있고, 중세 생활을 묘사하고 있는 것도 있으며, 신화적인 동물이나 식물의 문양을 새긴 것도 있다.

처음 어두컴컴한 성당에 발을 들여놓은 순간 사방을 둘러싼 스테인드글라스에 정신이 아뜩해질 정도였다. 지금껏 어디에서도 본 적 없는 아름다운 스테인드글라스가 분명했다. 화려한 스테인드글라스에 비하면 한쪽에 오래된 파이프

오르간이 있을 뿐 제단은 소박하기가 그지없었다. 그래서 더 정감이 가는 성당인지도 모른다.

그러나 정말 환상적인 성당의 모습을 보려면 밤이 좋다. 낮엔 대리석의 원감을 그대로 즐길 수 있다면, 밤은 온통 금빛 조명으로 광장 테라스에서 성당의 수많은 뾰족탑들은 바라만 봐도 눈이 부셔 탄성이 절로 터진다.

공교롭게도 레온은 스페인 북쪽으로 올라갈 때 한 번, 내려올 때 또 한 번, 두 번을 머물렀던 곳이다. 첫번째는 역에서 시내버스를 타고 한 시간쯤 돌아 제자리에 내렸고, 두번째는 시내 모든 구간을 도보로 즐겼다. 차를 타고 다니면서 전제적인 방향과 거리 윤곽을 익혔다면 레온 대성당이 있는 다운타운 가는 걸어야만 제 맛을 느낄 수 있다.

처음엔 역 근처에 숙소를 잡아 불편했지만 두번째는 한 번의 실수로 보다 좋은 곳에 숙소를 잡을 수 있었던 것을 생각하면 역시 여행은 경험과 끝없는 발품을 팔아야 그에 상응하는 효과를 누릴 수 있다는 걸 거듭 확인한 셈이다.

밤에 기도를 드리러 갔으나 레온 대성당이 닫혀 있어서 이사도라 성당으로 갔더니 다행히 문이 열려 있었다. 늦은 저녁까지 문을 열어 두고 길 잃은 양을 기다리는 성당이 얼마나 감사한지, 몇 사람들이 기도를 하고 있었는데 차림으로 보아 늦게 이 도시에 도착한 순례자도 있었다. 옷차림과 지팡이와 그 곁에 놓인 남루한 배낭을 보는 순긴 가슴이 뭉클했다. 내가 긷지 못한 대신 저들이라도 걸어서 산티아고에 입성하기를 기도해 주었다. 그 시간도 집에서 나를 위해 기도하고 있을 아이를 생각하자 내 기도는 금세 초라한 고백으로 부끄러웠다. 보다 더 큰 것을 위해 기도할 수 있는 있기를….

연인들이 광장 카페에 앉아 맥주를 나누고 키스를 나눈다. 어디선가 은은히 그레고리안 성가가 울려 퍼지고 있었다. 전혀 어울릴 것 같지 않은 성가와 키스가 아주 잘 어울린다고 느끼는 것을 보면 내 마음이 외로움을 타는 모양이다. 노

레온 대성당 야경.

레온 대성당의 조각들.

란 가로등 불빛으로 레온의 밤은 온통 노랗다. 바람이 꽤 차가웠지만 불빛은 여전히 은은하고 안온하다.

이사도라 성당은 규모면에서 대성당과는 비교가 안 되지만 마음이 끌리는 아담한 성당이다. 낮에는 젊은 남자가 계속 문 앞을 지키고 있었는데 간혹 여행자들만 동전을 주고 갈 뿐 사람들은 별로 신경 쓰지 않는다. 성당에서 나올 때, 동전을 손에 놓아 주었더니 그는 머리를 숙이며 '그라시아스(고맙습니다)'라고 했다. 외국, 그것도 유럽에서 우리처럼 머리를 숙이며 인사하는 사람을 나는 처음 본 것 같다. 외형을 보면 그는 구걸을 하기에 너무 훤칠한 용모와 깊은 눈을 가진 남자였다. 이사도라 성당 전경을 담은 사진 속에는 문지기처럼 성당 문 앞에 서 있는 그가 항상 붙어 다녀 잊고 싶어도 잊을 수 없는 친구다.

대성당 건너편의 마요르 광장은 오전에 반짝 시장이 열리는데 과일과 야채 육류 등을 구입할 수 있는 저렴한 시장이다. 오래된 골목 순례를 즐기려면 단연 마요르 광장 뒤편으로 들어가 보는 것이 좋다. 다행인 것은 이곳에서는 아무리 깊이 들어가도 길을 잃을 염려가 없다는 것. 이 도시 어디에서나 가장 높은 대성당의 종탑을 볼 수 있는데 이 종탑이 레온의 중심부이기 때문이다. 아이들이 뛰노는 학교를 지나오면서 혼자 웃는다. 이순신 장군 동상이 있는 우리의 학교와 너무나 달라서.

나는 이번 카미노 데 산티아고 여행에서 유럽의 아름다운 골목과 낡은 벽, 기둥, 문, 간판의 장식물 같은 조형미에 흠뻑 취해 있었다. 하나도 같은 문이 없고 하나도 동일한 간판이 없는가 하면 하나도 같은 골목을 본 적이 없기 때문이다. 성당이 다르고 집이 다르고 발코니가 다르고 그 발코니를 장식한 화분도 제각기 달랐다. 그들의 개인적인 취향과 감각을 엿볼 수 있는 좋은 기회였다.

마요르 광장 뒤편에 있는 규모가 큰 알베르게를 방문했다. 노신부님께서 순례자냐고 묻기에 감히 그렇다고 답할 수가 없어 그냥 여행자라고 했다. 방이 필요한지를 물었지만 아니라고 답했다. 나는 끝까지 순례자라고 말해선 안 될 것 같은 강박관념에 사로잡혔던 것 같다. 세상에 누가 자신을 속일 수 있겠는가. 신은 속일 수 있어도 자신은 속일 수 없다는 말은 참된 진리 중 진리인 것 같다.

거리의 악사가 늦도록 성당 앞에서 아코디언을 연주했다. 늦은 밤, 벤치에 앉아 턱을 고이고 듣는 거리의 연수가 향수처럼 슬프고 애잔하다. 그러다가 숨이 턱 막혀 오기도 한다. 멀리 있는 사람들이 하나 둘 기억 속에서 떠오르고 사랑하는 사람의 외로운 어깨도 생각이 났다. 처음으로 긴팔 재킷을 입었다. 낮과 밤의 기온 차가 너무 크다. 재킷 하나로도 덥힐 수 없는 한기가 나를 숙소로 돌아가도록 종용했지만 음악에 취해 밤하늘을 올려다보다가 그만 감기에 걸리고 말았다. 약을 먹고 뜨거운 욕조에 몸을 담갔다가 이불을 머리까지 끌어올린다. 문밖에서 누가 부르는 것 같은 이명에 시달렸다. 꿈인지 생시인지 나는 여전히 잘 모르겠다.

대성당 주변에는 유독 새들이 많다. 학으로 짐작되는 큰 새인데 사람의 손길이 닿을 수 없는 성당 지붕과 주변의 건물 지붕을 채우고 있다. 새끼들에게 분주히 먹이를 날라다 주는 어미도 보이고, 큰 날개를 활짝 펴 하늘로 솟아오르는 걸 보면 탄성이 절로 터진다. 저 많은 새들은 대체 언제부터 이곳에 살게 되었을까. 성당을 산책하는 일은 새들을 만나는 일부터 시작된다. 아이들이 새를 쫓아 뛰어다니는 것을 보는 일도 즐거움 중의 하나다.

다시 시내버스를 탔다. 좌석의 구조가 마주보기도 하고 등을 기대기도 하는 버스였다. 맞은편에 앉은 할아버지가 자꾸만 웃는다. 멍하니 하늘을 보거나 거리를 내다보면서가 아니라 나를 보고 웃는다. 그것도 뚫어져라 쳐다보면서 말이다. 내 얼굴에 뭔가 묻었나? 아니면 나를 좋아하나? 내릴 때 그가 내 손을 툭 쳤다. 돈을 달라고. 동전을 얻기 위한 미소치고는 너무 집요하고 아름다운 미소였다.

며칠 레온을 걸으면서 매일 오후 휠체어에 몸이 불편한 딸을 태우고 나와 일광욕을 하는 아버지, 어린 아들에게 자전거를 태워 주는 아빠, 강아지를 앞세워 휘파람을 불며 걷는 청년, 늘 그 시간에 만나는 노부부의 산책, 아이들의 노란 미소, 나는 레온에서 사소한 일상을 통해 중요하고 소중한 것들을 배웠다. 레온이야말로 지친 여행자의 마음을 따뜻하게 해주는 도시다.

012

스치는 바람처럼

레온 대성당 뒤, 나무 그늘 아래서 낮잠에 든 여행자, 그는 배낭 위에 자신의 몸을 올려놓고 팔짱을 낀 채 두 다리를 세운 자세로 잠들어 있었다. 저 달콤한 불안과 행복감!(사실 그 정도라면 잠자는 것도 고도의 기술이 필요한 셈이다.)

안경을 낀 얼굴과 한 보름쯤 면도하지 않는 까칠한 수염이 고단한 순례자임을 증명해주고 있다. 지친 몸을 기대며 그곳까지 왔을 지팡이도 주인 곁에서 쉬고, 물통과 후줄근한 비닐봉지에 담긴 사과 두 알도 얌전히 쉬고 있다.

잠 속에서도 자신의 짐은 자신이 지켜야 하는 나 홀로 여행자의 굳은 의지를 엿보는 순간 나는 또 다른 나를 보듯 연민이 솟구쳤다.

시계는 잘 가고 있겠지? 점심은 먹었을까? 잠자리는 정했을까? 다음 코스는? 건너편 그늘 아래에서 쉬고 있던 내게 온갖 상상과 연민을 솟구치게 하던 고단한 여행자.

같은 여행자에게 가방을 잠깐 맡기면서 그 속에 든 것을 잃은 때가 내게도 있다. 사람을 믿어야 하지만, 믿지 않아야 할 때도 저나 나 같은 여행자에겐 있긴 있는 것이다.

내 것이고 끌어안을 수 있는 이 한 개의 배낭, 며칠 전 나도 어느 길에선가 꼭 저런 풍경으로 배낭을 끌어안고 낮잠을 잔 적 있었다. 얼마나 달콤했는지, 새소리와 아이들이 뭐라고 떠들며 지나가던 성당 옆 그늘 아래 순례자들이 힐금힐금 쳐다보던 어느 작은 마을에서.

레온 대성당 아래에서 지친 걸음을 쉬고 있는 순례자.

인연

그날 저녁이었다. 숙소로 돌아가 마당에 놓인 나무 벤치에 새로 들어온 손님으로 보이는 남자가 벽 쪽으로 시선을 두고 앉아서 콜라를 마시다가 인기척에 고개를 돌리는 순간 아, 낮에 불편한 배낭 위에 몸을 펴고 단잠을 자던 바로 그 남자, 나는 놀라움과 동시에 반사적으로 먼저 인사를 했다.

"안녕, 낮에 성당 뒤에서 자는 걸 봤거든!"

우연치고는 정말 기이한 우연이었다. 우리는 그 인연으로 그 다음 날 레온의 오래된 성과 성당 순례를 함께하게 되었다. 약속을 하고 숙소를 나온 것이 아니라 가다 보면 그가 앞서 있고 가다 보면 어느새 그가 내 뒤를 따라와 있었다.

저녁 무렵 야외 바에서 식사를 나누며 맥주 한 잔을 곁들일 때, 그가 자신은 로마에서 컴퓨터 관련 일을 하고 있으며 한 달 여름 휴가를 카미노 데 산티아고 순레로 하게 되었다고, 그러나 자신은 천주교 신자는 아니라며 스치듯 물었다. 네가 무슨 일을 하는지 조금 궁금하긴 하지만…. 그는 말끝을 흐리고 있었다. 궁금하긴 하지만 크게 알고 싶지 않다는 의미 같아서 나는 그가 바라는 답을 만들 필요가 없었다.

숙소로 돌아온 뒤 그가 마당가 작은 거울 앞에서 뭔가 부지런히 손을 놀리고 있었는데, 덥수룩한 수염을 밀어내고 가위로 제 옆머리를 듬성듬성 잘라내고 있었다.

"도와줄까?"

그 말이 끝나기 무섭게 가위는 내 손에 들렸고 거울 속 그는 미소를 지어 보였다. 덥수룩하게 자란 옆머리를 자르는 동안 평소 내 남자의 머릿결과 그의 머릿결이 다르다는 걸 느끼고 있음을 그는 상상이나 할까? 망상은 달콤한 영화의 한 장면처럼 아주 짧게 추억을 건드리며 지나갔다. 나는 간단히 그가 자르고 싶어 하는 머리를 다듬어 주고는 거울을 보여주었다.

"어때?"

"고마워!"

그날 늦은 밤 대성당 광장 밤풍경에 취해 시간을 보내고 숙소로 돌아가니 그의 방에 불이 꺼져 있었다. 그런데 왜 나는 새벽이 올 때까지 그렇게 잠이 안 오던지.

킴!
내가 왜 이렇게 거울을 보며 웃고 있는지 아무도 모를 거야.
오늘따라 거울 속에 내가 참 잘생겨 보여.
무엇보다 내 모습이 썩 마음에 들어.
이 좋은 기분 세상에서 단 한 사람만이 안다는 것이 신기하게 느껴져.
그리고 그 기분 얼마나 소중한지 나는 함부로 말하지 못하겠어.

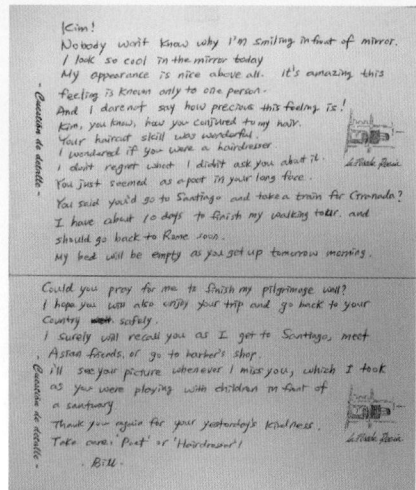

킴, 너는 알지? 네가 낮에 내 머리에 어떤 마술을 부렸는지.

네 머리 자르는 솜씨는 훌륭했어.

속으로 이 사람 직업 미용사 아닐까 싶었다니까

미용사인지 물어 보지 못한 걸 후회하는 건 아니야.

약간은 우울해 보이기도 했던 네가 꼭 시인 같아서 말이야.

너는 산티아고로 가서 그라나라 행 기차를 탈 거랬지?

나의 걷기여행은 아직 열흘쯤 남아 있고

끝나면 곧 로마로 돌아가야 해.

내일 아침 네가 일어나면 내 침대는 비어 있을 거야.

나의 남은 순례 잘 마칠 수 있도록 기도해 주겠니?

너도 남은 여행 잘하고 건강하게 돌아가렴.

산티아고에 도착을 하거나, 동양 친구들을 만나거나, 이발소에 가면 네 생각이 날 거야.

성당 앞에서 어린아이와 놀고 있는 네 뒷모습을 몰래 카메라에 담아 두었으니 생각나면 사진을 볼게.

어제는 정말 고마웠어.

시인, 혹은 미용사여! 그럼 안녕.

– 빌

아침에 산책을 하려고 문을 열고 나왔을 때 전날과 다른 느낌이 들었다. 방문을 잠그려고 열쇠를 구멍에 꽂으려는 순간 그가 내 방문 앞에 붙여 놓고 떠난 숙소의 작은 메모지 두 장을 나란히 붙여 적은 쪽지.

조금만 더 일찍 일어났어도 남은 순례 잘 마치도록 손이라도 흔들어 줄 수 있었을 텐데, 나는 그가 떠나고 없는 빈 방문을 쳐다보지도 못한 채 뛰다시피 골목 밖으로 나갔다. 대부분의 순례자들은 이미 떠나고 새벽 거리는 비어 있었다.

내가 길에서 잠든 한 여행자의 고단한 모습을 카메라에 담았듯이 그도 성장 근처에서 내 뒷모습을 그렇게 담아 두었던 모양이다. 혹 내가 시간을 주체 못하는 한량한 여행자라면, 한 열흘 뒤쯤 산티아고 대성당 앞에서 우연을 가장해 그를 기다려줄 수도 있을 텐데…. 이별, 수많은 연습이 있었음에도 굿바이라는 인사 앞에서는 왜 자꾸만 명치끝이 시려 오는 것인지. 고맙게도 오래 잊지 말라고 따뜻한 메모를 남기고 떠난 여행자, 스치는 바람처럼 시간이 가면 기억 저편에서 가물거리기는 하겠지만 결코 잊지는 못할 길 위의 인연이 소중한 것은 그만큼 짧아서일까.

건물 출입문을 장식하고 있는 올빼미 그림. 그들만의 감각이 돋보인다.

혼자 떠나도 결코 혼자가 아닌 길, 동행이 있다 해도 결국 혼자인 길, 그래서 여행은 현실 속에서 꿈을 꾸는 일인지도 모른다.

어떻게 이럴 수 있을까 싶을 만큼 매일 매일이 기적인 날이 있었다. 20대 초 온통 풀냄새로 가득한 사랑이 막 찾아올 무렵의 나날들이 그랬다. 남의 창가의 화분을 훔쳐 그 남자의 방으로 가져가고 싶은 날은 하늘이 붉은색도 되고 노란색도 되었다. 기적 없음을 바라는 일이 기적일지도 모른다는 착각이 들 때도 그때였다. 가슴에서 마른 천둥소리가 들리는가 하면, 심장은 미친 속도로 쿵쾅거리고, 나는 오지도 않는 그를 기다리느라 너무 많은 시간 차부에 나가 있었다. 그리고 정작 그가 오는 날은 다락방에 숨어 있기가 일쑤였다. 왜 그랬을까. 왜 나는 그랬을까.

내게 사랑은 늘 지나갔거나 지난 후 명치끝이 아려 오는 통증으로부터 시작되었다. 그를 잡을 수 없을 때 비로소 느끼게 되는 안타까움, 그래서 더욱 오래 나를 앓게 하던 사랑, 지금 스쳐가고 없는 이 짧은 인연도 그때의 그것과 무엇이 다른가.

결국 같은 자리에 앉아야 같은 곳을 바라볼 수 있고, 목적지가 같아야 같은 차를 탈 수 있고, 같은 마음을 가져야 같은 곳에 내릴 수 있다는 것도.

지금쯤 빌은 순례를 마치고 일상으로 돌아갔겠지. 빌에게 카미노 데 산티아고는 어떤 의미였을까? 왜 나는 바보천치처럼 중요한 것들을 하나도 물어 보지 못했을까.

레온의 노란 병아리

레온의 개구쟁이들.

레온 대성당 광장으로 오전 산책을 나갔을 때였다.

온통 노란색으로 뒤덮인 성당 광장.

소풍은 누구에게나 즐겁다.

레온 대성당으로 소풍 온 아이들,

독일 월드컵이 끝난 지 얼마 지나지 않아서였을까. 개구쟁이들 중에는 박지성을 기억하는 아이가 있었다. 녀석은 나중에 축구선수가 되어 스페인의 자랑인 레알 마드리드에서 뛸 거라며 자기 꿈을 이야기했다.

뒷짐을 지고 성당 앞을 서성대던 노신부님이 소년의 이야기에 빙그레 웃어 주었다.

성당의 뾰족탑 위로 수많은 학이 떼를 지어 날아와 있었다.

둥지를 틀고 새끼에게 먹이를 날라다 주는 어미 학의 날갯짓이 분주했다.

아이들은 하늘의 새들 쫓고 새들은 노란 병아리들을 구경했다.

날개를 갖지 않는 것이 없었다.

외로운 여행자의 꿈에 대해,

내 아이들에 대해 생각하던 날.

시계를 명상하다

공항에서 시간을 확인하려고 손목을 보니 시계가 없다. 여행 떠나는 사람이 시계를 두고 오다니, 서둘러 공항 면세점에서 구입한 손목시계 하나, 15년이 지난 일이다. 이번 여행의 시작점인 마드리드에 도착하자 그간 아무 일 없었던 시계가 반란을 일으켰다. 배터리 문제려니 하고 골목을 뒤져 배터리를 바꿨다.

그럼에도 며칠 후 나는 기차를 놓쳤고 다시 며칠 후엔 잠을 설치면서까지 3시간이나 서둘러 역으로 나가는 바람에 난감해 했던 건 모두 시계 때문이었다. 여행은 아직 4주나 남았는데 이제는 바꿀 때가 온 건가? 시계방을 지날 때마다 새 시계에 눈을 맞추긴 했지만 불편하다는 이유만으로 마음까지 흔들린 건 아니었다. 인정한다. 여행 때를 제외하면 내가 그를 외면했던 건 사실이다. 그러면서도 마드리드와 레온에선 멋진 남자만을 골라 시간을 묻곤 했다. 내 진심과 상관없이 이래저래 시계는 나를 변심한 애인으로 간주했을지도 모르겠다.

낯선 기차역 벤치에서 4주가 남았어도 뭔가 바꿀 생각을 하는 것이 인생일 수 있을까를 생각하고 또 했다. 그러는 동안 자꾸만 느려지는 시계가 어느 골목 낡은 대문에 맞춤법이 틀린 낙서처럼 외로워 보이기도 했다.

가볍게 말하지 말자. 문제는 고장 난 시계 때문에 아무것도 할 수 없다는 그 말할 수 없는 문명의 폭력이 이 먼 여행에까지 나를 따라와 괴롭히고 있다는 것. 그러다 자문해 본다. 도시 여행이 아니라 오지 여행이어도 이와 같았을까.

하지만 불분명한 시간으로 인해 생긴 불안은 피할 수 없는 현실이었다. 그 사이 '4주나 남았는데'와 '4주밖에 남지 않았는데'가 내 안에서 줄다리기를 할

아름다운 골목과 단아한 조명.

때, 선뜻 포기할 수 없는 낡은 시계를 보며 연민하다가 막막한 벌판을 걸으면서
마음을 굳혔다. 바꾸지 않기로. 그 결심이 있은 후 지금까지 시계는 한 번도 흐
트러짐이 없었다. 제 존재의 소중함을 알리고 싶었거나 날 시험해 본 것이 분명
하다. 이렇게 일상으로 돌아와 서랍으로 돌아간 후에도 주인의 마음을 읽고 있
는지 여전히 시계를 생각하면 귀에서 째깍거리는 소리가 들린다.

카미노 데 산티아고 콤포스텔라

난 거의 점령할 수 없는 요새에 봉착했다. 물론 나는 이 요새, 곧 산티아고에 왔다는 사실 자체가 이미 이번 여행의 첫번째 성과라고 자족할 수 있다. 그러나 한 발짝 더 나아가는 것, 무언가 중요한 발걸음을 내딛는 것은 거의 극복할 수 없을 만큼 힘들다. 그러나 심장 박동의 위치는 확고한데, 그것은 말도 통하지 않는 곳에서 더위에 허덕이면서, 또 어쩌면 배도 곯아 가며 보낸 10여 일의 여행중 성과가 하나하나 이루어진 결과 때문이다. 오늘 아침 심장은 이곳 콤포스텔라에서 자리를 잡고 싶다고 말했다. 정신은 박동보다 덜 열정적이긴 해도 그보다 더 쉽게 산티아고의 환경에 잘 적응할 것이라고 말하는 듯하다.

순례란 말이 신성한 까닭은 더디고 어렵게 완성되기 때문이겠지.

미사에 참석하는 일은 언제나 성스러운 마음의 다짐을 요구한다. 그것은 내가 믿든 믿지 않든 나를 바로 세우는 데 필요한 의식이기 때문이다. 나는 산티아고 데 콤포스텔라에 도착해 그 오래된 성당에서 성 야고보를 기억하며 미사에 참석할 수 있다는 자체만으로 그간의 잔잔한 고통이 다 보상되리라는 기대에 부풀었다.

약 8백 킬로미터가 넘는 구간 중 채 1백 킬로미터도 채 못 걸은 나로서는 걸었다는 말은 차마할 수가 없었다. 누구나 즐거운 마음으로 걸었다면 자청한 일이니 고통도 고통만은 아니었을 터다.

내가 산티아고에 도착한 것은 토요일 늦은 오후였고, 유감스럽게도 버스를 타고서였다. 다음 날은 산티아고 콤포스텔라 휴일미사에 참석할 수 있을 것 같았다. 그런데 아침에 일어나 성당으로 달려가니 마침 일요일 미사가 진행중이었고

산티아고 대성당. 벽과 종루에서
오랜 시간의 결을 느낄 수 있다.

성당 문을 들어서자마자 천장에서 무엇인가가 움직이며 연기를 품고 있었다. 세계에서 가장 큰 향로 '보타푸메이로(Botafumeiro)' 향이었다. 거대한 향로가 성당의 좌우를 가로지르며 움직이는 대장관, 젊은 사제들이 힘을 합해 줄을 당기고 밀기를 반복했다. 원래 이 향은 많은 순례자들이 성당으로 모여들어 생긴 악취를 제거하기 위해 피우게 되었다고 하는데 원뜻은 마음을 씻는 의식이 담겨 있다. 천 년 전부터 이 순례를 마친 사람들은 성당의 제단 뒤에 있는 산티아고 상에 가슴과 이마를 대거나 끌어안고 기도를 했다고 하는데 내 기도는 부끄러웠지만 그렇다고 초라하지는 않았다. 이곳까지 와서 성당에 무릎을 꿇을 수 있는 것만으로도 큰 축복처럼 느껴졌다. 성 야고보의 무덤으로 가는 지하는 좁은 계단으로 되어 있다. 금빛 관, 나는 생각만으로도 가슴이 뛰었다. 한 젊은 사제가 들어와 성 야고보의 무덤 앞에서 한동안 무릎을 꿇고 기도를 드렸다. 그의 뒷모습에서 나는 기도보다 경건하고 엄숙한 믿음을 읽었다. 감사하고 감사한 일이 아닐 수 없었다.

전통적으로 산티아고 입성하는 가장 좋은 날짜는 7월 25일(Dia de Santiago)이다. 갈라시아 지방의 가장 큰 축제가 이쯤에서 시작된다고 했는데 25일에 시작한 축제는 30일 내가 산티아고에서 도착한 날도 끝나지 않았다.

나는 주일미사를 드린 후에도 이 도시에 머무는 며칠 내내 수없이 성당을 들락거렸다. 빛이 스테인드글라스를 밝게 비추는 아침 시간과 저녁 무렵이 특히 좋았다. 나이든 신부님들이 뒷짐을 지고 상당 광장의 이곳저곳을 천천히 걸으며 순례자들에게 다가가 축복의 인사를 나누고 조용히 대화하는 모습은 여유 있고 인상적이었다. 레온에서도 대성당 앞을 거닐던 신부님으로부터 깊은 감명을 받았는데, 이곳 대성당에서도 그런 모습을 보고 온화한 미소를 가진 나이든 사제를 만난다는 것이 여간 위로가 되는 게 아니었다. 성 야고보의 모습도 아마 저렇게 온화하지 않았을까.

산티아고에 머무는 동안 나는 거의 모든 시간을 대성당 주변에서 보냈다. 순례자들은 많이 걸었든 적게 걸었든 지팡이를 들고 절뚝거리며 걸어와 대성당 정문의 조각 포르티코 데 글로리아(영광의 문) 앞에서 감격과 환희의 순간을 만난다. 그들을 보고 있노라면 많이 걷지 못한 순례자일지라도 가슴이 뭉클해지고 만다. 며칠 지켜보았지만 그 감동이 조금도 식지 않았던 것은 카미노 데 산티아고의 길들이 주마등처럼 스쳤기 때문이 아닐까.

단체로 순례를 마친 사람들은 대성당 광장에서 서로 안고 성당이 떠나가라 소리를 지르며 환희의 무드에 젖고, 연인들이나 개인 순례자들은 다른 순례자들의 박수를 받으며 조용히 눈물을 글썽이며 성당을 향해 성호를 긋는다. 그들의 환희를 지지하며 함께 기뻐하는 동안 마치 나도 그 순례의 모든 과정에 동참한 사람처럼 감정이 복받쳐 왔다. 알 수 없는 희열이었다. 불과 몇 킬로미터 못 걷고 만난 감동이 이럴진대 완주한 순례자의 기분은 어떨까? 나는 그들의 환희를 보면서 아낌없는 박수를 보냈다. 여기저기에서 그들의 모습을 지켜보던 집시들도 함께 환호해 주었다.

만일 당신이 개인적인 이유로 전혀 걸을 수 없는 사람이라면 한 며칠 산티아고 대성당 정문에서 지금 막 그곳에 도착한 순례자들을 만나 보시라. 간접적이긴 하지만 그들의 순례가 어떤 의미를 담고 있는지 느끼기에 부족함이 없을 것이다.

카미노 데 산티아고(Camino de Santiago)를 걷는 동안 스페인에는 산티아고밖에 없는가 하는 생각이 들었다. 서점의 많은 자리가 산티아고에 관한 정보를 할애하고 있었고, 가는 곳마다 노란 조개 문양의 화살표가 표시되어 있는가 하면, 눈 닿은 곳마다 성당과 성 야고보의 흔적으로 가득했다. 어느 한편 스페인은 그야말로 산티아고의 열기로 뜨거운 나라처럼 느껴졌다. 순례자들은 전 세계에서 모여들었고 참가하는 성별도 연령도 다양해 그 길이 얼마나 잘 알려진 곳인가를

산티아고 전경.

증명해 주었다. 어쩌면 그 열정적인 플라멩코나 투우보다도 더 산티아고에 대한 지지가 뜨거워 보였다.

'카미노'는 스페인어로 '길'을 뜻한다. 따라서 '카미노 데 산티아고'는 '산티아고 가는 길'이 된다. 지금은 관광상품이 생겨나서 종교와 상관없는 여행자들이 걷는 경우도 많다. 이 길에 성당과 순례자들 숙소가 생기면서 11세기와 12세기에 순례는 절정에 달했다. 그후 18세기와 19세기에는 줄어들었고, 20세기에는 아주 적은 수의 사람만 이 길을 걸었다고 전한다. 그렇게 잊혀졌던 길이 1982년 산티아고에 교황이 방문한 것을 계기로 1987년 유럽연합이 카미노 데 산티아고를 유럽의 첫번째 문화유산으로 선포하면서 다시 이 길로 전 세계의 사람들이 몰려들고 있다.

빛과 그늘

산티아고 축제도 막바지에 이른 것 같다. 시내 공원(Pracina do Matadorio)과, 상가와 뒷골목, 산티아고 성당 주변 어디에서건 다양한 공연이 행해진다. 인디오들의 팬플루트 연주, 가요제와 관현악 연주회, 거리 공연, 자동차 전시회 등의 행사가 연일 행해지고 있다. 산티아고 대성당에 이른 여행자들의 맑은 영혼과 대화하는 일만큼 즐거운 일이 또 있을까.

여행이란 들리지 않고 보이지 않던 것들이 시간의 흐름에 따라 또렷하게 시청각화하는 것이다. 어떤 난제도 사람이 사는 그곳, 방법의 차이는 있지만 바로 그곳에 해결책 또한 있는 법, 여행은 삶이 그렇듯 봉착한 난제를 하나 둘씩 해결해 나가는 것이다. 겉으로 보이는 표정만이 전부는 아니듯 깊은 이면, 그 심연에 진정한 자연의 아름다움도 인간의 삶도 있는 것이다. 라라소냐의 숙소 건너편 숲을 보다 그런 생각을 했다. 한여름 무성한 잎들이 겨울 동안 머물렀던 줄기와 가지의 어디, 신은 부드러운 음성으로 자장가를 불러 주며 신생의 날들을 예언하였을 것이다. 따뜻한 음성에 젖은 잎들이 잠들었던 시간 동안 뿌리와 줄기는 제 몸의 표피를 더 단단히 걸어 잠그고 겨울나기를 하였을 것이다. 바람을 지나 눈보라를 건너 희미한 양광이 황도의 그늘을 밀어내는 동안 나무는 제 안의 생명에게 수액을 주느라 힘이 들었을 것이다. 그것을 언제 어떻게 보느냐에 따라 삶도 인간도 아름다움도 다른 것이다. 개인의 의미와 차이도 같다. 산티아고 관광열차를 타고 1시간 가량 중세 도시를 둘러보고(5유로) 밤 10시가 넘어 다시 성당으로 향했다.

가스펠 성악을 듣다. 흑인들의 백인을 위한(?) 성악. 『로빈슨 크루소』의 '프라이데이'를 생각하다. '크루소'에 의해 목숨을 구한 흑인 노예가 그의 다리 밑에 꿇어 앉아 영원한 노예가 되겠다고 맹세하는 장면. 노예를 구해 준 그날이 금요일이어서 노예는 '프라이데이'로 명명되고, '주인'으로 섬긴 크루소에게 영어와 기독교를 배워 함께 영국으로 돌아간다. 식인종이었던 프라이데이는 영국으로 건너간 후 조리된 산양의 고기와 빵을 먹고 의복을 거치며 영어를 배운다. 또한 유럽 인 문명의 상징이랄 수 있는 총의 제작법까지 전수받고 그 총으로 동족인 식인종을 죽이기까지 한다. 그리하여 3년도 채 안 되어 로빈슨 이상으로 선량한 기독교인으로 변모한다. 2백 년 이상에 걸쳐 끝없이 재생산된 '로빈슨 크루소류 문학'의 모티브는 그랬던 것. 서구 우월주의의 근본적인 허구 중의 하나인 『로빈슨 크루소』는 침입자와 원주민을 자리바꿈한 식민지 창세기 신화의 기본구조였던 것. 다시 말해 침입자인 서양인이 인공낙원을 건설함에 의해 오히려 원주민을 자처하고 반대로 백인으로부터 문명화와 기독교의 세례를 받게 된 선택된 원주민에 의해 토착민을 침입자로 배제하는 구조의 문학과 영화. 그러나 표면적으로 모험가로 알려졌던 크루소는 실제로 사탕과 연초 플랜테이션의 경영자이며, 동남아시아로부터 중국을 거쳐 유라시아 대륙을 횡단하던 아프리카 흑인 노예 밀무역상이었다. 그야말로 서유럽을 중심으로 하여, 식민지로 생산과 무역을 통한 지배망을 형성하는 제국주의의 전형적인 인간이었다.

백인을 상대로 '주 예수'와 '천국'을 송축하는 흑인 가수와 예약된 좌석에 품위 있게 앉아 환호하며 열광하는 백인들의 상기된 모습을 보며 묘한 생각을 접을 수 없다. 씁쓸했고 착잡했다. 달콤했던 몇 방울의 비, 점점 내리다 그쳤다.

다음 날 관현악단 거리 공연 관람. 배지(1.5유로), 산티아고 순례지도(11유로)를 구입했다. 8시간 넘게 주어진 시간을 활용하여 3일이나 묵은 산티아고였지만 아쉬움에 성당 주변과 내부를 다시 둘러보았다. 다시 마드리드로 향하는 버스는 만원이다.

축제기간 동안은 산티아고 어디서나 즉석 무대가 펼쳐지고 연주회가 열린다.

사람들 앞에서 저글링을 하고 있는 저글러.

카미노 데 산티아고

이 길은 프랑스 남부나 스페인 북부에서 시작하여 성 야고보의 유해가 묻힌 '카미노 데 콤포스텔라'에 이르는 세계적으로 명성이 높은 걷기 좋은 길이다. 로마, 예루살렘과 더불어 세계 3대 성지로 중 하나로 꼽힐 만큼 가톨릭의 역사와 문화적으로 그 가치를 인정받고 있는데, 국내에는 베르나르 올리비에의 책 『나는 걷는다』가 소개되고, 지난 봄 출간된 한 권의 걷기여행서가 읽히면서 본격적으로 알려지게 되었다. 이 길은 이미 약 900년긴 수많은 이들이 길있딘 길이며, 스페인 갈라시아 지방의 틀판과 나시락한 언덕과 숲, 그림처럼 소박하고 예쁜 시골 마을, 현대 건축의 거장 가우디의 건축물과 함께 많은 나라에서 온 여행자들을 만나 함께 걸을 수 있는 곳이다.

마지막 지점 산티아고 데 콤포스텔라에 도착하면, 대성당 정문의 조각 '영광의 문'을 통과하고 만지고 나서, 성당 제단 뒤에 산티아고 조각상을 만나고, 그의 무덤을 돌아보는 것으로 긴 순례의 마지막을 장식한다. 순례자들은 오랜 시간 동안 이 의식을 지속해 왔고 지금도 계속되고 있다.

오래된 길이지만 지금은 순례의 목적뿐 아니라, 해마다 50만 명에 이르는 다양한 국적을 가진 여행자가 저마다 다른 목적을 가지고 찾아오는 코스가 되었다. 이 구간을 걷는 사람에게 도보여행 증명서(Compostela Certificate)를 주며 산티아고 데 콤포스텔라까지 여행중 머물게 되는 각 도시의 성당 사무실에서 확인도장을 받는다. 이렇게 하여 마지막 목적지까지 최소 100km의 이상의 구간을 걷고 나면 산티아고에 도착해서 이를 증명하는 증명서를 받는다. 이 길을 걸으면 유럽문화의 진수, 카톨릭 예술의 절정을 만날 수 있다.

016

신발에게 부끄러웠다

오래된, 아니 낡은 것에 대한 나의 연민은 병적 수준이다. 그러다 보니 눈앞에 산더미처럼 쌓인 명품도 새것이라면 쉽게 내 마음을 빼앗지는 못한다. 대상이 무엇이든 친하고 익숙해지는 데는 시간이 걸린다. 나는 유난히 그 과정을 잘 참아내지 못하는 편이다. 아직까지는 참아야 할 이유를 어디에서도 찾지 못했다. 그것은 물건으로서가 아니라 내게로 오는 순간 나의 일부가 되고 그 과정은 생각보다 지난한 시간과 마음 씀씀이를 요구하기 때문이다.

그런 내가 이번 여행에 새 신발을 한 켤레를 구입했다. 등산화가 있지만, 험한 산을 타는 게 아니라 대부분 평지를 걸을 예정인 데다가 내가 평소 즐겨 신는 가벼운 트레킹 화는 아주 작은 비에도 금방 젖는 문제점이 있어 발목이 낮은 경등산화를 구입했다. 한 달 여정에 3주 정도는 걸을 예정이었으므로 돌아올 때는 새 신발의 불명예를 어느 정도 벗으리라는 기대가 포함되어 있었다. 그런데 아니었다. 카미노 데 산티아고의 종착점인 카미노 데 산티아고 콤포스텔라에 도착하여 헤질 대로 헤진 다른 순례자들의 신발을 보는 순간 내 발을 감싸고 있는 새 신발로 인한 수치심이 밀려왔다.

그러고 보면 신발보다 정직한 도구는 없다. 내가 얼마나 나태한 여행을 하고 있는지, 얼마나 험한 길을 걸었는지, 또 얼마나 정직하게 고통과 맞섰는지 신발은 그대로 보여준다.

도미노 데 산티아고 대장정을 마친 순례자들은 카미노 데 산티아고의 끝이고 세상의 끝점이라고 믿는 피니스테레(Finisterre)에 도착하면 긴 순례를 무사히 마친 것에 대한 감사 의식으로 헤진 신발을 태운다고 하는데 그들과 나는 달랐다. 낡기는커녕 내 신발은 너무 말짱해서 이제 막 여행을 시작하려는 사람 같았다.

어렸을 때는 새 운동화를 신고 싶어 어머니 몰래 말짱한 고무신을 엿으로 바꿔 먹는 친구를 부러워했는데 이젠 달라졌다. 새것의 기쁨보다 이미 낡았거나 낡아가는 것들에 대한 즐거움이 소중해지고 있다. 이 편식증은 신발에 국한된 이야기만은 아니다. 여행이 끝날 때면 현지인에게 쓰던 물건을 나누어 주게 되는데 이때도 모두 정리하고 남은 것들을 보면 수년 전에도 내 것이었던 낡은 것뿐이다. 그 중 모자나 장갑보다 신발에게 부끄러운 일이 더한 부끄러움이란 걸 나는 알고 있다. 아직 일정은 반이나 남았다. 다시 마음을 다잡는다. 신발에게 떳떳해지자. 부디 신발에게 부끄러운 여행은 하지 말자.

철저히 편하고 익숙한 것만을 선호하는 나, 그렇게 나다움을 지키려는 나, 그런데 어떻게 이 같은 여행을?

017

거리의 악사

내게, 카미노 데 산티아고는 단순히 종교적이거나 한 여행자가 자신의 정체성과 본성을 찾아가는 순례의 길만은 아니었다. 평화로운 풍경을 만나고 그 풍경 속에 또 하나의 풍경으로 살아가는 사람들을 만나는 일, 그것은 내가, 내 존재가 풍경이 되는 일이기도 했다. 레온과 산티아고에 보낸 날들은 오래된 도시에서만이 느낄 수 있는 안온함과 넉넉함 그 자체였다. 해질 무렵 숙소 밖으로 나가면 도심의 산책자를 부르는 소리의 유혹을 피할 수가 없었다. 골목을 돌 때마다 새로운 기대감으로 부풀었는데 그 소리는 정열적이고 낭만적인 도시의 이미지로 굳혀졌다. 사실 거리의 악사들은 어느 도시에서나 만날 수 있는 예술가들이지만 모든 길이 콤포스텔라로 통하는 산티아고의 악사들은 달랐다.

지친 영혼을 위로받고자 두 발로 걸어온 순례자들이 모여드는 대성당에서 흘러나오는 종소리가 고단한 영혼을 깨우는 도시, 성당으로 드는 골목을 따라 이끼 푸른 성곽을 걷노라면 거리의 악사들이 하나 둘 장소를 바꿔 바이올린, 플루트, 트럼펫을 불거나 전자기타를 연주하는 도시, 특히 늦은 밤 가로등 밑을 지나며 듣는 음악의 쓸쓸한 생명감은 여행자의 마음을 송두리째 흔들어 놓기에 부족함이 없다. 나는 일기장에 그 소리를 알 수 없는 영혼의 '끌림'이라고 적기도 했다. 축제기간이라 그랬는지, 내가 산티아고에서 만난 거리의 악사만 해도 몇 십 명은 더 되는 것 같았다. 그러나 모두 다 인상적이었거나 기억에 남는 것은 아니었다.

앞에는 악기 케이스에 자신의 연주를 담은 CD 몇 장이 행인들을 향해 열려 있고 곁에는 주인이 연주할 음악의 레퍼토리를 모두 암기하고 있을 것 같은 개 한 마리가 조용히 바닥에 턱을 고이고 있었다. 그는 주인이 연주할 때는 곁에 서서 마치 '이 음악은 내가 좋아하는 곡이야' 하는 표정으로 일어나서 음악을 음미하다가 연주가 끝나면 자리로 돌아가 애잔한 눈빛으로 쉬곤 했다. 그날 산티아고 대성당 광장으로 통하는 기둥 아래에서 생소한 현악기로 아름다운 곡을 연주하던 거리의 악사는 내게 특별한 느낌으로 다가왔다. 캐빈 코스트너를 닮은 그는 영혼이 추운 사람이었을까. 모두 더위에 지친 한낮에도 겨울 재킷을 입고 있었는데, 서너 곡 연주를 마치고 나서 쉬고 있을 때였다. 한 손에 담배를 들고 바닥에 몸을 낮춰 애완견과 나누던 눈빛 대화에서 나는 '세상에 오직 너와 나뿐이로구나' 하는 가족애와 말로는 표현하기 어려운 사랑을 읽었는데 그것은 대사를 생략한 아름다운 영화의 가장 감동적인 한 장면과 다르지 않았다. 묵직한 그러나 아름다운 슬픔이었다.

CD는 한 장도 팔리지 않았고 순례자들이 놓고 간 동전 몇 개가 전부였지만, 애완견이 곁에 있어서 보는 이들에게 위로가 되었다. 위로라고 말하지만 나는 그가 틈틈이 자신의 분신과 같은 애완견과 나누던 지극하고도 무언가 모르게 애잔함으로 가득 했던 그들만의 교감을 잊을 수가 없다. 아쉬움이 컸던 순례를 마치고 산티아고에 도착한 다음 날, 나는 남은 날들에 대한 기대로 마음이 부풀대로 부풀었고 평화로웠으며, 그 평화로 성벽 계단에 앉아 듣고 또 들어도 나는 그의 음악과 그가 만들어낸 풍경을 대변할 수 있는 것이 '슬픔' 외 어떤 단어도 찾을 수 없었다. '생은 왜 이리 애잔하고 슬픈가?' 수많은 시간이 흘렀지만 태양과 정열의 나라 스페인을 여행하는 동안에도 여전히 곳곳에서 만나는 생의 풍경들은 지극한 슬픔으로 아릿하고 눈물겨웠다. 내 자신 외롭거나 고독하거나 깊이 쓸쓸할 때 생명 가진 것들은 모두가 그랬다.

건물을 돋보이게 하는 좁은 골목의 아름다운 조명.

산티아고의 춤추는 사람들

다운타운으로 가는 자동차들은 모두 멈춰 있었다. 원인을 몰라 두리번거리고 있을 때, 화려한 가발을 쓰고 중세 복장을 한 어른과 아이들의 행렬이 산티아고 콤포스텔라 광장을 향해 끝도 없이 걸어갔다. 축제의 절정을 알리는 거리공연이었다. 지쳐 있었던 나는 거리행렬을 놓칠세라 마음이 급했으나 축제 때문에 빈 방을 찾기가 쉽지 않았다. 겨우 방을 얻고 침대에 배낭을 던져 놓고 거리로 나갔다. 좁은 골목으로 밀려가고 밀려오는 사람들에 휩쓸려 길을 잃을 것만 같았다. 그러는 사이 도시는 어둠으로 깊어지고 콤포스텔라의 지붕 탑을 형상화한 조명이 산티아고 메인 스트리트를 밝혔다. 여기가 바로 산티아고 콤포스텔라, 그 많은 사람들이 카미노 데 산티아고를 마음에 새기며 걷고 또 걸어 도착한 마지막 지점 산티아고다.

갑자기 수많은 관객들이 환호하는 무대 위로 아무 준비도 없이 던져진 그런 기분이 든 산티아고. 나는 눈앞에 펼쳐진 다양한 잔치에 그냥 정신을 놓은 채 휩쓸려 가고 있었다. 마치 모든 생명을 쓰다듬으며 흘러가는 강물처럼, 그러나 혼자 던져진 무대 위로 하나 둘 사람들이 올라오고 어느새 나는 수많은 사람들에 묻혀 내 역할에 충실하고 있었다. 조용히 시골 마을을 돌며 걷던 내가 갑자기 달려든 변화에 어리둥절했다. 그러나 시종 기분이 달뜬 것은 함께 즐기는 것에 의미가 있는 축제의 특성을 나라고 피해 갈 수 없었기 때문일 터다. 나는 사람의 물결을 따라 이리저리 흘러갔다. 피부색과 인종이 다른 남녀노소가 평화롭게 흐르는 강물을 따라가다 바다에서 만나듯이 그들과 나는 헤어지고 또 만났다. 모

춤추는 사람들로 열기가 가득한 산타아고 축제의 밤.

둘들 마치 사랑하다가 죽을 것처럼 노래하고 춤추며 흘러 거기까지 온 사람들이
었다.

　거리와 골목은 대성당의 네온은 휘황하다. 노천 카페들은 먹고 마시는 사람들
로 붐볐다. 인디오들의 애잔한 거리 연주에 혼이 빠져 있다가 공원으로 발길을
옮겼다. 이 또한 내 의지로 찾아간 것이 아니라 휩쓸려 가다 보니 그곳에 닿아
있었다. 공원 끝에 설치된 대형 무대에서 가수의 열정적인 노래가 이어지고 몇
명인지 가늠하기 힘든 군중들이 무대를 향해 박수를 치며 환호를 했다. 그런데
정말 놀라고 흥분된 것은 그 많은 사람 누구도 그냥 팔짱을 끼고 멍하니 구경만
하는 이가 없다는 것이다. 마치 거대한 댄스홀에서 합동공연을 보는 것 같았다.
이럴 때 쓰지 않을 수 없는 말, 남녀노소, 그랬다. 남녀노소가 서로 손을 맞잡거
나 부둥켜안고 춤을 추는데, 나 역시 여행자로서의 이성을 지키기엔 이미 내 몸
이 말을 듣지 않았다. 곧이어 리드미컬한 리듬에 내 몸도 흘러가기 시작했다. 아
이도 노인도 휠체어에 앉은 아가씨도 봄 물결처럼 부드럽고 강하게 흘러가고 있
었다.

　사람을 헤치고 앞쪽으로 나아가자 노래가 끝날 때마다 터지던 환호와 박수소

리의 정체를 그때서야 알았다. 무대 앞 쪽으로 다가서서 온몸을 음악에 맡기고 춤을 추던 목발의 청년, 청년의 동작은 내게도 견딜 수 없는 열정을 전염시켰다. 목발에 몸을 지탱하고서도 그토록 정열적인 춤을 추다니! 나는 그의 춤에 도취되어 정신을 차릴 수가 없었다. 내 주위에는 수많은 연인들이 부둥켜안고 가벼운 스텝으로 몸을 움직이고, 젊은 아빠가 어린 딸을 안고 춤을 추는가 하면, 등이 굽은 노부부가 지팡이를 짚고 마주서서 노련한 동작으로 리듬을 타는 모습은 유유히 흐르다가 때로는 소용돌이치며 급류에 휘말리는 강물처럼 지상의 즐거움이 무엇인지를 깨닫게 했다.

스페인 사람들은 어디든 음악만 있으면 결혼식이 끝난 후에도, 야외 파티에도, 가족들만의 생일 파티에도, 심지어는 연인들이 헤어지고 만날 때도 춤을 춘다더니 그 말은 그냥 우스갯소리가 아니었다.

나는 그들 속에서 외로움을 느낄 겨를조차 없었다. 밤이 깊어도 사람들은 자리를 떠나지 않았다. 그렇게 아침이 오고 다시 저녁이 온다 해도 음악이 있는 한 춤은 멈출 것 같지 않았다. 평소 뻣뻣하기 짝이 없는 내 몸도 도무지 춤의 마술에서 풀려날 기미를 보이지 않았다.

밤의 산티아고 거리. 대성당을 상징하는 조명이 눈길을 끈다.

축제의 마지막 날이어서 그런지 다음 날은 더 많은 사람들이 모여 있었다. 나는 밤 10시가 넘어 공원으로 달려갔지만 무대 앞자리를 차지하고 있던 목발의 청년은 여전히 그곳에 있었고, 그의 춤솜씨는 전날과 조금도 다르지 않았다. 음악이 끝나면 많은 사람들이 그를 향해 박수를 친 후 곧 자신의 위치로 돌아가 처음처럼 다시 춤을 추기 시작했다. 정말 지독히 춤을 좋아하는 민족이구나 싶었다. 내심 나는 앞으로 나아가 한 번만이라도 목발 청년의 파트너가 되고 싶었지만, 혼자 춤에 몰입하는 청년에게 선뜻 손을 내밀 수가 없어서 그냥 열심히 몸을 움직이다가 박수를 치는 것으로 대신했다.

아쉽고 행복한 산티아고의 밤이었다.

노 백작의 산책

순례자들의 종착지인 산티아고 콤포스텔라 광장, 기꺼이 바치는 고통 뒤 환희를 누군들 모르겠는가. 벌써 며칠째 나는 그늘을 찾아 경찰청 뒤쪽 바닥에 앉거나 누워 대성당을 바라보았다. 다리를 절뚝거리며 들어서는 감동에 찬 수많은 순례자들의 아름다운 모습을 지켜보며 그들과 함께 기뻐하고 감사했다.

라르소냐에서 산티아고까지 구간 구간을 잘라 걷기는 했지만 큰 시련이나 고통 없이 산티아고에 도착한 나는 그곳에서 보내는 한순간, 한 시간, 아니 하루가 소중하고 감미로웠다. 그리고 시간의 흐름을 음미하면서 내가 왜 여기에 있는가를 생각하곤 했다.

3일째 되던 날, 다리가 불편해 보이는 지팡이를 짚은 노인이 느린 걸음으로 내가 있는 쪽으로 다가왔다. 깔끔한 용모가 영락없는 내 아버지다. 물론 그는 여행자나 순례자가 아니라 근처에 사시는 분으로 한낮 일광욕을 위해 대성당으로 산책을 나온 것일 터다. 외모를 보면 갖춰 입은 옷이며 모자와 신발 등이 귀한 초대를 받아 가는 듯한 모습인데 가까이에서 보니 호흡과 동작이 매우 힘들어 보이고 걷는 것도 영 부자연스럽다.

그런 그가 돌 의자에 앉아 한동안 무표정하게 사람들을 관찰하다가 일어나 다시 걷기 시작했을 때 비로소 보았다. 노인의 두 발이 서로 다른 높이의 신발을 신고 있다는 것을, 그 때문이었을까. 노인의 다리는 왜소한 몸집에 비해 천근만근 무거워 보였다.

길이가 다른 두 발로 한 가지 일에 같은 효과를 얻기는 어렵다. 자세히 보면 노

내 마음을 움직인 거리의 노인.

인의 신발은 모양은 비슷하지만 굽의 높이가 현저히 다르다. 그가 언제부터 장애를 갖게 되었는지, 누구의 아이디어였는지는 알 수 없지만 그는 그렇게 서로 다른 신발을 신고 이곳까지 온 것이다.

  나를 의아하게 한 것은 정작 그 다음이다. 어렵게 발을 떼어 그가 다가간 곳은 광장 구석의 쓰레기통, 그는 일곱 개나 되는 대형 쓰레기통을 차례대로 하나하나 뚜껑을 열어 살피더니 아무것도 건지지 못한 난감함에 잠시 망연해 하다가 쓸쓸히 돌아섰다. 조금 전 자동차가 와서 쓰레기를 모두 수거해 갔다는 걸 몰랐던 모양이다. 나는 하마터면 "아버지, 여기서 왜 이러고 계세요?"라고 말을 걸 뻔했다. 약 20미터 전방에서 내 카메라가 계속 그를 쫓고 있었지만 눈길 한 번 주지 않았다. 야속했다.

  한참 후 쓰레기통을 모두 열어 본 노인이 세상의 무게를 끌고 내 앞에서 천천히 사라졌다. 하나님은 성당 안에 있는 사람들을 돌보시느라 밖은 잠시 잊고 계신 듯했다.

  아직도 나는 이해가 되지 않는다. 바지는 날이 서 있고 구두에 윤기가 도는 노백작께서 왜 쓰레기통을 뒤졌는지. 왜 내겐 눈길 한 번 주지 않았는지.

행복을 훔치다

사랑하는 것과 사랑받는 것, 이것보다 큰 행복이란 원치도 않고 알지도 못한다.
— I.F. 모라틴
사랑을 가르쳐주는 사람은 아무도 없다. 사랑이란 생명과 같이 탄생할 때부터 지니는
것이다. — F. 뮐러

행복은,

히말라야, 아틀라스 산맥, 아니 태평양. 대서양, 사하라, 타클라마칸 사막, 라
인 강, 인더스 강 같은 곳에서 발원하지는 않는다.

톰 크루즈보다 조금 더 근사한 남자가 레온 대성당 앞 광장에서 무릎을 꿇은
채 몸을 앞으로 숙이고 있다. 사랑하는 여자에게 키스를 하기 위해서다. 휠체어
에 앉아 있던 그녀는 다가오는 애인의 목을 감쌀 수 있는 팔도, 걸을 수 있는 다
리도 없었지만 정오의 햇살이 그녀의 얼굴을 비추자 세상에서 가장 행복한 미소
를 지으며 지그시 눈을 감고 입술을 맡겼다.

키스를 나눌 때 두 사람이 무슨 말을 속삭였는지 나는 모른다. 다만 멍해져서
그들에게 축복의 박수를 치느라 주머니에 카메라가 있다는 걸 까마득히 잊고 있
었을 뿐.

집집마다 내걸린 대문의 화분에서
그 집의 행복을 엿볼 수 있다.

산티아고 대성당. 두 사람이 머리를 맞대고 가이드북을 보고 있다.

둘일 때 완성되는 아름다움

종이봉투에 빵과 과일 등 먹을거리를 안고 콧노래를 부르며 횡단보도에서 녹색 신호를 기다리는 여자는 아름답다. 건너편에서 그 여자를 기다리는 남자는 더욱 아름답다. 녹색신호에 불이 들어오자 서로의 간격이 조금씩 좁아지다가 드디어 두 사람이 만나 남자가 여자의 봉투를 받아 안고 되돌아가는 풍경은 더더욱 아름답다.

역시 세상의 아름다움은 하나가 아니라 둘일 때 가장 빛나나니.

상처 아문 자리에 피는 꽃

그를 떠올리지 않고 시작된 아침이 없었고 그를 생각하지 않고 저무는 밤이 없던 한때, 나는 골목에서 많은 시간은 보냈다. 담뱃가게가 있는 붉은 함석지붕 모퉁이에 삐딱하게 서 있는 가로등은 언제쯤 불이 들어오는지, 가로등에 불이 들어오고 얼마쯤 후에 그가 나타나는지, 그의 손에 무엇이 들려져 있는지, 나는 그를 기다리면서 그 골목의 풍경들에 익숙해져 갔다. 봄 여름 가을 겨울이 대여섯 번쯤 바뀌고 낡은 가로등이 시력을 잃고 모가지를 꺾을 때까지 나는 골목에서 그를 기다렸다. 그때 세상에서 내가 할 수 있는 일이란 그를 기다리는 일과 기다림을 참는 일 두 가지뿐이었다.

어느 날 느닷없는 회오리바람이 지나간 뒤 골목에서의 기다림은 나와 아무 상관없는 일이 되었다. 마음은 차츰 정리되고 있었지만, 그 시간이 되면 여전히 몸이 알아서 골목으로 나갔고, 길 끝에서 한손에는 서류가방을 들고 한 손은 뒤로 감춘 채 숨바꼭질하는 아이들처럼 나타나던 한 사람을 아직도 기다리고 있다는 걸 정면으로 자각했을 때 또 한 번 내 삶은 사막처럼 황량했다. 나는 연필을 깎다가 슬쩍 손가락을 베인 게 아니었다. 잘린 식도에 수십 바늘을 꿰매지 않으면 안 되는 깊은 상처를 안고 있었다.

언제부턴가 나는 길을 잃지 않을까 조바심하며 큰길로 나가 보았다. 그러나 길을 잃으면 잃은 길 앞에 그가 서 있을 것만 같았다. 그 힘으로 나는 지금보다 조금 더 멀리 앞으로 나아가는 용기와 방법을 채득했다. 되돌릴 수 없어서 애틋해지는 그리움들, 쓸쓸할 때 쓸쓸하다고 노래를 부르는 것으로 쓸쓸함의 강도가

파란 하늘과 가로등과 깃발.
이 모두 산티아고를 상징하는 것들이다.

어디서나 행복을 가꾸는 사람들.

낮아진다면 그렇게 하겠지만 아픔은 결국 그나 나에게 고스란히 돌아올 것이어서 함부로 쓸쓸하다 말하지도 못한다.

산티아고 좁은 골목에서 그를 기다리며 산 지난날들을 떠올렸다. 좁은 골목 끝에서 한 명의 동양 남자를 스치는 바람처럼 만났다는 이유만으로.

지금 그 시간을 추억할 수 있다는 것은 행운이고 축복이다. 상처 아문 자리에 꽃이 핀다는 걸 나는 오랫동안 잊고 있었다.

거울 같은

낡은 벽에 붙여 놓은 사내가 담배를 물고 있는 포스터에 눈이 멈춘다. 한 사내가 그 벽에 잠시 등을 대고 있다가 떠나자 다른 사내가 같은 자리에서 담배를 피웠다. 그의 표정에는 온갖 고뇌가 묻어 있었다. 역시 삶을 읽으려면 뒷골목이 제격이다.

그 모퉁이를 꺾어서 돌고 있을 때 나는 눈을 크게 뜨고 걸음을 멈췄다. 아주 막간의 간격을 두고 한 남자와 마주보며 간신히 속도를 제어한 채 서 있었다. 놀란 두 마리의 토끼, 아무 영문도 모르는 짐승이 거울 앞에서 자신을 들여다보고 있는⋯. 위 아래로 훑다가 서로의 손에 시선이 닿는 순간 동시에 웃음이 터졌다. 우리는 손에 같은 지도를 들고 있었고, 그 지도에 그린 동그라미 다섯 개가 하나도 다르지 않았다. 그도 나처럼 길을 찾고 있는 여행자라는 걸 확인하는 순간 오래 함께 그곳까지 온 사람처럼 익숙하고 친해져 버렸다.

그가 빵을 뜯으면 나도 빵을 뜯었고, 그가 성당에서 기도를 드리면 나도 기도를 드렸고, 그림을 보면 나도 그림을⋯. 어느 순간 나는 거울 앞에서 모노드라마를 하고 있다는 착각이 들었고, 왠지 그 앞에선 그렇게 하지 않으면 안 될 것 같았다.

빵집 앞에서

좁은 골목을 걷다가 가게 밖으로 튀어나오면서까지 길게 줄 서 있는 걸 보면 가던 길을 멈추고 나도 그 끝에 서야 할 것 같은 생각이 든다. 남들이 다하는 것을 내가 하지 않은 것에 대한 불안과 낭패감은 어디서 오는 것일까.

천으로 정성껏 만든 주머니를 들고 아주머니, 아저씨, 젊은이들까지 뭔가 가볍게 상기된 표정으로 코를 흠흠거리며, 발끝으로 바닥을 톡톡 두드리며, 하품을 하며, 눈곱을 떼며, 더러는 신문을 읽으며, 낙서 같은 휘파람을 불며, 가족을 위해 맛있는 빵을 이 정도 얻었다면 행복 아니냐며 흐뭇한 표정으로 빵을 안고 사라진 사람만큼 앞으로 나아가는 사람들.

이른 아침 갓 구운 빵을, 그것도 전통과 맛을 자랑하는 집의 빵을 얻기 위해서는 돈만 필요한 것이 아니다. 줄을 서는 것은 필수다. 차례대로 줄을 서서 기다리면 언젠가는 자기 차례가 온다는 걸 누구도 의심하지 않는다. 줄은 정직하고 기다림도 정직하지만 빵맛은 더욱 정직하다. 나는 빵집 앞에서 내 차례를 기다리며 기다림을 일힌다. 그러고 보니 빵집 앞에서 차례를 기다려 온 그것이 여행이었다.

눈부신 황혼

유럽에서 가장 여유 있고 아름다운 사람은 노인이다. 잠시 공원으로 산책 가는 길, 지팡이를 짚어야 걸을 수 있는 할머니도 치마를 갈아입고 구두를 신고 꽃이 달린 챙 있는 모자를 쓴다. 고운 입술에 립스틱을 바르는 것은 기본이다. 곁에 파트너가 있으면 할머니는 분홍 스카프를 날리며 색깔 짙은 립스틱을 바르고 수줍은 소녀로 변해 있기 일쑤다. 오페라 가수처럼 가슴에 달린 작은 포켓에 흰 손수건을 살짝 꽂은 할아버지는 할머니와 손을 잡고 나란히 걷는 동안 제왕의 걸음걸이로 할머니를 에스코트 한다.

그들의 단골 자리는 공원 벤치만이 아니다. 성당이나 음악회, 쇼핑, 무도회, 해질 무렵 노천 카페에서 연한 스테이크에 와인과 향기 좋은 카푸치노를 앞에 놓고, 우아하게 다리를 포개고 앉아 나직이 대화하는 모습을 보면, 저들은 평생을 불륜도 애인도 부부도 친구도 아닌 오직 연인으로만 사는 사람들이구나 하는 생각을 하게 된다.

노인에게 길을 물어볼 때가 많다. 시간에 쫓기지 않는 노인들은 친절하다 못해 극진한 여유를 보이며 목적지까지 동행해 주거나 그럴 수 없으면 설명을 마친 그들로부터 그윽한 눈길로 행운의 메시지를 덤으로 받는다. 그들은 삶의 여유와 사랑을 가르치는 진정한 스승들이다.

지독하게 오래 그리고 열정적으로 키스를 나누는 연인들(레온 역).

026

기차를 놓치면

기차 좀 놓치면 어때

밝지도 어둡지도 않은, 이제 막 가로등에 하나 둘 불이 켜질 시간, 골목 끝 산티아고 대성당 기둥에 서서 다시는 떨어지지 않을 것처럼 두 팔을 감싸고 키스에 몰입하는 연인들은 왜 그토록 낭만적인가.

출발 신호를 알리는 기차 앞에서 부둥켜안고 깊은 키스에 빠져 있는 연인들은 왜 그렇게 낭만적인가.

키스를 멈추지 못해 몇 대의 지하철을 놓치는 연인들은 또 얼마나 낭만적인가.

더러는 원치 않는

'여행이란 낯선 역에서 기차를 기다리는 일이다.' 이 한 줄로 여행을 정의할 때 세상은 그리 크거나 넓지 않았다. 레온 역, 나는 벽에 기대어 좀처럼 오지 않는 기차를 기다렸다. 그때 히피족 여행자 한 쌍이 곁에 와 앉았다. '그 빵은 어디서 팔아?' '이 도시에서 얼마나 머물렀니?' '넌 왜 순례자의 마크인 조개를 사지 않았니?' '여긴 내 여자 친구고 우린 이스라엘에서 왔어.'

한국의 노랑머리의 수다스러운 남자 개그맨 한 열 명 정도가 동시에 떠들고 있는 듯한 착각이 들었다. 처음부터 묻지도 않은 말을 나열했고, 이어 별 실속도 없는 대화를 주고받았지만 정작 어디로 가는지는 묻지 않았다. 남자의 끊임없는 질문과 동양 여자에 대한 관심이 부담스러워 '너, 이거나 씹을래?' 나는 가지고 있는 껌을 나누어 주며 그의 입을 막아 볼 참이었다.

처음 보는 사람과 금세 친해질 수 있는 것이 여행말고 또 무엇이 있을까. 그러나 이처럼 역작용을 가져올 때도 있는 것이다. 그들은 좋아 보였지만 그다지 행복해 보이지는 않았다. 젊음도 연인이라는 것도 내 맘을 움직이지는 못했다. 얼굴에 불만이 가득한 구겨진 여자의 인상이 그런 생각을 부추겼다. 그리고 간혹 내 귀를 파고드는 저질스러운 언어, 나는 그들의 불편한 관심에서 자유로워지려고 자리를 옮겼는데 그들도 따라 왔다. 그들이 자리를 옮긴 것이 그늘 때문이라는 것을 나중에야 알고 혼자 웃었다.

우리는 배낭 하나가 전부인 스치는 여행자들이어서 아무 말을 하지 않을 수도 있고 아주 많은 말을 할 수도 있다. 하지 않아도 될 말을 어쩔 수 없이 해야 하는 일은 내가 가장 하고 싶지 않는 일이다.

기차가 도착하자 그와 나는 상투적인 인사를 나누고 헤어졌다. 우리가 그렇게 잠시 머물다 떠났듯이 누군가 또 그 자리에서 대화나 껌을 나누면서 앉았다 떠날 것이다.

모든 만남이 다 기쁘거나 반가운 것은 아니다. 그들은 내게 별로 기억하고 싶지 않는 여행자였다. 어쩌면 나도 그들에게 기억하고 싶지 않는 여행자일지 모른다. 서로가 다른 코드를 가졌다는 것을 비난할 생각은 없지만, 그렇다고 아닌 것을 참을 필요도 없지 않은가. 여행은 그렇게 아닌 것과 긴 것을 오직 자신이 자신에게 선택하도록 가르친다. 혼자만의 여행을 좋아하는 많은 이유 중 하나이기도 하다. 모든 인연은 그렇게 스치기도 하고 머물기도 한다. 기차가 떠나면 또 다른 기차가 오듯이, 한 사람이 떠나면 또 한 사람이 오듯이,

어떤 만남
마드리드에서 레온으로 가는 기차, 앞자리에 노부부가 강아지와 새와 고양이

를 안고 탔다. 이 세 동물은 각자 뚫린 상자 안에 보관되어 있었고 내가 탄 칸은 그들과 나뿐 텅 비어 있었다. 할머니는 새가 뭐라고 종알거릴 때마다 쉿! 조용히 하라고 주의를 주었다. 고양이는 할아버지 품안에서 얌전히 앉아 긴 속눈썹을 깜박거렸고, 강아지는 온갖 재롱을 떨었다.

강아지가 이상한 소리를 낼 때마다 할머니는 뒤에 앉은 내게 그의 재롱을 보여주고 싶어 나를 부르곤 했다. 차가 비어 있어서 옆자리나 입구 쪽에 그들을 놓아 두어도 좋을 텐데 굳이 둘의 좁은 좌석에 옹기종기 앉아 그들의 어여쁨을 놓치지 않으려는 듯 눈을 떼지 못하던 부부.

내릴 때도 그들은 내게 어떤 인사도 하지 않았다. 다만 고양이와 강아지에게 안녕 하라고 시켰을 뿐.

세상에 마음 붙일 상대가 애완용 동물밖에 없는 이들은 어디든 많이 있는 모양이다.

『코란』을 읽던

마드리드에서 그라나다행 기차에 올랐을 때, 기차는 텅 비어 있었다. 나는 기차와 좌석을 거듭 확인하고 배낭을 좌석 앞 선반에 내려놓았다. 기차가 막 떠나려고 할 때 흑인 청년이 달려와 내가 탄 칸으로 올라섰다. 그의 가쁜 숨소리가 차안에 나직이 퍼졌다. 그가 기차를 향해 달려오는 동안 눈을 한 번 맞추긴 했지만 그는 같은 칸의 가장 먼 곳에 자리를 잡고 있었다.

기차가 움직이자 처음부터 끝까지 그는 뭔가를 읽었다. 노란 종이책에 검고 아름다운 서체가 빼곡히 박혀 있는 책, 『코란』이었다. 그라나다에 도착해 내릴 준비를 하고 있을 때 그가 성큼성큼 내 앞으로 걸어오더니 다짜고짜 책을 가지겠느냐고 물었다. 나는 고맙지만 싫다고 했다.

그가 나를 앞질러 내리더니 바람처럼 어디론가 사라지고 없었다. 그라나다에 머무는 내내 흑인 청년의 눈빛이 생각났다. 왜 내게 『코란』을 주려고 했을까.

놓쳐야 얻을 수 있는 것들

떠나고 싶다는 말의 다른 이름은 기차다. 마드리드에서 레온으로, 레온에서 팜플로냐로, 다시 레온으로, 산티아고로, 마드리드로, 그라나다로, 그리고 탕헤르에서 다시 마라케시로 마라케시에서 라바트로, 라바트에서 페스로, 페스에서 카사블랑카로.

기차를 타지 않는 여행을 생각할 수 있을까. 없다. 나는 이번 여행에서 단 한 번 밤을 새워 버스로 이동하는 날이 있긴 했지만 대부분은 기차를 택했다. 기차를 타야 여행의 진수를 만끽할 수 있는 건 나만의 정서는 아닐 테지만 뭔가에 쫓기듯 달리다가 장거리 기차에 몸을 싣는 순간의 그 안도감과 여유, 그러고 보니 나는 그 짧은 여유를 몹시 사랑했던 것 같다. 같은 시간을 달려도 버스를 타면 뭔가 갑갑함을 느끼는데 기차를 타면 여유가 느껴지는 것.

서른 시간 아니 오십 시간쯤 기차를 타는 것도 나쁘지 않았다. 나는 그 칸에 탔던 아이들 모두와 친구가 되었던 인도의 열차를 생각했고, 몽골리안과 백인들 속에서 흔들리며 갔던 시베리아 횡단열차를 생각했다. 그리고 낯선 역에서 기차를 놓쳐 망연해 있을 때 그때 나를 찾아온 뜻밖의 행운들!

027

알람브라 궁전에서 꾸는 꿈

산티아고에서 전날 밤 출발, 마드리드를 경유해 그라나다에 도착한 것은 다음 날 오후 1시 반이었다. 기차역 주변은 물론 도시 전체가 야자나무 가로수로 조경이 되어 한눈에 휴양도시임을 알 수 있었다.

지나가던 택시 기사가 '헤이, 빠띠오 알람브라?'를 외치지 않았다면 나는 잠시 내가 서 있는 곳을 잊을 뻔했다. 마음씨 좋게 생긴 기사를 골라 택시를 타고 예약한 호텔을 찾아가 짐을 던져 놓고 알람브라 궁전으로 달려갔다. 오늘 마지막 타임만 남겨 놓고 있어서 자칫하면 입장시간을 놓칠 수 있기 때문에 마음이 급했다. 2시 30분 입장권을 끊어 사람들을 따라 안으로 들어갔다. 양쪽으로 길게 도열한 하늘을 찌를 듯한 사이프러스 길을 걸어가자 인정머리 없게 나무를 사각으로 잘라 놓은 정원이 이어졌다. 모두 좋았는데 단 한 가지, 너무 단정하게 전지된 나무 때문에 정나미가 떨어지기도 했던 베르사이유 궁전이 떠올랐다. 각양각색의 꽃들이 자라고 코발트색 하늘은 푸르다 못해 눈이 멀 지경이다.

정원으로 들어가는 길 입구에서 휠체어를 탄 나이든 여행자를 만났다. 남편은 휠체어에 앉아 있었고 아내가 휠체어를 밀고 있었는데, 오래전에 지은 궁전이다 보니 장애인을 위한 배려가 있을 턱이 없다. 주위의 사람들이 합심해 휠체어를 들어서 계단을 올려 주자 도움을 주는 사람도 받는 사람도 흐뭇한 인사를 잊지 않는다. 장애를 불편으로 여기지 않고 오히려 즐겁게 받아들이고 당당하게 누리는 유럽 인들의 사고가 나는 언제나 부럽다. 그것은 도움은 주는 사람과 받는 사람 모두에게 당연한 의무이며 축복처럼 느껴졌다. 그러나 정말 보기에 좋았던

알람브라 궁전을 들어가려면 하늘을 찌르는 이 나무 터널을 통과해야만 한다.

것은 그들이 어디에 있든 두 사람이 함께한다는 것이다. 알람브라 궁전이 아무
리 아름다운 뜰을 가졌다 해도 곁에 동행이 없다면 상상조차 할 수 없는 일이 분
명했다.

　세계문화유산이 된 알람브라 궁전을 많은 사람들은 비단실로 짠 것 같은 섬세
함이 생명이라고 예찬한다. 나는 그 말을 확인이라도 하듯 되새기며 정원을 통
과하고 있었다. 궁전 안으로 들어가기 전 밖에서 전체적인 건물의 흐름과 원경
을 즐기는 일은 필수다.

　사이프러스 뜰을 지나 궁전 가운데 이사벨라 외손자인 카를로스 5세가 기독교
의 권위를 과시하기 위해 세웠다는 건물은 지나치게 위압적이어서 거부감을 피
할 수 없다. 타인의 것을 인정하기 싫어했던 것은 어느 시대나 가장 이기적인 문

화의 점령에서 찾아볼 수 있다.

이슬람 문화에서 가장 빼어난 걸작이라고 칭송받는 알람브라 궁전은 위악적인 분위기라곤 찾아볼 수 없고 잘 가꾼 정원과 더불어 기하학적인 잔잔한 문양으로 건물 전체를 다양하게 그러나 조금도 두드러짐 없이 수놓은 듯한 모습이 일품이다. 색깔은 전반적으로 유연한 크림 톤이어서 우아하고, 문 입구마다 말편자 문양, 잎사귀 문양, 반원형 문양이 아치들이 건물 전체를 이어져 각기 독립되었으면서도 하나로 구성된 통일감을 준다.

아리아네스 중정과 사자의 뜰

코마레스 탑 아래의 아치들은 단순한 반원형 모양을 지니고 있는데 바로 앞에 장방형 연못이 있어 보는 각도에 따라 다르게 볼 수도 있으나 아리아네스 중정은 알람브라 궁전 중에서도 조화의 극치를 보여준다. 어찌 보면 샤자한이 죽은 아내를 위해 세운 무덤 인도의 타지마할을 연상시키지만 규모면에서 알람브라는 그에 훨씬 못 미친다.

악을 몰아내고 영혼의 정화작용과 더불어 신성과 생명의 상징이라고 믿어 온 이들에게 물이 절대적으로 귀한 이곳에서 조원술과 더불어 궁정 여기저기에 보여주는 분수는 큰 의미를 갖는다.

그 유명한 사자의 뜰에는 열두 마리의 사자가 분수대를 지키고 있다. 오후 실내로 들어오는 빛을 받으며 복도 기둥에 서서 사자의 뜰을 바라보는 맛이 특별하다. 알람브라에서 가장 아름답다는 사자궁의 벽장식들은 아라베스크 문양과 각 통로마다 설계해 놓은 아치형의 문틀, 크림톤의 벽면과 아름다운 기와, 건물을 바치고 있는 흰칠하고 매끈한 기둥들, 도시를 향해 있는 소박한 창과 정원의 수목들, 벽장식에서 볼 수 있는 것은 『코란』에 충실한 무슬림들이 금욕주의는 물론 우상을 허락하지 않아 사람이나 동물을 새기지 않고 꽃과 풀만으로 장식해

알람브라 궁전.

알람브라 궁전을 장식하고 있는 다양하고 아름다운 벽화.

알람브라 궁전 지하 미술관.

결코 화려해 보이지 않으면서도 화려한 이곳 사자궁전을 많은 사람들이 감히 '완벽'이라는 찬사를 아끼지 않는 이유가 조금은 감지되었다. 아담하면서도 허술한 부분을 조금도 찾아볼 수 없는 궁전이 분명했다.

궁전 안 발코니에 서서 흰 보석처럼 빛나는 맞은 편 언덕 위에 집들이 서 있는 그라나다의 시내 원경을 관망하는 일은 숨이 턱 막힐 가슴이 벅차다. 발코니 기둥에 등을 대고 서 있는 동안 나는 가슴에 흰 손수건을 꽂고 열정적으로 '그라나다' 노래하는 파바로티의 열정적인 모습을 상상했다. 현장에서 눈 뜨고 꿀 수 있는 꿈은 얼마나 황홀한가. 지나가는 사람들이 나를 툭툭 건드려 주지 않았다면 아마 나는 꿈에서 깨어나지 않았을지도 모르겠다.

궁전을 둘러보고 다시 정원으로 나왔다. 저 멀리 산 너머로 석양이 물들고 그라나다를 배경으로 낮은 돌담에 앉아 있던 중년의 연인들이 뜨거운 키스를 나누고 있었다. 저보다 아름다운 영화가 또 있으랴!

밀밭과 해바라기밭과 사막 같은 올리브 평원을 지나면 나타나는 도시 그라나다. 시내 스페인 광장 곁에 있는 오래된 건물이 경찰서라고 한다. 작은 강줄기에 작은 배들이 떠다니는 이곳이 「카르멘」과 「돈지오바니」의 무대이다. 플라멩코는 물론 도스토예프스키도 이곳에서 영감을 얻어 『카마라조프의 형제들』에 나오는 종교재판관을 묘사했다고 한다.

알람브라궁전.

스페인의 남부 안달루시아 지방의 그라나다를 한눈으로 바라보는 구릉 위에 세운 알람브라 궁전은 무어 족의 유적지로 한때 유럽을 호령했던 무어 인들의 자취를 느끼게 해주는 아름다운 건축물이다. 그라나다는 12세기에 페니키아인에 의해 처음 발견되었으며, 수세기동안 카르타고인, 로마인, 모리쉬(Moorish)에 의한 식민지였다. 무어(Moor) 인은 15세기 중반까지 이곳을 지배하였으며 이후 이베리아 반도 전체를 아우르는 상권의 중심지로 성장하였다. 이렇게 화려한 과거는 이곳을 역사의 중심으로 만들었다. 스페인의 마지막 이슬람왕조인 나스르왕조의 무하마드 1세 알 갈리브가 13세기 후반에 창립하기 시작하여 증축과 개수를 거쳐 완성되었다. 나스르왕조는 이베리아반도에 존재하였던 이슬람 최후의 왕조(1231-1492)로 이베리아반도에서 이슬람 세력을 내쫓으려는 그리스도교의 국토회복운동에 의해 영역을 잃어가다가 이사벨 1세와 페르난도 5세의 가톨릭 부부왕에 의하여 1492년 정복되었다.

우상숭배를 금지한 이슬람 교리에 따라 보석이나 그림장식을 쓰지 않고 식물과 기하학적인 디자인으로 구성하여 단아하고 정갈한 맛이 나는데 '아벤세라헤스의 방' '왕의 방' '두 자매의 방'에서 볼 수 있는 모사라베라고 부르는 종유석 장식과 왕의 공식 접견실인 '대사의 방'의 아라베스크 무늬에서 이러한 면을 찾을 수 있다.

또한 물이 귀한 땅이라 이들의 오아시스에 대한 열망은 곳곳에 연못과 분수를 만들어 놓았다. 왕의 여름 별궁인 헤네랄리페에서는 아치형으로 물을 뿜는 분수와 아담하지만 아름다운 정원을 볼 수 있다. 이 궁전에서 가장 뛰어난 중정으로 꼽히는 왕궁 아라야네스의 안뜰은 정확한 대칭구조를 이루는 건물 중앙에 사각형의 연못이 있다. 그리고 알람브라 궁전에서도 내스리드 궁전의 아름다움은 압권이다. '사자의 정원'은 사자 조각을 중앙에 배치하고 주변을 수많은 기둥으로 이루어진 회랑이 둘러싸고 있는데 수많은 열주와 회랑의 조화가 눈부시다. 전체적인 분위기가 하나의 통일된 조화를 이루며 균형감을 유지하고 있는 것이 신비롭다. 나스르왕조의 마지막 왕인 보압딜(Boabdil)이 두 왕(이사벨 1세, 페르난도 5세)에게 이 궁전의 키를 넘겨 주고 돌아서면서 눈물을 흘렸다는 곳 '한탄의 언덕'도 근처에 있다.

또 한 가지, 우리에게 잘 알려진 곡 '그라나다, 내가 꿈꾸던 그곳…(Granada, tierra sonada por mi…)' 도 있지만, 기타 음악 로망스와 함께 가장 많은 사랑을 받는 곡은 '알람브라 궁전의 추억(Recuerdos De La Alhambra)'은 에스파니아의 전설적인 기타리스트인 타레가(Francisco Tarrega Eixea : 1852-1909)의 클래식 기나의 표본이라 불릴 만큼 뛰어난 작품이다. 타레가는 아름다운 알람브라 궁전에서 창밖의 달을 보며 콘차 부인을 떠올리며 이 곡을 작곡했다고 한다. 트레몰로 주법이라고도 불리는 이 곡을 감상하고 있으면 알함브라 궁전의 섬세한 조형미가 느껴지는 듯 하다.

알람브라 궁전은 연못과 분수가 많아 '물의 궁전'으로 불리기도 한다. 타레가의 이 기타 곡도 물이 뚝뚝 떨어지는 듯한 이미지에 멜로디의 영감을 얻어 작곡되었다는 설이 있는데 그럴듯하다. 타레가는 근대 기타연주법을 완성한 음악가로 사망하기 3년 전 팔이 마비되는 병으로 기타를 연주할 수 없게 되자 이를 비관, 슬픈 말년을 보낸 인물이기도 하다. 파블로 피카소는 이곳 안달루시아 지방인 말라가에서 태어난 유명한 인물로 지금도 그의 작품을 전시하고 있는 갤러리가 많다.

알람브라 궁전은 일일 입장객 수가 제한되어 있다. 일부는 사전 예매로 받고, 나머지는 일정 비율을 정해 그날그날 선착순으로 받는다. 입장시간도 30분 단위로 인원이 제한되어있으며 이를 엄격히 지킨다.

028

그라나다

그라나다, 이름만 들어도 맥박이 빨라지는 곳. 상상했던 것만큼 아름답고 맑은 도시다.

시내는 알람브라 궁전이 있는 구시가지와 현대식 건물이 들어선 신시가지로 나누는데 물론 볼거리는 구시가지인 예전 아랍 인들이 거주하던 미로와 같은 알바이신 지구. 집시들의 거리인 사크로몬테와 대사원과 그란비아 데 콜론 등이 모두 그에 속한다.

시에라네바다 산맥 자락에 무어 인이 석류알처럼 박아 놓은 보석 같은 집들을 보면 그라나다가 왜 석류라는 뜻을 가진 도시인지 누구라도 금세 눈치 챌 수 있다. 기독교인들에게 쫓겨 수도가 코르도바에서 세르비아를 거쳐 다시 그라나다로 옮겨 오는 400년 동안 무슬림의 판도는 세력이 줄어들었고, 나시리 왕조는 그 후 약 200년 동안, 마지막 국왕 보와브딜이 성을 떠나면서 그라나다를 지키지 못한 것을 탄식했다는 '탄식의 벽'이 시에라네바다 산자락에 남아 있다고 한다. 아직도 그때의 영화를 잊지 못해 수많은 사람들이 그가 떠난 지 500년이 지난 지금도 여전히 그곳을 찾는 것을 보면 역사의 아이러니가 아닐 수 없다.

당시 적이었던 이사벨라 여왕도 이 궁전만큼은 훼손하지 않기 위해 공격을 자제하여 오늘의 알람브라가 존재한다고 했던가. 이사벨라 여왕이 묻힌 왕실 예배당이 나란히 있는 그곳은 카테드랄이다. 그녀의 호화로운 묘지를 보면 누구나 한때의 영화를 떠올리지 않을 수 없다.

궁전에서 시내로 내려가는 일방통행로 모메레스 언덕길에서 녹색신호를 기다

알람브라 궁전 발코니에서 내려다본
그라나다 시내 풍경.

리는 일이 흥미롭다. 길이 좁아 차선이 하나만 그려져 있는데 언덕으로 오르는 길 입구와 길 끝에 각각 신호등이 있어 과거를 여행하는 기분이다.

궁전을 둘러본 다음 시내버스를 타고 궁전 맞은편에 있는 성채도시 언덕마을로 올라갔다. 골목은 우리의 마을버스 같은 소형버스가 아주 간신히 일방통행으로 운행하고 크고 작은 집들은 모두 하얀색으로 눈부신 통일을 이루며 집집마다 제라늄 화분을 발코니에 내걸고 담장은 붉은 장미로 아름답게 장식되어 있었다. 시야가 트이는 곳으로 올라가자 건너편 언덕에 알람브라 궁전이 너무나 아름답고 우아하게 펼쳐져 있었다.

언덕에서 알람브라 궁전을 바라보는 동안 내 귀전을 맴돌던 음악, 안드레스 세고비아의 '알람브라 궁전의 추억', 뚝뚝 물방울이 떨어지는 이미지를 묘사했다는 우리에게 익숙한 바로 그 곡, 나는 추억에 젖는다는 것이 바로 이런 거구나 하면서 눈을 감고 음감을 즐겼다. 그것도 알람브라 궁전을 바로 눈앞에 두고서 말이다. 집시들이 굴을 파고 산다는 사크로몬테 언덕은 멀리서 보는 것으로 만족했다.

그라나다 사람들은 여느 도시 못지않게 매우 낙천적이고 여유가 넘쳐 보인다. 나이든 사람들은 귀족의 품위를 지녔고, 젊은 친구들의 몸짓에는 열정이 그대로 묻어났다.

그날 밤 달빛 아래 아쉬움으로 문이 굳게 닫힌 알람브라 궁전 주변을 걷고 또 걸었다. 사이프러스 잎이 바람에 스치는 소리는 왜 그렇게 나를 목메이게 하며, 크림빛 건물은 희미한 달빛을 받아 왜 그렇게 고고하고 아름다운지, 그 높은 담장 밑으로 누군가 불러주는 노래에 맞춰 미친 듯 집시 춤이라도 출 것 같은 환상은 선뜻 나를 숙소 좁은 방으로 돌아가도록 내버려 두지 않았다.

알람브라 궁전이 있어서 더욱 빛나는 도시, 아픈 역사를 간직한 그리하여 아직도 무슬림들의 문화가 대대손손 꽃을 피우는 도시, 그 완벽한 궁전 하나로 세

계적인 명성을 얻게 된 보석 같은 도시 그라나다.

　스케줄에 쫓기는 여행이란 얼마나 모순되며 불합리한가. 알람브라 궁전을 단한 번 입장으로 끝낸다는 것은 너무나 아쉬운 일이었다. 불행하게도 나는 다음날 아침 그라나다를 떠나야 했다. 하지만 그후 스케줄은 기차로 알게시라스까지이동해 지중해를 만나는 날이었으니, 역시 하나를 포기하면 다른 하나를 얻는건 진리 중 진리다.

그라나다

그라나다는 스페인 안달루시아 동부에 위치하고 있으며 안달루시아 주 정부가 있는 도시다. 지리적 위치와 다양한 자연환경이 특징이며 온화한 기후인 해안지대와 광활하고 비옥한 평야, 한랭기후의 산악지대가 함께 있다. 그라나다는 크게 두 개의 지역으로 구분되는데 알바이신과 알함브라가 있는 구시가 지역과 그랑비아 데콜론 거리와 레이스 카토리코스 거리가 교차하는 신시가지역이다. 산책과 휴양에 적합한 도시로 좁은 골목과널찍한 정원들과 대조를 이루며 유서 있는 건축물과 화려한 플라멩코가 관광객을 매료시키고 있다. 숙소로는고급 호텔 시설이 많다. Parador de San Francisco, Alhambra Palace Hotel과 같은 여러 호텔이 시내의역사적 건물에 자리하고 있으며, La Bobadilla Hotel은 시 외곽의 로하지역에 있다.
낮과 밤의 기온차가 크며 겨울에는 따뜻한 의류가 필요하다. 따뜻한 계절에도 낮 동안은 가벼운 옷차림이 좋지만 밤에는 스웨터나 재킷이 필요하다. 봄과 가을이 가장 쾌적하며, 비는 일 년 내내 거의 내리지 않으나 가을에만 가끔 내린다.

떠나라 당신

떠날 수 없는 이유가 수없이 많더라도
지금 자리를 박차고 일어날
절박한 이유가 단 한 가지라도 있다면
떠날 수 없는 수많은 이유는 무시되어야 마땅하다

아주 작고 사소한 것을 위해
많은 것을 포기할 수 있는 미친 용기가 없다면
당신은
텔레비전과 식탁과 화장실이 달린 침대에서
한 발자국도 움직여서는 안 된다

갈 수 있을 때 가는 것보다
갈 수 없음에도 가는 용기야말로
지루한 삶을 바꿀 수 있는 절호의 기회며
가치 있는 일이기 때문이다

어차피 삶에는 미친 용기가 필요하다
무얼 망설이는가, 떠나라 당신, 어서, 지금!

휴식

지난번 여행 마지막 날에 찍은 사진 한 장이 나를 미소짓게 하고 있다. 나 외에 이 사진을 찍던 순간 마음 상태가 얼마나 안온하고 행복했는지 아는 사람은 없다. 나만 안다는 이 한 줄의 생각에서 나는 거듭 행복감을 느낀다. 햇살이 너무 좋았고 눈부셨기에 이 사진을 찍을 때 나는 눈을 감고 있었다. 이 여행이 어땠는지, 사진 속에는 오래 입어서 낡을 대로 낡은 푸른색 재킷과 나달거리는 바지, 헤진 신발이 여행의 고단함을 말해 주고 있다.

모든 일정을 마친 날 짐을 정리하고 친구에게 엽서를 썼다. 그리고 비행기표를 확인한 뒤 주머니 깊숙한 곳에 표를 찔러 넣었다. 여행 끝, 일상 시작,

돌아간다는 의미 속에는 너무나 많은 생각들이 스쳐 갔다. 다음 날 저녁에 뜨는 비행기를 기다리느라 마지막 날은 늦도록 이 숙소에 머물러 있어야 했는데, 그때 온몸과 마음을 감싼 기다림과 달콤한 휴식, 헐렁해진 배낭을 바라보며 시내를 어슬렁거리며 기념품 가게를 기웃거려 본 사람은 알 것이다. 그 시간이 얼마나 꿈처럼 달콤한지를,

이번에도 선물은 초라하다. 엽서 다섯 장이 전부였으니. 그러나 가족이나 친구에게 줄 선물이 물질만이겠는가.

나는 숙소 정원을 거닐며 해바라기를 하고 앉아 지난 시간을 되돌아보았다. 그때 느끼는 여행자의 여유, 가슴을 적셔 오는 애틋함 뒤에는 벌써 다음 여행지 몇 곳이 줄을 서 기다렸다.

나는 진정한 휴식의 의미를 준 사진 속의 시간을 너무나 좋아한다. 짧거나 혹

은 길거나 행복감과 즐거움 때로는 힘도 들었지만 순조롭게 가족이 기다리는 집으로 돌아가는 순간을 카운트다운하는 그것 자체가 얼마나 감동적인 일인가. 어려움이 없었다면 달콤할 리 없는 이 끝 순간의 충만감과 안식.

이제 불확실한 예감은 끝나고 하루 반나절 후면 알맞게 고무줄 늘어난 바지에 앞치마를 두르고 다정다감한 일상, 우리 집 주방을 종종걸음으로 서성댈 내 모습을 상상하는 일도 새삼 꿈만 같았다. 메모리 카드의 잔량을 확인하지 않아도 뇌는 그날, 몇 번이나 장난스럽게 카메라를 눌러 준 영국인 친구 딘은 고향으로 잘 돌아갔을까. 바람에 날리던 그 많은 빨래는 주인을 잘 찾았을까. 오늘 같은 날은 사진 한 장 남기지 못한 딘도 그리운 건 마찬가지다.

나는 여행의 첫 순간과 마지막 순간을 사랑한다. 여행의 첫 순간을 행복과 기대와 두려움이라 한다면, 마지막 순간은 아쉬움과 안도와 행복감이다. 이제 비로소 여행의 시작과 끝을 행복이라고 이야기할 수 있게 되다니!

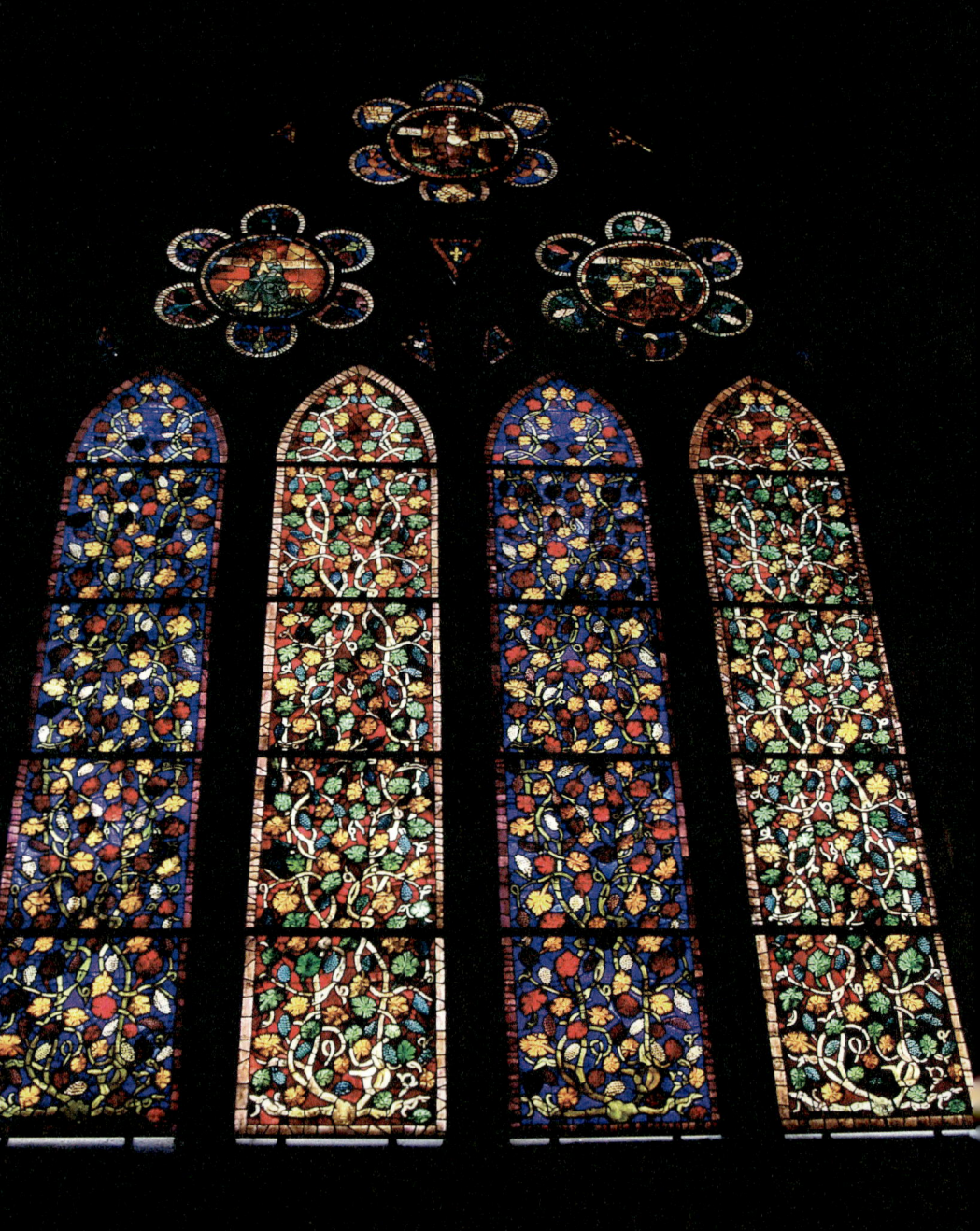

스페인

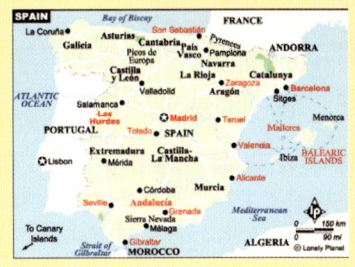

역사

유럽에서 가장 큰 나라에 속하며 다양한 기후와 풍경 못지않게 사람들의 관습 또한 각양각색이다. 스페인 사람들은 매너를 중시한다. 자존심이 강하고 천성적으로 정중하고 예의바르다. 그리고 친절하다. 그러나 스페인만큼 다양한 나라도 없다. 그래서 천의 얼굴을 가진 나라라 불린다. 하지만 각 지역마다 놀라울 만큼 문화적 일체감을 지니며 독특한 개성을 유지하고 있기도 하다. 스페인은 세계에서 가장 유명한 동굴벽화를 남긴 나라다. 신석기 시대에 제작된 스페인 북부 알타미라 동굴벽화가 그것이다. 기원전 2천년경에는 페니키아인이, 다음엔 그리스인이 스페인 지중해 연안에 무역 식민도시를 건설했으며 은, 납, 구리 등을 찾아 이곳에 들어오기 시작했고, 교역 화폐를 주조하여 통용시키기도 하였다. 5세기 초, 게르만 침입자가 유럽을 휩쓸면서 로마 정착지로 밀려들었다. 그후 서 고트족이 최초로 통일왕국을 건설했지만 통치자들은 로마식 정주 형태를 채택했고, 가톨릭 신앙으로 개종했으며 개인주의와 사교성이 묘한 조화를 이루는 나라이기도 하다.

지역과 계절

유럽에서 가장 크고 더운 나라로 알려진 스페인은 고지대에 위치해 있다. 에브로 강과 과달키비르 강 유역의 계곡과 해안평야들도 가파르게 솟아 메세타 고원을 이룬다. 넓은 중앙고원지대는 600m에 이르며 이베리아 반도의 3분의 1을 차지한다. 해안지방의 코스타는 겨울이라도 추위를 느낄 수 없다. 코스타는 일조시간이 길기도 유명하다. 물론 겨울에서 수영복을 입고 일광욕을 즐긴다. 남서부의 풍경은 갈수록 메마른 산악지형으로 변한다. 알메리아 근방에 이르면 사막 같은 풍경이 길게 펼쳐진다. 최남부 안달루시아 지방은 외국 여행자들이 상상하는 스페인의 이미지에 가장 가깝다. 관광홍보 포스터에 반드시 등장하는 투우 장면이나 화려한 플라맹코 드레스를 입고 기타를 퉁기는 매혹적인 모습을 이곳에서는 쉽게 볼 수 있다.

예절

스페인 사람들은 다른 유럽 인보다 격식을 중시한다. 누군가의 초대를 받는다면 하루 각 시간대에 맞는 인사법을 익혀 두는 것도 좋다. 인사는 양 볼에 입을 맞추는 것이 대중화하여 있다. 옷차림도 상황에 맞게 연출해야 한다. 스페인에서 벌어지는 축제는 대부분이 종교적인 의미를 담고 있다. 그래서 축제라 해도 흥청망청 취하는 일은 없다. 날치기, 테러리스트가 많기로 유명한 스페인에서는 때로 경찰도 믿을 만한 존재가 못 된다. 약속시간을 잘 지키지 않기로 유명한 스페인에서는 난폭 운전자를 조심하는 것도 잊어선 안 된다. 공공장소에서 하품이나 기지개 혹은 술에 취한 흐느적거리는 것은 나쁜 매너로 간주된다. 또한 이들의 생활리듬은 우리들과는 많이 다르다. 아침은 늦게 일어나 간단히 먹고, 점심은 2시 이후에, 저녁은 9시 이후에 먹는 것이 보통이다. 축제를 좋아하는 이들은 해가 진 야간에 많이 움직이고 광장은 늦도록 소란하며, 젊은이들은 새벽이 되어 집으로 돌아가는 경우가 많다.

낚시와 사냥의 천국

스페인은 낚시를 좋아하는 사람에겐 천국이다. 3200km의 긴 해안선과 그 20배가 넘는 길이의 강과 하천, 곳곳에 산재한 댐과 저수지까지 좋은 낚시터가 널려 있다. 북부 칸타브리아 산맥 전역과 갈라시아 지방 해안가에는 연어가 서식하는 강들이 있고, 상류로 올라가면 송어가 있다. 단 낚시를 하기 위해선 허가를 받아야 하고 일정한 시즌에만 개방하는 곳이 많다. 또한 스페인은 사냥하기 좋은 곳이다.

다양한 기후조건, 온갖 야생 동물이 널려 있다. 특히 스페인의 전통사냥은 세계에서도 알아주는 사냥이다. 이밖에도 온갖 스포츠를 즐길 수 있다.

플라멩코
플라멩코의 중심지는 스페인 남부의 세비야와 헤레스이다. 세비야에는 세 개의 클럽이 있는데 주로 여행자들이 많이 찾는다. 바르셀로나, 마드리드 등에 공연장이 있지만 비싼 편이다. 훌륭한 플라멩코를 보고 듣는 방법은 여름철 안달루시아 곳곳에서 열리는 축제를 찾아가면 된다. 밤 문화가 발달한 스페인에서 대부분의 공연은 늦은 저녁에 시작해서 새벽까지 이어진다.

투우
외국인들이 한마디로 충격적이라고 야유하는 투우를 스페인 사람들은 오락과 예술의 한 형태로 받아들인다. 목숨을 담보로 하여 벌어지는 대결을 탐탁지 않게 여기는 사람에겐 권하고 싶지 않다. 투우 시즌은 3-10월로, 본격적인 시즌은 6-9월이다. 마드리드에는 산 이시도르 축제를 시작으로 6월초까지 펼쳐지는 축제가 볼만하다. 스페인에는 약 500개 정도의 투우장이 있으며, 표는 경기 4일 전부터 투우장, 호텔 티켓박스 등에서 구입 가능하다. 마드리드에는 벤타스 투우장, 바르셀로나에는 모뉴멘탈 투우장, 세비야에는 마에스트란사 투우장이 유명하다.

저녁 산책
이를 '파세오'라 하는데 한가로운 예의와 가벼운 만남의 시간이라고 보면 된다. 해가 지면 사람들은 모두 어디에 있다가 거리로 나오는지 이해하기란 쉽지 않다. 파세오에 참가하려면 어느 정도 옷을 갖춰 입는 예의와 격식은 필수다. 스페인 사람들의 밤문화는 파세오하는 시간을 시작으로 보면 된다. 공원에서 노천 카페에서 친구를 만나고 연인을 만나서 거의 매일을 그렇게 늦도록 즐긴다.

교통편
크게 기차와 버스 두 가지로 분류한다. 국영철도는 대체로 다른 유럽 국가에 비해 수준이 떨어진다. 마드리드와 세비야간에 고속철도가 첫선을 보인 것은 1992년 엑스포 때였다. 장거리 열차는 대부분 밤에 운행하고 비교적 값도 원만하다. 그러나 식당차의 음식과 술값은 비싸다. 혹 구형열차를 타 보고 싶다면 RENFE가 운영하는 알 안달루스 특급

(Al Andalus Express)를 권한다. 이 기차는 화려하게 장식한 20세기 초 스타일의 관광열차로 코르도바, 그라나다, 세비야 등지를 2-3일에 걸쳐 운행한다. 여름철에는 팜플로냐에서 산티아고 데 콤포스텔라까지 이어지는 성 야고보의 길을 운행하기도 한다. 버스는 수준이 낮은 민간회사가 운행하는 아주 허술한 시설에서부터 호사스런 버스까지 종류가 다양하다. 요금은 기차보다 조금 더 저렴한 편이다. 도로가 발달하여 유럽 사람들은 자전거 여행을 선호하기도 한다.

숙박시설
호텔은 별 한 개에서부터 다섯 개로 등급이 나누어져 있지만, 호스텔이나 펜션은 별 한 개에서 세 개까지 있다. 대부분의 여행자들은 이들을 이용한다. 이 외 다른 시설로는 장기 채류용 아파트식 호텔과 모텔이 있다.

박물관과 미술관
국립 고고학박물관(마드리드)www.man.es
프라도 국립 미술관(마드리드)http//museoprado.mcu.es
카탈루냐 미술관(바르셀로나)www.gencat.es/mnac
피카소 미술관(바르셀로나)www.museupicasso.bcn.es
달리 미술관(피게라스)www.salvador-dali.org
구겐하임 미술관(빌바오)www.guggenheim-bibao.es
국립 로마 역사박물관(메리다)www.mnar.es

축제
스페인을 '환희의 땅'이라고도 일컫는 데는 그만한 이유가 있다. 일 년 내내 크고 작은 축제가 끊어지는 법이 없다. 플라멩코, 투우, 다양한 시가 행렬, 음악회, 거리의 악사, 성가의 밤, 어디든 음악만 있으면 춤을 추는 사람들로 나라가 들썩인다.

주요 축제
1월 1일 / 신년 첫날
1월 6 일 / 주현절
부활절 전 45일경 / 사육제
3월 12-19일 / 발렌시아의 파야스 축제, 일명 불꽃축제
3월 19일 / 성 요셉 축일
부활절 전 일주일 / 성 주간, 부활절 주간
부활절 전 금요일 / 성 금요일, 그리스도 수난의 날
부활절 다음 월요일 / 부활절 연휴 이동 축일

4월 하순 일주일간 / 세비야 피리야 축제

5월 1일 / 노동절

5월중 / 안달루사아의 엘 로시오 축제

5월 1-16일 / 코르도바 5월 축제

5월 15일 / 마드리드 수호성인 이시도로 축제

5월 7-14일 / 헤레스테라프론테라의 말 축제

부활절 아홉번째 주 일요일 / 톨레도의 성체대축일

6월 23일 / 카탈루냐 밤 축제

6월 24-29일 / 세고비아의 산 후안과 산 페드로 축제

7월 6-14일 / 팜플로나의 산 페르민 축제

7월 25일 / 성 야고보 축일

8월 15일 / 성모승천 대축일

8월 마지막 주 수요일 / 말라가 승전 기념일

9월 11일 / 카탈루냐 국경일

9월 24일 전후 일주일 / 바르셀로나 수호성인 라 메르세 축제

10월 12일 / 기둥의 성모 발현 축일. 신대륙 발견 기념일

11월 1일 / 만성절 대축일

12월 6일 / 헌법의 날

12월 8일 / 성모 무원죄잉태 축일

12월 25일 / 성탄절

카미노 데 산티아고 콤포스텔라(Camino de Santiago Compostela)

스페인의 카미노 데 산티아고는 스페인 북부(혹은 프랑스 남부)에서 시작하여 성 야고보의 유해가 묻힌 성지(성당)인 '카미노 데 콤포스텔라'에 이르는 세계적인 도보여행길이다. 로마, 예루살렘과 더불어 세계 3대 성지의 하나로 꼽힐 만큼 가톨릭의 역사와 문화적으로 높은 가치를 인정받고 있다. 약 900년간 전 세계 수많은 이들이 다녀갔지만, 국내에서는 생소했던 매력적인 도보여행 코스라 하겠다. 스페인 갈라시아 지방의 언덕과 숲, 소박하고 예쁜 시골 마을들, 현대 건축의 거장 가우디의 건축물, 다양한 나라에서 온 여행자들을 만나는 경험을 할 수 있는 트레킹 코스이다. 카미노 데 산티아고는 순례자를 위한 길이었다. 예수의 열두 제자 중 한 명인 성 야고보의 유해가 묻혀 있는 성스러운 마을 '산티아고'. 그곳을 향한 순례자의 발걸음이 시작된 것은 지금으로부터 약 900년 전이다. 현재는 순례의 목적 뿐만 아니라, 저마다 다른 목적을 가지고 찾아온 사람들로부터 사랑받는 도보여행 코스 중의 하나로 변모하였다. 이 길 찾는 여행자의 발걸음은 해마다 50만 명에 이른다.

유럽은 물론 미국, 캐나다, 호주, 뉴질랜드, 일본 등에 이르기까지 전 세계적으로 다양한 국적을 가진 사람들이 이 길을 찾고 있다. 산티아고 데 콤포스텔라까지 여행중 머물게 되는 각 도시의 성당 사무실에서 확인도장을 받아야 하며, 이렇게 하여 마지막 목적지까지 100km의 이상의 거리를 걷고 나면 산티아고에 도착해서 이를 증명하는 도보여행 종료 증명서(Compostela Certificate)를 받는다. 이 길을 걸으면 유럽 문화의 진수, 가톨릭 예술의 절정을 만날 수 있다. '카미노 데 콤포스텔라'로 향하는 이 도보 여행길은 약 10세기에 걸쳐 스페인 북부와 중부 유럽사이의 문화와 예술을 전하는 문화 전파의 역할을 해왔다.

장엄한 고딕 성당과 위대한 가우디가 설계한 건축물들이 있는 도시 레온(Leon)은 산티아고로 가는 길에서 반드시 거쳐야 할 도시 중 하나다. 기념품 가게들이 늘어선 중앙광장에는 언제나 많은 방문객들이 있고, 그곳에서는 거리의 악사들이 매일 즉흥공연을 펼친다.

운이 좋아 축제중인 마을들을 방문하게 된다면 시내 중심의 광장 'Obradoiro Plaza'에 위치한 성 야고보 대성당의 제식 의식을 볼 수 있을 것이다. 'Obradoiro Plaza'에 위치한 세인트 제임스 대성당의 'botafumeiros(향로)'를 이용한 제식 의식의 원래 목적은 씻지 않고 산티아고까지 오는 순례자들의 냄새를 없애기 위해서라고 한다. 그러한 이유로 이용되었던 커다란 동으로 만든 화로는 현재에 이르러서는 신성한 종교용품이 되었다.

해질 무렵의 산티아고 데 콤포스텔라의 광장 Obradoiro에는 이제 인간이 만들어낸 불빛으로 넘실대고 있다. 세계의 인구가 증가하고, 빠른 교통수단이 등장하며, 정신없는 삶 속에서, 이러한 역사적이고 전통적인 여행이 오늘날까지 남아 있다는 것은 그 자체로 놀라운 일이다. 얼마나 더 이러한 즐거움이 지속될지는 오직 신만이 알겠지만, 분명한 것은 수세기가 지난 후에도 수많은 여행자들은 이 길을 걷고 있을 것이라는 사실이다.

* 이 여행기 부록의 자료 일부는 인터넷에서 발췌한 것이다.

일탈을 꿈꾸며

―사하라에서 산티아고까지

또 다시 일상탈출을 꿈꾸었다.

만성 두통과 치통, 탈모가 나를 괴롭혔고, 사랑니를 거듭 빼고 난 뒤 나는 견딜 수 없이 허전해졌다. 밤마다 몸의 수분을 눌러 짜 내고 나면, 머릿속으론 바람이 숭숭 드나들었다. 나는 소란 속에서도 적막했고, 작은 바람 앞에서도 온몸이 휘청거렸다. 늘 보던 사람들이 두렵고 무서웠으며 반복, 반복이라는 일상의 행복이 말라 버린 밥알처럼 권태로웠다. 밥보다 많은 약을 털어 넣으면서 친구들에겐 견딜 만하다고 했고, 가족들에겐 소소함도 눌러 숨겼다. 짧은 시간에 마음의 독이 퍼졌고, 상처가 덧나기 시작한 것은 여름이 올 무렵이었다.

갑자기 길이 보이지 않았다. 아름다움과 고통과 슬픔과 희망들이 모두 슬픔이라는 이름으로 반죽되어 있었다. 아무것도 노래가 되지 못했다. 간혹 시(詩)를 생각했지만 그것은 무늬만 보여줄 뿐 좀처럼 속살을 드러내지 않았다. 배신자가 받아야 할 화살이 고스란히 내 등에 꽂히는 것 같았다. 가능도 불가능도 없는 것, 나는 나를 위한 연민 때문에 다시 고독해졌다. 몸이 아플 때가 가장 분명하게 살아 있을 때라고 자위하며 계절이 바뀌면 나는 자주 엉뚱한 곳에 가 있곤 했다. 이를 테면 아주 낯선 골목을 걷고 있거나 전생에 깊은 인연이 있었음직한 눈에 익은 문패가 걸려 있는 집 대문 앞을 서성거리는 일, 더러는 자작나무 숲을 서성대거나, 양지바른 돌담 아래에서 어린 고양이와 대화를 나누는 일, 아이들과 함께 흙바닥에 주저앉아 있는 일 등이다. 이런 망상이 잦아지면 배낭을 꾸려야 한다. 드디어 나는 눅눅한 세상에서 따뜻함과 밝음과 평온이 있는 곳으로 나아가기 위한 길을 생각했다.

이 기록은 지난 해 2006년 7월과 8월, 성 야고보가 복음을 전하기 위해 걸었던 스페인 도미노 데 산티아고를 거쳐 모로코의 중세도시들, 사하라 사막, 초등학교 때 세상에서 가장 큰 사막이라고 배운 교육의 힘, 세상의 사막은 오직 사하라뿐이라고 믿어 왔던, 전설처럼 마음속에 간직하고 있던 곳, 부자와 천재와 쾌락주의자들은 갈 수 없는 바로 그 사하라 사막에 다녀온 이야기들이다. 그러나 용서하시라. 이 책은 약간의 부록과 안내를 첨부하긴 했지만 유감스럽게도 가이드북과는 거리가 멀다. 그래서 '사색기행'이라는 제목을 붙였다.

모로코와 스페인, 두 나라는 지중해를 사이에 두고 마주보고 있지만 너무 다른 문화와 분위기를 가진 나라여서 마음의 코드를 바꾸는 데 시간이 좀 걸렸다.

스페인의 문화가 기독교적인 분위기와 예술적으로 워낙 다양한 고전을 갖고 있어서 나를 주눅 들게 했다면, 모로코는 매혹당할 확률이 무지 높은 신화를 꿈꾸는 일에 다름 아니었다. '아름답다' '행복하다' 등의 말 속에는 전적으로 마법이 개입되어 있다는 것도 이번 여행을 통해 알게 되었다. '이상하다' '재미있다' 등의 말 또한 크게 다르지 않았다. 이것들을 아우르고 있는 나라가 모로코였다. 휴우- 나는 아주 간신히 마법을 풀고 도망 나올 수 있었다.

인상적인 여행일수록 많든 적든 쓰다 남은 현지 화폐를 우리 돈으로 바꾸지 않는 버릇이 있다. 다시 가기 위함인데 모로코가 그 중 하나다. 그리고 사하라, 눈을 감고 그날의 시간을 회상하는 것만으로도 내겐 충격적이고 벅찬 일이다.

지난해, 동남아프리카를 여행한 뒤, 언제 다시 아프리카 땅을 밟을 수 있을까 생각했는데 이번에 여행한 사하라가 북서 아프리카였으니 꼭 1년 만에 그 꿈을 이룬 것이다. 생각하고 꿈꾸는 일은 이미 그 일의 시작이나 다름없다는 말을 나는 여행을 통해 다시 한 번 확증한 셈이다. 나는 플로베르의 말을 상기한다. "여행은 우리를 겸허하게 한다. 세상에서 내가 차지하고 있는 부분이 얼마나 작은가를 두고두고 깨닫게 하기 때문이다."

"내일과 다음 생 중에 어느 것이 먼저 찾아올지 우리는 결코 알지 못한다." 티베트 속담이라고 했던가. 이 한 줄의 글이 내게 다시 배낭을 지게 했다고는 않겠다.

출발 전, 해질 무렵 금빛 모래언덕에 머리를 묻고 울 수는 있겠지만 '생과 사랑은 왜 이리 덧없는가!' 허무주의자나 가질법한 화두는 갖지 않겠다고 다짐했지만 잘 지켜지지 않았다.

사람들은 왜 그토록 여행을 갈구하는 것일까.

'죽기 전에 가장 해보고 싶은 한 가지'라는 리서치에 대한 응답의 70퍼센트가 '혼자만의 여행'이라는 기사를 읽었다. 이제 어떤 형태로든 여행을 생각하지 않고 사는 사람은 없는 것 같다. 그럼에도 아직도 여행을 이상주의자들의 전유물처럼 생각하는 경향도 없지 않다. 내가 생각하는 여행은 결승점에서 도장을 받기 위해 죽어라 달려야 하는 경주가 아니라, 가까운 곳이든 먼 곳이든 자신만의 방법으로 즐기고 음미하는 일이며, 너그러이 나를 용납해 주는 일이다. 그리고 아무리 무성한 사람의 숲을 헤맬지라도 인간을 멀리하고 신을 가까이 두는 행위라는 것을 잊으면 안 된다.

길 위에서 홀로 힘든 일이 닥칠 때 내게 주문한다. '지금 이 미칠 것 같은 마음 또한 소중한 것이니 부디 귀히 여기기를!' 이걸 안 하면 '더 이상 살 수 없었을 것 같아서'라고 말할 자신은 없지만, 나도 때로는 떠나지 않고 살 수 있는 사람들이 부럽다.

이번 여행의 이동순서는 스페인 산티아고에서 시작하여 모로코 사하라 사막을 거쳐 카사블랑카에서 끝났는데 글의 순서는 뒤집었다. 마음이 모로코 쪽으로 기울었음을 눈치 빠른 독자라면 이미 알아차렸을 것이다.

사진이 마음을 요구하는 일이라면 글은 혼을 요구하는 일이라고 말한 적이 있다. 이제 그 말을 번복한다. 세상에 어떤 것이 혼이고 어떤 것이 마음이라고 단정지을 수는 없다. 모두가 혼이고 모두가 마음이기 때문이다.

사진을 찍어 달라고 간청한 아이들에겐 고마움을, 자신의 의지와 상관없이 내 카메라의 피사체가 된 산과 바다, 풀잎과 모래, 노인과 아이, 무슬림 여성들, 낙타와 고양이 그 외 많은 이들에게 한 번쯤 머리를 숙여 사과를 드리고 싶다. 몰래 찍은 사진일지라도 맹세코 나쁜 의미로 쓰이지 않을 것이지만, 그러나 죄송하다, 정말 죄송하다.

꿀 1킬로그램을 모으기 위해 벌은 560만 송이의 꽃을 순방한다고 했던가. 내 삶도 때로는 좋은 꿀을 모으기 위해 보다 멀리 보다 많은 꽃송이를 필요로 한다.

당혹스럽게도 주변에 여행을 한 마디로 정의해 달라는 사람들이 늘었다. 이제 그 답을 해야 할 때가 온 것 같다.

내게 여행은 밥이다. 아니, 심폐소생술이다.